競作 五十円玉二十枚の謎

千円札と両替してください――レジカウンターにずらりと並べられた五十円玉二十枚。男は池袋のとある書店を土曜日ごとに訪れて，札を手にするや風を食らったように去って行く。風采の上がらない中年男の奇行は，レジ嬢の頭の中を疑問符で埋め尽くした。……そして幾星霜。彼女は作家となり，年来の謎をなみいる灰色の脳細胞に披露する好機を得た。議論百出の一夜が明けた後も謎は生長を続け，やがてこの一書に結実するに至った。ノンフィクション・リドル・ストーリーに推理作家が挑戦，一般公募の優秀作を加えた異色の競作アンソロジー。推理の競演は知られざる真相を凌駕できるか？

競作 五十円玉二十枚の謎

若 竹 七 海 ほか

創元推理文庫

THE ADVENTURES OF THE TWENTY 50-YEN COINS

presented by

Nanami Wakatake

1991, 1993

目次

競作　五十円玉二十枚の謎

イラスト　ひらいたかこ

はじめに

　平成三年、小社刊のアンソロジー『鮎川哲也《あゆかわてつや》と十三の謎'91』で、「鮎川哲也と五十円玉二十枚の謎」という小特集を組みました。若竹七海《わかたけななみ》氏が十年前、実際に体験した謎に法月綸太郎《のりづきりんたろう》、依井《よりい》貴裕《たかひろ》両氏が挑戦し、ふた通りの解答を寄せてくださったのです。じつはこの話は、その前年、若手の推理作家十数人が集って徹夜で四方山話に花を咲かせていたときに若竹さんから持ち出され、いっときみんなでああだ、こうだ、と議論百出した話題でした。それだけ魅力的な謎だったわけですが、それならひとつそのテーマで競作してみよう、と提案したところ、『鮎川哲也と十三の謎'91』の締切までに集まったのが、前記のとおり、法月綸太郎、依井貴裕両氏の作品だったのです。ただし、締切には間に合わなかったが、参加したかったという人や、後からその話を聞いて自分もやってみようと申し出られた方など、思わぬ反響に、それなら一般公募してみようか、と考えたのがこの企画の始まりでした。

　その結果、平成四年四月三十日の締切までに全部で三十六編の原稿が寄せられました。正直なところ、これはびっくりするような数字でした。本心を言えば、半ば冗談、面白半分の企画だったので、応募があってもせいぜい二、三編、いや一編もこないだろう、と高を括っていたのです。四十編に近い原稿を前に、世の中には、好きな人がいるんだなあ、と呆れたり、嬉しく思ったりしながら、これは本気で選考しなくてはいけない、と気を引き締めた次第です。そして、六月十二日、大阪梅田の新阪急ホテル地下の〈モンスレー〉で選考会を開き、最優秀作一編、優秀作二編、それに若竹、法月、依井三選考委員の個人賞各一編ずつの、計六編を選び出しました。

さらに、今回はプロ作家から四名の参加を得、合計十編の大特集となったのです。これはまさに予想外の事態であり、嬉しい誤算でした。同年から『創元推理』と名称を変えたオリジナル・アンソロジーは、予想をはるかに超過するページになってしまったのです。さて、どうしたものか、大いに頭を悩ませました。大変申し訳ないが、一般公募の分は最優秀作一編だけにさせてもらおうか、とも考えました。しかし、それにしても超過分は並大抵のものではありません。それより、せっかくの一般公募を、一編だけの掲載にするのはいかにももったいない。

では、どうするか？　そこで、考えをコペルニクス的に転回しました。競作特集「五十円玉二十枚の謎」を単行本にしてしまおう、と。それが、本書というわけです。

今まで、こういったアンソロジーがなかったわけではありません。わが国でも、たしか、例の東京府中で起こった三億円強奪事件をテーマに、数人の推理作家が競作した短編集があったはずです。しかし、いわばリドルストーリーのような謎に対し、その解答を一般公募し、プロ作家の解答と並べる――と、こういう趣向のアンソロジーは初めてではないでしょうか。

それなら、もう一度、若竹さんの問題編、法月・依井さんの解答編を再録し、今回の十編を加えよう、とここまで考えて、あと一編加えれば十三の解答になる、ということに気付きました。「五十円玉二十枚の謎と十三の解答」これでいこう！　ということで急遽御無理をお願いしたのが、いしいひさいちさんで、朝日の朝刊連載をはじめ多忙を極める氏は、作中作ならぬマンガ中4コママンガをもって参加してくださったのです。

では、プロ・アマ作家競作による推理の饗宴を、心ゆくまでお楽しみください。

戸川安宣

五十円玉二十枚の謎 問題編

若竹七海

　十年ほど前のことになる。私は大学に入学したてで、生まれて初めてアルバイトなるものに従事していた。

　私の仕事は、大学のあった池袋《いけぶくろ》のある大きな書店のレジ係であった。仕事は単調だが面白かった。私の主な受け持ち区域は一階のレジだった。一階は文芸書の単行本、少しの漫画、沢山の種類の雑誌を取り扱っていた。本屋のレジ係の仕事などというものは、まあ少し想像してもらえればわかるとおり、お客から代金を受け取り、これを包装し、礼の言葉とともに手渡す。そんなものである。みっともない制服を着て、何が面白くないのかむっつりとして本とコインを投げ出すお客にも愛想笑いを振りまき、ごく薄いぺらぺらの雑誌にまでカヴァーを付けろと要求するやつにも（そういう客にあたるときには、必ずといっていいほど後ろに長い列が出来ているのだ）ごく親切な応対をしなければならなかったが、働いたことのない私は、それでも結構その仕事を楽しんでいた。いろんな種類の人が自分の目の前を通過し、考えてもみないような本を買っていく。熱心に明治の文学者の本がないかと尋ねる人もいれば、図書券でアイドルタレントの水着写真集を買っていくやつもいる。嫌な思いをすることもある反面、面白い勉強もさせてもらった。第一、この程度でいちいち腹を立てていたら、どんな仕事も勤まるわけがない。それに、この仕事には大きな利点があった。新刊を二割引で買えるというたいへんな利点である。

その当時、私は週四日から五日、夕方の五時から八時までの三時間を働いていた。記憶はあまりさだかではないが、土曜日はもう少し早い時間から働いていたように思う。一階の表のレジは、二重になった硝子の出入口の入って右側の壁ぎわにあった。レジスターは壁を背にして右側、カウンターに来るお客から見て横向きに置かれてあった。その壁には、本棚が作りつけられていて、主に漫画のハードカヴァーが並べられていた。このとき私は初めてつげ義春《よしはる》という名前を知った。暇になると、奥のレジでは、カヴァーをサイズごとに折るという作業をすることができたが、表通りに面しているこちらのレジでは、そういった作業をすることもできず、ただただ通りを行く人達を眺めたり、本の背を見つめ暮すしかなかったのである。

ある土曜日の夕方である。一人の男がたいへんに急いで店にはいってきた。彼は、他の人のように、書棚に向かわず、まっすぐレジにやってきて、手に握りしめてきたらしい硬貨をずらりと私の前に並べて、

「千円札と両替してください」

というような意味のことを言った。

他の書店は知らないが、こういう点、私の勤めていた書店は親切であった。両替の御客様にもちゃんと応対するように言われていた。私は硬貨を手にとった。気味悪く温まったそれは、五十円玉で、ちょうど二十枚あった。私がそれを数えている間、彼はなんとなくいらいらした様子で待っていて、千円札を渡すとほとんどひったくるように受け取り、身体を自動ドアにぶつけながら礼も言わずに通りへ消えた。

それから男は、たびたび、しかも土曜のたびにレジにやってきて、五十円玉二十枚を千円札と両替するように言った。両替が終わると、さっさと姿を消した。ゆっくり数えながら横目で男を見ると明らかに苛立っているのがわかった。

この「事件」は私を大いに刺激した。男は、中年で、ぱっとしない顔付き身体付き、身なりをしていた。偏見のもとに一口で言えば、あまり本屋には縁がなさそうなタイプだ。事実、彼は一度も本を買ったりしなかった。その男がなぜ、どうして土曜の夕方ごとに、五十円玉を千円札と両替してもらいに来るのか。

両替なら銀行に行けばいい。当時はまだ金融機関も土曜日にちゃんと営業していた。しかし、土曜であろうとなかろうと、夕方には窓口は閉まっている。だから、両替をしてくれるこの本屋を両替商の窓口として利用しているのだろうか。

まあ、それは考えられなくもない。しかし、もっと大きな問題がある。この男は、他の硬貨ではなく、なぜ五十円玉を持ってくるのだろう。百円玉や十円玉を集めるのはたやすい。釣り銭で、多ければ百円玉も十円玉も四枚返ってくることがある。しかし五十円玉、五円玉は二枚以上返ってはこない。意識して五十円玉を集めているならともかく、普通の人なら、知らず知らずの内に、一週間で五十円玉が二十枚集まるということはあまりありそうもない。たまにそういう週があったとしても、毎週続けてというのは無理である。それに、意識して集めているのなら、両替する理由がない。そういう中途半端なやり方で両替するのは妙であろう。

では、この男はなんらかの理由で五十円玉が集まりやすい商売をしているのだろうか。例えば、五十円のものを売っているとか。

しかし、これにも無理がある。もし五十円の商品を売っているとすれば、釣り銭として五十円玉が必要なはずである。千円札を五十円玉に両替してくれるように頼むならともかく、五十円玉を千円札に両替する必然性がない。では六十円か七十円のものを売っているのか。それなら確かにつじつまはあう。釣りとして必要なのは十円玉で、五十円玉ではない。しかし商売をしているのなら、それこそ両替の舞台は銀行である。銀行はそのためにあるのだ。

大きくまとめると、この男の行動には、つまるところ二つの主要な疑問点があることになる。

①なぜ本屋で毎週五十円玉を千円札に両替をするのか
②その五十円玉はどうして毎週彼の手元にたまるのか

私は様々な可能性を、脳味噌を振り絞って考えた。もっと多くのデータをとろうと思い、同じ一階のフロア主任にその男について尋ねたことがある。主任は彼に興味がないようだった。

そのうえ「御客様」についてあれこれ穿鑿《せんさく》するのは客商売の名にもとると考えていた。まことにあっぱれかつ立派な態度で、この件の他のデータをそれ以上とれなくなった。それに、夏が終わるころ、私は体調を崩したせいもあって、そのバイトをやめたのである。

　しかし謎は残った。私は大学の先輩たちにこの「謎」について話した。そのうちの一人はその手の謎話が大好きな先輩である。彼女もあれこれとこの謎について考えていたようではあるが、結局衆人を納得させる解答を見つけ出すには至らなかった。しかし、彼女はこの硬貨両替事件を元にして、ある短編を作り出した。この先輩の名が澤木喬《さわききよう》であると聞けば、彼女の著書を読まれた方は、ああ、と思い当るであろう。解かれなかったとはいえ、謎は一つの種子となって、違った色の実を結んだのである。

　十年あまりの歳月が流れた。一九九〇年の秋、秋というにはまだあまりに暖かい十一月に、東京創元社では、第一回『鮎川哲也賞』の発表披露パーティーを催した。その翌日、日本ミステリ界の若手作家ばかりを集めたシンポジウムが開かれ、その両日ともに私は出席の光栄を得た。シンポジウムの終わった夜、私を含めた幾人かの運の悪い人間が、北村薫《きたむらかおる》先生の言葉を借りるなら「このシリーズをお読みの方には連続ドラマの登場人物のようにおなじみの」戸川《とがわ》編集長に捕まり、『新・地獄荘』に連れ込まれた。一行は戸川編集長の厳しい監視のもと、ミステリ談議をすることを強要され、かのシェーラザードのように、脳味噌からすっかりしわがなくなるまで話し続けなければならない運命に陥った（余談だが、有栖川有栖《ありすがわありす》先生の傑作『マジックミラー』は、その前年の『地獄荘』でのこの厳しい試練の中から生まれたものだと聞いている）。

　話題はたまたま本屋の話になった。有栖川先生が本屋にお勤めということで、万引の新種の話、その防衛策についてなど、話は続いた。私は、十年来の謎を解いてもらうのは今だ、と思った。このとき、『新・地獄荘』には、法月綸太郎、我孫子《あびこ》武丸《たけまる》、有栖川有栖御夫妻、北村薫、依井貴裕、澤木喬と、日本ミステリ界の誇る若手の先生方がずらりと顔を並べていたのである。このチャンスを逃す手はない。

　幸いなことに、両替事件は先生方の興味を引いた。私が十年間考えてもみなかった意見が出された。例えば、その男はなんらかの理由でレジの中の千円札が欲しかったのだ、という説。五十円玉はゲームセンターで集めてきたのではないか、という説。レジの女の子（私だ、私！）の顔見たさにそういう突飛な行動をとっていたのだという説。他にも、五十円玉の内側の穴になにかの細菌を塗りつけてそれを世間にばらまくために本屋を利用している説（！）など様々な意見が出された。

　しかし、どれも決め手ではないのはいうまでもない。レジの千円札が欲しければ、五千円札なり一万円札を両替すればいいではないか。その方が自然だ。もし彼が貧乏で五千円札や一万円札を持っていなかったとしても、だったら百円玉を持ってくるのが当り前というものだろう。ゲームセンター説は、五十円玉を自然に大量に使う場所の設定として目からうろこが落ちるような指摘だったが、大量に使うということは、ゲーセン内で五十円玉が回転しているということで、わざわざ本屋に持ってくる必要はないと思う。また、レジの女の子の顔が見たいのなら、なにもいらいらと数えるのを待って慌てて飛び出すことはない。じっくり眺めりゃいいんだ。その男が飛び抜けてシャイだったのかもしれないが、本屋などというものは、別段なにも買わなくても、もちろん両替などしなくても、いつまでもうろうろ出来る場所である。

いろいろの意見がやたらと出たが、結局、全員がなるほどと膝を叩くような意見は残念ながら出てこなかった。ディスカッションは黒後家蜘蛛の会の様相を呈し始め、しまいにはみな口口にこの家には給仕はいないんですかなどと言い出す始末だった。私はがっかりするとともに、ほんのちょっとだけほっとした。十年間考えてわからなかった謎が、一時間やそこらで解かれてはたまらない。これは、次回の『鮎川哲也と十三の謎』では『鮎川哲也と五十円玉二十枚の謎』というタイトルで競作でもしなくちゃいけませんかねえ、などと有栖川先生が冗談をおっしゃって、その謎解きについてはとりあえずうやむやのうちに、終わった。

『新・地獄荘の夜'90』は例年になく一人の死人も出さぬままお開きとなり、秋もあいかわらず暖かいながら少しずつ更けていったある夜、私は戸川編集長から電話をいただいた。用件が済むと、「ところで」と、編集長は妙に嬉しそうに言いたした。

「あの、例の『五十円玉二十枚の謎』ですけどね、あれを競作という形で『鮎川哲也と十三の謎'91』に掲載したいと考えているんですよ」

「はあ?」

私は問い返した。

「あれ、冗談じゃなかったんですか?」

「へへへへへ、いや、あのときあそこにいらした先生方にはもう原稿の依頼をしました」

「そ、それで、どなたかお書きになるんですか」

「何人か、書いていただけるそうです。現実そのままというわけにはいきませんから、人物と場所は自由ということでお願いしました。五十円玉二十枚を千円札に両替する人物が、あるところに現われる。この行為だけは統一して、あとは自由に発想していただきます。老婆なり子供なりが、八百屋なりあんみつ屋なりに現われる。さて、その理由やいかに。ついては若竹さんに、問題編をお願いするということで……」

「はあ……」

「なんなら、解答編も書いてくださっても」

「あ、いえ、それは結構です」

私は慌てて答えた。一か月後にいただいた『鮎川哲也と十三の謎'90』には、'91の予告編があり、「若手作家が五十円玉両替事件の謎に迫る！　〈出題〉若竹七海」としっかり印刷されてあった。


これが、「五十円玉二十枚の謎」なる競作が催されることになったいきさつの全てである。

編集長はあんなこと言ってたけど原稿が集まるのだろうかね、などと諸先生方の能力を過小評価していた私におかまいなく、いくつかの短編がめでたく提出され、冗談からでたまこと、競作は成立した。読者の皆様は、五十円玉を二十枚両替するという行為から、それぞれの作家がひねり出した解答を堪能されるだろう。だが、本来の意味での解決はまだである。私はこの謎を墓場までたった一人で抱えていくのはいやだ。どなたか、私の遭遇した謎を解いてみてはいただけないだろうか。さもなくば、私だけではなく、この問題編を読んだあなたも、墓の下で「あの男はどうして五十円玉を……」とうめき続けることになるかもしれないのである。

なにか、ご質問はございますか？（ありませんように）

解答編――土曜日の本

法月綸太郎

1

「ここで、現金の両替を頼めるかい？」

立ち寄りしなにそうたずねると、司書の沢田《さわだ》穂波《ほなみ》はカウンターの向こうで首を横に振りながら、

「おあいにくさま。ここは区立図書館の一般閲覧室で、キオスクじゃないのよ。コピーを取るんだったら、代金のおつりを渡せるけど」

「だったら、いいんだ」

そう答えると、法月綸太郎は閲覧席から椅子をひとつかっぱらってきて、リファレンス・コーナーの前にどっかりと腰を据えた。穂波があからさまに、迷惑そうな顔をする。

「先生、法月先生。そんなところに坐られると、仕事の邪魔になるんですけど」

綸太郎は聞こえなかったふりをして、

「両替のことだけど、他のカウンターで頼んでもだめかな」

「だめだめ。おかどちがいってものよ。現金を使う場所なんて、この図書館にはないんだから」

「公衆電話とか、コーヒーの自販機がある」

穂波はいちいち答えるのも面倒くさそうに、

「例外的にOKすることもあるわよ。個人的な親切の範囲でね。でも、現金の両替なんて、図書館のサービスに含まれてないの。だいいち、ここに来る途中、お金を崩してくれるところぐらい、いくらでもあるはずなのに」

「別に小銭がほしいわけじゃない。ただちょっと、相談に乗ってもらいたくて訊いたんだ」

「言っときますけど、わたしはこれでも仕事中なんだから、妙な相談ならお断りよ。それとも、何かやっかいな事件でも抱えているの？」

「近いけど、ちょっとちがう。アームチェア・ディテクティヴの短編を依頼されたんだけど、これがいわく付きの難問で、さっぱりうまいアイディアが出なくってさ。ここに来れば、妙案が出るんじゃないかと思ってね」

「わたしが、インスピレーションの素？」

「まあ、そんなとこかな」

冗談めかして答えているが、実はかなり本気なのである。というのも、あの〈切り裂き魔〉事件や、〈緑の扉〉事件のように、穂波のおかげでアイディアの真空状態から救われたことがあるからだ。もっともそれは、穂波ひとりの力添えというより、むしろこの図書館が持つ、奇妙な事件を引き寄せる独特の磁場みたいなものに、多くを負っているのかもしれないが。

「しょうがないわね。とにかく聞いてあげるから、その難問ってやつを話してごらんなさい」

穂波は椅子を前に寄せて、カウンターに両手で頬杖をついた。六月は衣替えの季節である。

綸太郎はどぎまぎして、

「どこから説明すればいいのかな。ええとね、そもそもその短編のテーマっていうのが、東京創伝社の凸川《とつがわ》編集長じきじきの発案によるものなんだ」

「へーえ。東京創伝社といえば、翻訳ミステリの老舗の出版社じゃない。最近は、国産の本格物にも力を入れてるけど、やっぱり老舗ならではの風格があるものね。でもって、創伝に書くとなると、ぽっと出の三流ペーパーバック・ライターにとっては、荷が重いのも当然かしら」

綸太郎は穂波をにらみつけた。

「君はぼくに喧嘩を売ってるのか」

「一般論よ、一般論。それで、凸川編集長じきじきの発案っていうのは、どんなものなの?」

「冒頭の謎の設定だけ与えて、若手作家に競作をさせようという魂胆だ。いかにも創伝らしい、マニア好みの発想だよ。出題テーマは〈五十円玉二十枚の謎〉。謎の設定は小栗虫太郎ばりの秘境冒険小説『髑髏水蛇座自治領《どくろみずへびざじちりよう》』でデビューした、股掛七海《またかけななみ》女史の実体験がベースになっている」

「実体験というと?」

「学生時代、股掛女史がアルバイトしていた書店のレジに、奇妙な客が現われたというんだ。十年ほど前のことらしい。ある土曜日の夕方、五十円玉二十枚を握りしめた中年の男が現われて、千円札と両替してくれと言う。外見上は、とりたてて特徴のない、ごく平凡なオジサンだった。その男は、それからもほとんど毎週のように、土曜日ごとにレジにやってきて、いつも同じように、握りしめた二十枚の五十円玉を千円札に両替してもらうと、夕闇の中に消えていったのだそうだ。

股掛女史は、その男の行動に不審を覚えたけれど、理由を問いただしたり、跡をつけてみたりはしなかった。そのうち、彼女はアルバイトを辞めてしまったので、五十円玉男のその後の消息はわからない。ただ、折りにふれて、『あの男はどうして五十円玉を――?』と、頭を悩まし続けていた。それから十年を経て、凸川編集長がその謎に飛びついたってわけさ」

「それで、さっき両替のことを訊いたのね。でも、残念ながら、わたしにはそういう経験はないわよ」

「まあ、めったやたらにあるような話じゃないことは確かだからさ。妙にディテールが細かい分、解決をひねり出すのに苦労してるんだよ」

「何か取っかかりぐらいないの?」

「出題者の股掛女史自身が、問題を整理してくれた。疑問その一、なぜ本屋で毎週五十円玉を千円札に両替するのか？　その二、その五十円玉はどうして毎週彼の手元にたまるのか？　主要な問題点はこの二つに尽きている。しかし、両者を無理なく説明できる、論理的な解答があるとは思えないよ」

「——確かに難問だわね」

「そう言ったろう」

穂波はしばらく首をひねった後に、

「締切りはいつなの？」

「九月発売の本に載せる予定だから、遅くとも今月中には原稿を渡さなければならない。凸川編集長のご機嫌を損ないたくはないしね」

「何ていう本？」

「『愛川鉄也《あいかわてつや》と十三の謎'91』」

「ふうん。若手作家の競作って、あなたの他に、どんな面子がそろってるの？」

「ええとね、サイバー歴史推理『元寇《げんこう》ゲーム』『古都パズル』『マジック三井寺《みいでら》』の蟻塚《ありづか》ヴァリスだろ、『鬼面銃』でデビューした武装本格派の鎧帷子《よろいかたびら》、学園ラブコメ植物推理『いさ子の友は♡ミトコンドリア』の泪橋幸《なみだばしさち》、『任侠は小太刀で勝負する』『殺陣《たて》映画』のヤクザ物で新境地を開いた雨降地《あめふりち》固丸《かたまる》、官能サスペンス『翔ぶ女、堕ちる女』の白胸猟色《しらむねりょうしょく》」

「そうそうたるメンバーじゃない」

「そうそう、あの時村薫《ときむらかおる》も加わるそうだ」

「本当？　わたし、時村薫のファンよ」

と穂波が力を込めて言った。

「ほら、この間、新作が出たでしょう。長編で、初めて殺人が起こるやつ」

「『火天《アグニ》の花』？」

「そう。買ったその夜に読んじゃった。最近の新人では、ピカ一よね。時村薫ぐらいの才能があったら、五十円玉二十枚なんて謎ぐらい、朝飯前でさらっと片付けることができるんでしょうね」

「そうとは限らないさ。凸川編集長に聞いた話だと、彼も含めて、みんな相当苦しんでいるようだ。最初にこの企画が出たのは去年の暮れだから、もうかれこれ半年になるけど、まだ誰ひとり原稿を完成させたという噂を聞かないからね」

「ちょっと待って」

穂波が急に目を輝かせて、綸太郎に詰め寄った。

「今、彼も含めてって言わなかった？　じゃあやっぱり、時村薫って男だったんだ」

「知らないよ。今のは、適当に言っただけだから。時村薫の正体については、凸川編集長のガードが堅くて、ぼくら作家仲間の間でも、謎のままなんだ」

穂波はまだ疑わしそうに、眼鏡の縁を指で押し上げて、

「そんなこと言って、本当は知ってて隠してるんじゃないの？」

「まさか。知っていたら、とっくに大声で触れ回ってるところだよ」

時村薫といえば、一昨年『空と梵《ブラフマー》』でデビューした、東京創伝社の秘蔵っ子的新人である。翌年発表した第二作『夜の禅』も絶賛された。浅草《あさくさ》紫円寺の住職と女子大生のコンビが繰り広げる、鋭い人間観察と犀利な推理が広い層から支持されて、特にワトスン役の〈私〉には、よこしまなファンもついているらしい。去年のコミック・マーケットでは、あぶない同人誌まで売られていたという噂もある。

覆面作家としてデビューしたので、作者の年齢も性別もわからない。早治大学文学部某教授の変名説。著名な思想家の娘説。老歌舞伎役者の手すさび説。J・D・サリンジャー説。将棋の女流名人の余技説。シオドア・スタージョンの代作説。インド人国費留学生説。仏道に帰依した獄中の死刑囚説。夫婦の共作説（つまり、旦那と奥さんが一章ずつ交代に書いている）。はたまた、プラズマ放電説、天皇機関説、高岡早紀巨乳説と、さまざまな臆説が飛び交ったが、今のところは、近未来カースト制世界を舞台に描くハードボイルドSF、『そして重力は衰える』『私が殺したシュードラ』を書いた植木賞作家、原子量《はらこりよう》の別人格モジュールならぬ、別名義説が有力だ。

この説を最初に唱えたのは、最新作『火天の花』の解説を書いた雅《みやび》みずきである。参考のため、その部分の文章を引こう。

これはまったく個人的な感想ですが、紫円寺の住職さんと「会っている」とき、私の目にはふと、彼とある人の姿がだぶって見えてくることがあります。その人とは、架空都市カルクナッタという擬似現実の混沌の象徴を背負いつつ、限りなく現実に近く、でも決して実在し得ない贅沢な夢の人――原子量さん描くところの私立探偵、サーヴァ・ジャキです。あくまでも私の憶測にすぎませんが、この魅力的な二人の水先案内人は、ひとりの作者の限りない夢から生まれた双子の兄弟のような気がするのです。ひょっとすると、覆面作家時村薫の正体は、原子量さんなのでは――? 時村さん、原子さん、もし間違っていたらごめんなさい。でも、われを忘れてそんな妄想に耽ってしまうのも、時村薫ワールドが豊かな〈夢〉の魅力――しなやかで優しく、強くてほろ苦い――に満ちあふれているからだと思います。

でも、そんな無茶な話はない、と綸太郎は思ったのだ。もし雅みずき説が真実だとすると、エラリー・クイーンとバーナビー・ロスが、同一人物（正確には、同二人物だが）と明かされた時以上のショッキングなニュースになる。仏教とバラモン教への深い造詣という相似点を除けば、なにしろ作風も文体も全くかけ離れた二人なのだ。まともに考えれば、同じ人間であり得る可能性などないのである。

ところが、原子量がこの告発（?）を黙殺したために、時村薫=原子量説は俄然、支持を集め始めた。本人が否定しないのは、怪しいというのだ。しかし、これは下衆のカングリというもので、原子量の立場に立ってみれば、おかしくも何ともないことである。だいいち、考えてもみよ、

《サーヴァ・ジャキは私だ。しかし、私は時村薫ではない》

植木賞作家の大先生が、こんな間抜けな声明を公表するわけがないではないか。とはいえ、ミステリ・ファンというのは、本人たちが思っているほど合理的な物の考え方をしているわけではなくて、結局、面白ければ何にでも飛びつくヤジウマにすぎないから、今のところ、最も奇想天外な雅説が通説的立場に祭り上げられているのも無理はない。

ちなみに、綸太郎の抱いている時村薫のイメージは、作中の〈私〉と同じ年代の娘を持ち、知的な職業に就いている四十代の男性という程度のものだった。もっとも、これは当たり前すぎて、今さら口に出すのも恥ずかしいような凡説である。

なんだか、話が妙な方向にそれてしまった。目下の関心事は五十円玉二十枚の謎と、迫りくる締切りの不安なのだ。しかし、せっかく穂波のアドバイスを期待してやってきたものの、今度ばかりは幸運のジンクスもお休みのようで、綸太郎はすっかり気落ちして、黙り込んでしまっていた。

その時である。

「法月さん」

と彼の名を呼ぶ声がする。顔を上げて閲覧室を見回すと、知り合いの大学生が近づいてきた。

「松浦《まつうら》君じゃないか」

「ああ、よかった。ここに来れば、先生に会えるんじゃないかと思って。来た甲斐がありました」

松浦雅人《まさと》はこの区内に住んでいるW大学の三年生で、熱心なミステリ・ファンである。以前、この図書館で起こった〈切り裂き魔〉事件をきっかけに親しくなった青年で、綸太郎の小説の数少ない理解者のひとりなのだ。

「心外だな。ぼくが年中、ここで油を売ってるような言い方に聞こえたぞ」

「はあ」

「だって、事実なんだから、仕方ないでしょ」

待ってましたとばかりに、穂波がくちばしをはさんだ。綸太郎は肩をすくめて、

「わかったよ。で、ぼくに何か用でも？」

松浦は神妙にうなずいた。

「実は、法月さんに折り入って相談が。ぼくの友達が最近、奇妙な体験をして、それがどうにも不思議な出来事なものですから——」

「君の友達って？」

松浦は首をめぐらせて、閲覧席の方に目で合図をした。高野《たかの》文子《ふみこ》の挿画から抜け出たような、ほっそりした体つきの娘が立っていた。白いブラウスにチェックのスカート、ヘアバンドで留めたボブヘア。色白で、おでこが広い。背筋をピンと伸ばして、まっしぐらな目つきでこっちを見ている。

綸太郎は松浦をつっついて、

「君もなかなか隅に置けないな」

「ちがいますよ。彼女、ぼくと大学のゼミが同じなだけで、全然そういうんじゃないんです」

「了解了解」

松浦雅人の女友達は、リファレンス・コーナーの前までやってくると、ぴょこたんとお辞儀をした。松浦は否定しているが、こうして二人並ぶと、なかなかお似合いのカップルである。

「紹介します。こちらは、倉森詩子《くらもりうたこ》さん。ええと、さっき説明した法月綸太郎先生と――」

「ここの司書の沢田です。ねえ、うたこさんって、どんな字を当ててるの？」

「『楚囚之詩』の詩です」

「あら、北村透谷《きたむらとうこく》」

「――さすがです。こう言っても、すぐわかる人は少ないんですよ」

「まあ、とりあえず、二人とも坐んなさい」

綸太郎は、新たに略奪してきた椅子を示した。二人が腰を下ろすと、気取った調子でたずねる。

「で、どんな奇妙な体験をしたのかね？」

先に口を開いたのは、松浦の方だった。

「彼女のバイト先に最近、変な客が来るらしいんです。バイト先っていうのは、大学の近くの書店なんですが、毎週土曜日の夕方、決まって同じ男がレジに現われると――」

綸太郎はとっさに気づいて、松浦をさえぎった。

「ひょっとしてその男は、五十円玉二十枚を千円札に両替してくれと頼むんじゃないだろうな？」

松浦はびっくりして、目をぱちくりさせた。

「——ど、どうして、知ってるんですか？」

やれやれ、今回もジンクスは生きていた。

2

「わたしのバイト先は、高田馬場《たかだのばば》の〈卍書店〉という本屋さんで、受け持ちは一階のレジ係です」

倉森詩子は最初だけ、少し緊張しているような口調で話し始めた。

「一階は文芸書の単行本、マンガの新刊、それに雑誌や定期刊行物を置いているんです。わたしはレジ係ですから、お客さんから代金を受け取り、本を包んで、ありがとうございましたと言って頭を下げる。これの繰り返しなので、単調といえば単調な仕事です。おまけに困るのは、制服のセンスがよくないことと、それに、時間中ずっと立ちっぱなしで休めないこと。大きい書店だから、お客さんがひっきりなしに来るんです。時々、いやなお客に当たったりすると、こんちきしょうって思ったりすることもあるんですが、お店の人はみんな優しいし、いやなことはすぐ忘れちゃいます」

「その店で働くようになって、どれぐらい？」

「もうすぐ二年になります。それまで、自分でお金を稼いだことなんてなかったから、いろいろと勉強になりました。父親が古いっていうか、そういうことにわりとうるさい人なので、あの、都内の高校の先生をしているんですけど、娘のバイトなんて絶対認めないと言い張るのを、本屋さんだから安心だし、社会勉強も必要だからって、母と二人で強引に押し切って、やっとOKもらったぐらいです。最初のうちは、おつりをまちがえて渡したり、営業スマイルが引きつったりして、結構苦労しましたが、今ではもうすっかり板につきまして、カバーを折る手つきなんか、われながら、《本屋のレジのプロなのよっ！》みたいな、すぐれものなんです」

「ふむふむ」

綸太郎はさほどの聞き巧者というわけでもないのだが、今日の語り手は一度勢いがつくと、とめどなく話し続けるタイプのようだった。

「レジに立つようになって気づいたのは、世の中には、本当にいろいろな本があって、いろいろなお客さんがいるんだなあってことです。山路《やまじ》愛山《あいざん》や斎藤緑雨《さいとうりょくう》の本を熱心に探しに来る人もいれば、『薔薇の名前』と『薔薇族』の区別もつかない女子高生、図書券でアイドルの水着写真集を買っていくサラリーマンもいます。エッチな雑誌をまとめ買いして、にやにやしながら、領収書を切ってくれと頼む人とか、カバーの折り目が歪んでいるからといって、一度買った本を取り替えに来る人、あと面倒なのは、絶版本ばかり注文する人ですね。

いやな思いもする反面、面白い勉強もしました。だいいち、その程度のことでいちいち腹を立てていたら、どんな仕事も勤まるわけがありませんから。それにこのバイトには大きなメリットがあって、それも新刊を二割引きの店員価格で買えるという、大変なメリットなんです。どれぐらい大変かというと、二千円の本を千六百円で買えるほどのメリットなんです」

図書券でアイドルの水着写真集を買って、どこが悪いんだ？　倫太郎は途中の言い回しに引っかかっていたが、あえて異を唱えることは控えて、

「で、肝心の五十円玉男の件は？」

とたずねた。詩子は、ぽんと手をたたいて、

「はい、そうでした。今、わたしは週四日、夕方の五時から八時までの三時間、レジに立っているんですが、土曜日だけは早くて三時の入りなんです。一階の表のレジは二重になったガラスの自動ドア、それを入ってすぐ右側の壁寄りにあります。レジスターは壁を背にして右側、L字のカウンターに来るお客さんから見て、横向きに置いています。後ろの壁には、本棚が作りつけになっていて、主にマンガの単行本が並んでいます。ちなみに、わたしはここで初めて、しりあがり寿《ことぶき》という名前を知りました」

「ああ、そう」

と倫太郎は答えた。この娘の話はやたらと脱線が多い。B型なのだろうか？　松浦はすっかり慣れているらしく、何とも悠然とした顔である。穂波はくすくす笑っている。詩子が続けた。

「一階にはもう一か所、奥にもレジがあって、そっちでは暇な時間に、カバーをサイズごとに折るという作業ができるんですが、表通りに面しているわたしのレジでは、そういった暇つぶ

しもできなくて、ただただ通りを行く人たちをながめたり、本の背を見つめ暮らすばかりなんです。人間観察には持ってこいの場所ではあるんですけどね」

　綸太郎はじれったくなって、

「――で、肝心の五十円玉男は？」

「これから話そうと思っていたところです。今年の一月、ある土曜日の夕方です。五時か六時頃、ひとりの男の人が、そわそわした様子で店に入ってきました。他の人のように書棚の方には目もくれず、まっすぐレジにやってきたかと思うと、手に握りしめていたらしい硬貨をずらりとカウンターに並べて、『千円札と両替してください』と言うのです」

「君は、言われた通りにした？」

「はい。よその本屋さんは知りませんが、こういう点、〈卍書店〉は親切で、両替のお客さんにもちゃんと応対するようにと、店長さんから言われているんです」

　詩子はしばし言葉を切ると、記憶をたどるようにあらぬ方に目を走らせていたが、やがてまた顔をまっすぐ向け直して、その時の状況を説明した。

「――わたしは硬貨を手に取りました。人肌に温まったそれは、五十円玉ばかりで、二十枚ちょうどありました。わたしが数えている間、そのお客さんは何となく人目をはばかるような、落ち着かない様子で待っていて、千円札を渡すと、ほとんどひったくるようにそれを受け取り、体を自動ドアにぶつけながら、礼も言わずに出ていきました」

「それで？」

「その日以来、その人はたびたび、しかも決まって土曜日の夕方にレジにやってきて、わたしと目を合わせないようにしながら、五十円玉二十枚を千円札と両替するように頼むのです。そして、両替が終ると、店の本には一顧だに与えず、逃げるように姿を消してしまいます。ある時、わざとゆっくり勘定しながら、横目で男の方を見ると、明らかに苛立っているのがわかりました」

綸太郎がてきぱきとたずねる。

「その男の外見上の特徴は？」

「年齢は、四十歳から五十歳ぐらいだと思います。中肉中背、年格好のわりに髪が長くて、ぼさぼさ頭っていうのに近い髪型でした。もみあげからあごにかけて、もじゃもじゃの髭を生やしているばかりか、いつも黒いサングラスをかけているので、顔の特徴ははっきりとわかりません。ああ、でも右目の下に、大きなほくろがありました」

綸太郎はため息をついて、

「あからさまに怪しい風体だが、それはきっと変装だね。ぼさぼさ頭はカツラ、髭は付け髭、ほくろも作り物だろう。そこまでして、顔を見られまいとしたからには、よほどの事情があったにちがいない」

「——何かの犯罪に絡んでいるとか？」

松浦がおそるおそる訊いた。

「その可能性はある。倉森クン、その男が初めて君の店に現われたのは、一月だと言ったね。

正確な日付を覚えているかな？」

詩子は小鳩のようにひょいと首をかしげると、鞄の中からどっしりとしたスケジュール帳を取り出し、ぱらぱらと繰った。

「ええと、あくる週の火曜日に、井上靖さんが亡くなったことを覚えてますから、たぶん月末の二十六日だったと思います」

「それ以降、毎週土曜日の夕方ごとに、君の店にその男が現われた」

「姿を見せない週もありましたが、三週間以上、間隔が開くことはありませんでした」

「ふむふむ。その男が他の曜日、ないしは別の時間帯に店に来たことは？」

「ありません」

「君がバイトに行っていない曜日でも？」

「はい。もうずっと前から、店員みんなの間でその人のことが話題になっていて、もし他の日に店に来ていたら、誰かがそうと気づいたはずです」

「なるほど」

綸太郎は質問を中断して、考えにふけった。松浦が意見を求めた。

「法月さん、これだけのデータから、その男の意図を推理できますか？」

「残念ながら、無理だね。実を言うと、この半年間、ぼくもこれと全く同じ謎に悩まされ続けてきたんだ。その結論は、完全にお手上げってことさ」

松浦はいぶかしそうな表情を浮かべた。

「この半年間っていう言い方は妙ですね。それにさっきは、ぼくが何も言わないのに、彼女が抱えている問題を見抜いたじゃないですか。ははん。ひょっとして半年前から、都内のあちこちの書店に、同じ五十円玉男が出没していたとか？」

「話としちゃその方が面白いんだが、あいにくそういう事実はないよ。さっきの芸当にしても、ちょっとした偶然の一致でね、大したことじゃないんだ」

「でも、偶然の一致と言われても——」

松浦はまだ釈然としない様子である。穂波が会話を引き取って、

「本当に偶然の一致なの。あんまりこの人を買いかぶっちゃだめよ。実はかくかくしかじかで」

と凸川編集長じきじきの発案に基づく競作のテーマを、後から来た二人に説明した。松浦はようやく腑に落ちた顔つきで、

「はあ、なるほど。偶然の一致というのは、そういう意味だったんですか」

「それでね、わたし、さっきからずっと考えていたことがあるんだけど」

得意げな口ぶりで、穂波が切り出した。

「その男はゲーム機荒らしの常習犯だったんじゃないかしら。五十円玉がたくさん手元に集まったのはそのせいよ。そして、両替の目的は足がつかないように、盗んだお金を洗濯することだった」

「毎週、同じ場所で、同じ時刻に？　そんなことをしていたら、いやでも注意を引いて、かえ

って足がついてしまう恐れがある。一度両替した店には、二度と近寄らないのが自然じゃないか」

「でも、レジの女の子の顔見たさに、足繁く通ってたってことも考えられるわよ」

「あの、それって、お世辞なんですか？」

詩子がぽっと頰を赤らめる。

「あら、あなたもっと自信持っていいわよ。ねえ、そう思うでしょ、松浦君」

いきなり振られた松浦はしどろもどろになって、

「——ええっと、ということは、股掛七海さんも、足繁くレジに通いたくなるような、見目麗しい方なわけですね？」

その通りと答えようと思ったが、いや待てよ、そう言ったら、穂波が理不尽にへそを曲げそうな気がしたので、綸太郎はむにゃむにゃとつぶやいて、松浦の質問をやり過ごした。穂波は穂波で、綸太郎のむにゃむにゃを勝手に曲解して、まあお気の毒に、きっとそれで本のカバーに著者近影を載せてもらえなかったんだわ、などと邪推しているにちがいない。

「——まあ、どっちにしても、ゲーム機荒らしじゃ話として物足りないね」

綸太郎が結論づけると、穂波はむきになって、

「あら、ごあいさつね。自分では何も思いつかないくせに、人の考えにけちをつけるばかりが能じゃないわよ」

「何も思いつかないっていうのは、言いすぎだ。ぼくだって、だてに名探偵づらしてるわけじ

やない。凸川編集長をあっと言わせるような妙案が浮かばないだけで、いくつか仮説ぐらい考えているさ」

「それなら、言ってごらんなさいよ」

　綸太郎はひとつ咳払いして、

「五十円玉をたくさん持ち歩いてたってことから、その男は銭形平次の末裔か何かじゃないかと考えてみた。銭差を通すための穴が必要だし、五円玉では投げ銭用には物足りない。ゆえに、五十円玉、という推理なんだが、ここまではいいね？」

「ナンセンス！　百歩譲ってその仮説を受け入れるとしても、なぜその銭形氏が、書店のレジで五十円玉二十枚を千円札に両替するかという肝心の疑問は、全然説明できないわ」

「まあ、聞きたまえ。聞いたところによると、股掛七海女史は、岡本綺堂の熱心な読者だそうだ。そこでひとつ訊きたいんだが、倉森クン、ひょっとして君も、岡本綺堂の小説が好きなんじゃないか？」

「ええ。中学生の頃、父に勧められて、ひととおり読みましたから。あの、でも——」

　とまだ何か言いかけるのをさえぎって、

「ほらね。だから、恐らくその銭形氏は、岡本綺堂の愛読者を見分ける独特の嗅覚の持ち主なんだよ。きっと、彼自身も熱狂的な綺堂ファンにちがいない。そして、同好の士に対する親愛の情を示す一種の符丁として、寛永通宝ならぬ五十円玉を——」

「お馬鹿さん」

穂波がぴしゃりと言った。

「銭形平次の作者は、野村胡堂じゃないの。岡本綺堂が書いたのは、『半七捕物帳』でしょう」

「それにわたし、野村胡堂の本は読んだことありませんけど」

詩子が申し訳なさそうに付け加えた。綸太郎は顔を真っ赤にして、

「――誰にもまちがいはあるさ」

「でも、程度ってものがね。フェル博士とH・M卿をまちがえるのとは、わけがちがうのよ。だから言ったでしょう、あんまりこの人を買いかぶっちゃだめだって」

こうまで言われては、綸太郎もぐうの音も出ない。入れかわりに、松浦が口を開いた。

「あの、さっきの股掛七海さんの話を聞いて、ひとつ気がついたことがあるんですが。つまり、股掛さんがその体験をしたのは、もう十年も前のことなんでしょう？　仮に二人の五十円玉男が同一人物だったとして、どうして十年もたってから突然、また昔と同じことを繰り返し始めたんでしょう？　不思議じゃありませんか」

言われてみれば、確かにそうである。松浦の着眼は鋭い。綸太郎はしばらく考えてから、

「――通貨偽造罪の刑は、無期または三年以上の懲役、だったかな」

「すると、その男がつい最近まで、刑務所の中にいたと――？」

「ひとつの可能性だけどね」

「ちょっと待って」

また穂波がくちばしを入れた。

「どうして、その男が十年間、五十円玉の両替を続けていなかったと言いきれるの？　だって、股掛さんはバイトを辞めた後、男の消息を知らないわけでしょう。それ以後も、ずっと両替を続けていたかもしれないのよ」

確かに、穂波の言うこともっともである。しかし、疑問点が増えるばかりで、推理の的はいっこうに定まる気配を見せない。

「——こうなると、あらゆる点から見て、考えられる結論はただひとつだな」

と綸太郎が言った。松浦は身を乗り出して、

「謎が解けたんですか？」

「いや」

綸太郎はもっともらしく、かぶりを振った。

「ぼくの結論は、要するにこの問題はアームチェア・ディテクティヴに向いていないっていうことさ。それに幸い、明日は問題の土曜日だ。そこで、倉森クン、くだんの五十円玉男は、明日の夕方も確実に君の店のレジにやってくると思うかい？」

「来ると思います」

詩子はしっかりうなずいた。

「だったら、ぼくにできることはただひとつ。夕方から店の前で張り込んで、われらが謎の人物の跡をつけてみるしかないようだ」

「あなたって、大した名探偵だわ」

あきれた顔で、穂波はそうつぶやいた。

3

あくる土曜日、六月十五日は、朝から雨模様の一日だった。二時半、綸太郎は高田馬場で、松浦雅人と倉森詩子と落ち合った。詩子のバイトの入りに合わせた時間である。

ランデヴー地点は、JR高田馬場駅早稲田《わせだ》口から歩いて三分、〈卍書店〉の斜め向かいの喫茶店。間口の狭い雑居ビルの二階で、店のウィンドウ越しに入口を見張れる席だ。通りは、傘をさした予備校生であふれている。

「まず、これが本日の秘密兵器」

綸太郎は一組のトランシーバーを、テーブルの上に置いた。今朝まで埃をかぶっていた中古品だが、元をたどれば、由緒正しい警視庁の備品である。ここに来る途中、桜田門《さくらだもん》の法月警視の部屋に寄って、むりやり拝借してきたものだった。

「何だか少年探偵団みたいですね」

嬉しがっているのか、松浦の声が弾んだ。かたや、詩子の方は見慣れない機械に恐れをなして、目をぱちくりさせている。綸太郎はトランシーバーの使用法を詩子に教授して、

「こっちを君の受け持ちのカウンターの下に忍ばせておく。君がレジに立っている間、ぼくた

ちはここで待機している。五十円玉男が現われたら、気づかれないようにスイッチを押して、連絡してくれればいい。その後は、ぼくたちが店を出て、男を尾行し、行先を突き止めるという段取りだ」

「わかりました。あの、このスイッチをオンにして話すだけでいいんですね」

「そう。くれぐれも、五十円玉男に悟られないよう、注意してくれよ」

「はい」

詩子はぺこりとお辞儀をすると、トランシーバーのケースを抱きかかえるようにして、〈卍書店〉の方に駆けていった。

「でも、沢田さんは来られなくて、ずいぶん悔しがってましたね」

詩子の姿が見えなくなると、松浦が口を開いた。

「あれで見かけによらず、ヤジウマ精神旺盛な人だからさ。でも、仕事がある以上、いくら悔しがったって、仕方ないもんね。いっひっひっひっひっひ」

と綸太郎。まるで筒井康隆である。

「法月さんこそ、創伝社の原稿は大丈夫なんですか？　締切りまで、あんまり時間がないって言ってたじゃないですか」

「ワープロに向かっても、どうせ手も足も出ないんだ。現実の五十円玉男をとっちめる方が、断然早道だよ」

「まあ、そうですね」

「獲物が現われるまで、まだ二時間以上ある。君は本でも読んでいたらいいよ。万一、怪しいやつがうろついていても、ぼくがちゃんと見張っているから」

「じゃあ、お言葉に甘えて」

松浦は鞄の中から文庫本を出して、栞をはさんだページを開くと熱心に読みふけり始めた。綸太郎は書名をのぞき見て、にやりとした。パトリック・クェンティンの『二人の妻をもつ男』だ。

綸太郎は頬杖をついて、窓の外をながめた。おあつらえ向きにBGMの有線は、洋楽のチャンネルに合わせてある。キング・クリムゾンの〈ブック・オヴ・サタデイ〉が聞こえてきた。クリムゾンは今、静かなリバイバル・ブームなのだ。TVのCMで〈二十一世紀の精神異常者〉が流れ、ロバート・フリップは最新のインタヴューの中で、第Ⅳ期クリムゾンの結成を匂わせている。心強いことこの上ない。

五時三十二分。テーブルの上に置いたトランシーバーが、音を立てた。倉森詩子が兄弟機のスイッチを入れたのだ。二人は先を争って耳を近づけた。

《――来ました》

ささやくような詩子の声が聞こえた。受信状態は良好だ。松浦が静かに息を吐いた。

《千円に両替ですね。かしこまりました》

「飛んで火にいる夏の虫、ですね」

と松浦が言った。綸太郎はうなずいて、伝票をすくい上げ、前もっておつりの出ないように用意しておいたコーヒー六杯分の代金を持って、腰を上げた。トランシーバーから、詩子が硬貨を数える声が伝わってくる。

《——十八、十九、二十。はい、確かに》

ちん、とレジの音がした時には、すでに二人の追跡者はぼんやりと雨にかすんだ夕刻の通りに飛び出していた。

《ありがとうございました》

松浦が身振りで合図した。グレイのコートに身を包んだ男が、〈卍書店〉の入口から出てくる。サングラスと髭だらけの顔。しかも、右頬に目立つ大きなほくろがあった。目的の人物にまちがいない。その時、トランシーバーから詩子がこっちに呼びかけた。

《今、店を出ました。グレイのコートを着ています。どの人かわかりますか?》

「うん、見つけた。これから、尾行を開始する。君は仕事に専念したまえ。何かわかり次第、こちらから連絡するよ」

《気をつけてくださいね》

「了解」

綸太郎はそれだけ言うと、通話を終らせた。グレイのコートの男は傘も持たず、脇目も振らないで、ずんずんと駅の方に歩いていく。二人は通りの反対側から、雑踏の中に男を見失わないよう、急ぎ足でその跡を追った。

男はJRの駅に入った。まっすぐ改札に向かうと思いきや、コインロッカー目指して人波をかき分けていく。ポケットからキーを出して、目当てのロッカーを開き、青い大きな紙袋を引っぱり出した。

「ひょっとして、拳銃の密売人か何かだったら、どうします？　五十円玉は、店内にいるブローカーとの連絡手段かもしれません」

松浦が急に弱気なものごしになってたずねた。綸太郎はかぶりを振って、

「いや。たぶん、あの中に変装道具を入れてきたんじゃないかな」

サングラスの男は紙袋を持って、ＪＲ線の自動切符売場の前に並んだ。綸太郎はさりげなく距離を詰めて、列の後ろに加わった。あいにく、男がいくらの切符を買ったか確かめられなかったので、とりあえず三百七十円区間の切符を二枚買って、松浦に一枚を手渡した。

改札を抜けると、男は手洗所の方に歩き出した。綸太郎は松浦に目配せして、

「ここで、変装を解くつもりなんだ」

「どうします？」

「二人で入るのはまずい。ぼくは外で待っているから、君が中の様子を見てきてくれ。人目もあるし、危ないことはないと思う」

松浦はうなずくと、男より少し遅れて、手洗所の中に姿を消した。

しばらくたって、松浦が外に出てくる。

「予想通りです。あいつは大きい方に入って、中でごそごそ着替えてますよ」

「わかった。君のブルゾンはリバーシブルだろ。今のうちに裏返しにしておくんだ。あいつの

目をごまかせる。それから、出てくる男の靴に注意しろ」

「茶色のモカシンですね」

「その調子だよ、ワトスン君」

待つことしばし、五十円玉男はわざとらしくハンカチで手を拭きながら、手洗所から出てきた。しわの寄ったダーク・ブラウンの背広姿で、サングラスも髭もほくろもない。髪型もさっぱりしたものに変っている。柔和な顔だちの中年男で、何の変哲もない、帰宅途中のサラリーマンといういでたちなのだ。

変装道具一式が納められているのだろう、ふくらんだ黒い鞄を右手に下げていた。念の入ったことに、コインロッカーから出した紙袋とは別物である。しかし、足元までには注意が及んでいなかった。さっきと同じ、茶色のモカシンを履いている。

男は何食わぬ顔で、山手線の外回りホームに立った。綸太郎と松浦も同じホームで電車を待つ。電車が入ってくると、男はためらいなく乗り込んだ。二人は別のドアから同じ車両に乗って、気づかれないように男の背中を監視した。

電車に乗ってしまうと、男は今までのようなそわそわしたそぶりを見せなくなった。そのかわり、暮れなずむ窓の外の景色を見つめて、じっと何かの考えにふけっているようであった。

男は日暮里《にっぽり》で下車すると、常磐線の電車に乗り換えた。そして、二駅先の南千住《みなみせんじゅ》で電車を降りる。駅を出ると暗くなった空を見上げ、鞄の中から折りたたみ傘を出した。日光街道の方を目指して、悠々と小糠雨の中を歩いていく。

綸太郎は尾行を続けているうちに、松浦がしきりに首をひねっていることに気がついた。南千住の駅で降りたあたりから、そのしぐさが始まっている。

「どうかしたのか？」

歩きながら、小声でたずねた。

「いえ、大したことじゃないんですが、彼女の家が確かこのへんだと聞いた覚えがあるんです」

「彼女の家？」

「ええ」

松浦はそれっきり、口をつぐんでしまった。

それからまたしばらく歩いて、五十円玉男は生け垣をめぐらせた家の前にたどり着いた。こぎれいな日本家屋である。二人は手前の角で立ち止まり、様子をうかがった。男は傘をたたむと、家の中に入っていった。玄関の戸を開ける時、くつろいだ声で、

「ただいま」

と言った。細君らしき声が男を迎えた。

綸太郎と松浦は充分すぎるほど時間を置いてから、男の家の前まで忍び足で近づいた。そして信じられない思いで、玄関に掲げられた表札の名前を読んだ。

そこには確かに、〈倉森和男、聡子、詩子〉と書かれてあったのだ。

「わからないなあ」

帰りの電車の中で、松浦が不思議がった。

「五十円玉男の正体が父親だったなんて、ドイルの『花婿の正体』みたいな展開ですよ。それにしても、彼女の親父さんはどういうつもりで、あんな奇妙な真似をしてるんでしょう？　娘の目をごまかすために、あんな変装をしていたのは理解できますが、それ以上のことはさっぱりわからない。法月さん、ぼくには全くちんぷんかんぷんですよ」

「――悪いけど、少し黙っていてくれないか」

綸太郎はうつむいたまま、すっかりうわの空の口調で言った。松浦はため息をついて、黙り込んだ。

この時、綸太郎の頭脳は、二十枚の五十円玉の謎をめぐって、めまぐるしく活動していたのである。彼の直感が正しければ、全ての手がかりはすでに出そろっていて、後はただ、知恵の女神が微笑みかけるのを待つだけなのだ。

倉森詩子の父親は、何のために娘のアルバイト先に現われたのか？　彼と、十年前に股掛七海のアルバイト先に出没した人物との関係は？　そして、謎めいた両替行為を繰り返す理由は何なのか？

綸太郎は急に顔を上げて、松浦を見た。そして、にんまりと頬をゆるませた。その視線に気づいて、松浦の目がぱっと輝いた。

「――わかったんですか？」

綸太郎はうなずいた。それから言った。

「彼女の親父さんは確か、高校の先生だったね？」

「ええ」

「なら、日曜の朝は家にいるだろう。帰ったら倉森クンに電話して、明日の朝、彼女の家を訪問する旨伝えてくれ。もちろん、ぼくも一緒に行くよ。彼女の電話番号は知ってるだろう？」

「あ、はい」

「その時、何か訊かれても、今日見たことは一切話さないように。明日、ぼくが全て説明すると言えばいい」

「わかりました。あの、沢田さんは呼ばないんですか？　彼女だって、事の真相を知りたがっているはずですよ」

「いや。悪いけど、今の時点ではまだ、彼女には知らせられない。今度の一件は、秘密裏に事を運ぶ必要があるんだ」

松浦の顔が曇った。

「まさか、よりによって、彼女の親父さんが犯罪に手を染めているなんてことはないでしょうね、法月さん？」

綸太郎は頬をすぼめて、目を細くした。

「――それに近いかもしれないな。つい最近、人をひとり死なせているんだから」

4

翌朝十時ちょうど、綸太郎は松浦をともなって、南千住の倉森家を訪れた。梅雨前線がいっとき南下して、さわやかに晴れ上がった日曜日、どの家の表を見ても、この日を逃すなとばかりに、布団と洗濯物のオンパレードである。

ドアチャイムを鳴らすと、さっそく詩子が出てきた。肩が見えそうなぐらいだぶだぶのTシャツに、色の褪せたジーパンという姿で二人を迎える。

「じろじろ見ないでね。家にいる時は、たいていこんな格好してるのよ。あの、散らかってますけど、どうぞお上がりください」

「朝っぱらから、お邪魔します。ところで、お父さんはいらっしゃいますか？」

と綸太郎がたずねた。

「父ですか？　おりますけど、何か」

「ぜひお目にかかりたいと伝えてくれませんか」

詩子はぽかんと口を開けた。それから、しゅんとしている松浦をにらみつけると、声を抑えて、

「これは一体、どういうこと？　今日の用事は、五十円玉男の調査報告でしょう。電話では、

そう言ってたじゃない」

「――ぼくの口からは何も言えない。法月さんに訊いてくれ」

悲痛な表情で、松浦が答える。昨日の薬が効きすぎたらしい。綸太郎はそ知らぬふりを決め込んでいた。詩子はわけがわからず、手をひらひらさせた。

二人はこぢんまりした客間に通された。座布団に坐って待っていると、おもむろにふすまが開いて、詩子が顔を出す。敷居をまたぐやいなや、くるりと背を向けて、廊下に向かって呼びかけた。

「お父さん、早くってば！」

倉森和男はおぼつかない足取りで、客間に入ってきた。すっかりまごついた表情である。くたびれたポロシャツに、膝の抜けたスラックス。起きてから間がないと見えて、髪には寝ぐせがついている。

「もうお父さんたら、髪ぐらい梳《とか》してきてよ」

「おまえこそ、そんなだらしない格好で、お客さんに失礼だと思わないのか？　だいいち、私に会うことなんて一言も聞いてないんだぞ」

二人とも声をひそめているつもりなのだろうが、話は全部筒抜けである。綸太郎がえへんと咳をすると、倉森はあわててこっちを向いた。

「ああ、どうも。詩子の父です。＊＊高校で、国語の教師をしております」

立ったまま、ぎごちない身振りで頭を下げた。

「ほら、坐って坐って。お父さん、二人を紹介するから。こちらが大学のゼミの同級生で、松浦雅人君。それから、松浦君の知り合いで、推理作家の法月綸太郎さん」

「はじめまして、法月と申します。こんな時間にいきなりお邪魔して、申し訳ありません」

「い、いや、どうかお気になさらずに」

彼の名前を知らされた時、倉森がばつの悪そうな表情を示したのを、綸太郎は見逃さなかった。

「それで、法月さん。父まで引っぱり出して、これから一体、何が始まるんですか?」

期待と不安の入り交じった口ぶりで、詩子がたずねた。松浦は引きつったような表情で、じっとこちらを見つめている。綸太郎は居ずまいを正すと、倉森和男の目をまっすぐのぞき込んだ。

そして、親しげな笑みを浮かべて言った。

「あなたは、覆面作家の時村薫さんですね」

「ひゃあ」

と叫んで、松浦がのけぞった。しかし、名指しされた当人はかえって落ち着いた口ぶりで、

「これはこれは、評判通りの鋭いお方だ。はい、こうなったら、じたばたせずに潔く白状いたしますよ。おっしゃる通り、時村薫の正体はこの私です」

いともあっさり認めた。見破られたことをさぞ悔しがっているかと思うと、そうでもなく、

何だか楽しくてたまらないような顔なのである。

「それにしても、よくおわかりになりましたね。それとも、凸川さんが何か口をすべらせましたか？」

綸太郎はかぶりを振って、

「凸川編集長に罪はありません。いや、もしあるとすれば、〈五十円玉二十枚の謎〉なんて難問を、ぼくらに解決させようとしたことでしょう」

時村薫はやっと納得した表情で、

「――ははあ。道理で昨日、帰りの電車の中で、誰かに見られているような気がしたわけだ。あれはあなた方でしたか。ということは、高田馬場からずっと、私をつけてきたんですね」

「お察しの通りです。どうも野暮な真似をして、申し訳ありません」

「えーっ！」

突然、詩子がすっとんきょうな声を上げた。

「じゃあ、あの髭もじゃサングラス男は、お父さんの変装だったの？」

「そういうこと」

と綸太郎。時村薫はくすぐったそうな顔をして、

「――野暮な真似だなんて、とんでもない。それより、私の方こそ野暮なお願いですが、一体どういういきさつで、時村薫の正体を見抜くに至ったか、最初のところから説明していただけませんか？」

「ほかならぬ時村さんにそうおっしゃられると、恐縮します。それにいきさつといっても、ほとんど偶然のおかげというか、区立図書館のジンクスがきっかけですから」

「区立図書館のジンクスといいますと？」

そこで、綸太郎はかくかくしかじかと、金曜日からの一連の出来事をかいつまんで説明した。時村薫は、話の節目にタイミングよく合いの手をはさみながら、興味深げに耳を傾けていた。

「――こうして、謎の五十円玉男の正体が、詩子さんの父親、つまりあなたであることがわかった時点で、奇妙な両替行為を合理的に説明する唯一の解答に至る手がかりが、全て出そろったわけです」

「ほほう。いよいよ、解決編ですね。まず、最初の手がかりは何ですか？」

「ぼくが最初に注意を向けたのは、五十円玉男が〈卍書店〉に出没し始めた時期の問題です。お嬢さんの話によると、初めて男が現われたのは、今年の一月末。ちょうど、凸川編集長が親しい作家たちに、〈五十円玉二十枚の謎〉というテーマで競作短編を依頼して、まだ間もない頃です」

「ふふん」

時村薫は愉快そうに相槌を打った。

「しかも、お嬢さんの前に現われた男の行動は、奇妙なまでに、股掛七海女史の十年前の体験談と酷似していました。偶然の一致では到底説明がつかないほど、ディテールがそっくりだったのです。十年前の五十円玉男と、現在の五十円玉男が同一人物である可能性も考えましたが、そうすると変装という条件がうまくかみ合わない。股掛女史に両替を頼んだ男は、自分の素顔をさらすことにむとんじゃくだった点に注意してください。それよりも、別人である第二の五十円玉男が、意識的に十年前の出来事をその通りになぞっていると考えた方が、ずっと道理にかなっています。つまり、〈卍書店〉に現われた男は、股掛女史の体験談をよく知っていた人物だということになります」

「確かに」

「時間的な接近を考慮に入れると、その人物は、凸川編集長に競作の依頼を受けた作家の中にいる可能性が高い。しかも、この推定には強力な裏付けがあります。それは、この人物をして、十年前の五十円玉男の行動を正確に模倣せしめた理由です。

凸川編集長が、傘下の作家に競作を持ちかけたのは、昨年の暮れのことですが、それから、第二の五十円玉男の出現までに、約一か月のずれがあることに注意してください。この間、第二の五十円玉男は何をしていたのか？

ぼくの考えでは、この一か月のブランクは、競作の依頼を受けた作家が、提示された問題を解決するために、机上の推理を組み立てようと四苦八苦していた期間だと思います。しかしながら、〈五十円玉二十枚の謎〉はあまりにも手強くて、彼は手詰まりの状態になってしまったのでしょう。半年たった今でも、まだ誰ひとり原稿を完成したという声を聞かない以上、この推定はあながち無理なものではないはずです。

手詰まりになった某先生は、その時点で、方針の変更を余儀なくされたのです。すなわち、頭の中だけでいくら考えても、妥当な解決を編み出すことができないのなら、いっそのこと、実際に自分で十年前の五十円玉男の行動を再現してみたらどうか。案ずるより産むが易し、同じ立場に身を置けば、五十円玉男の真意を理解できるかもしれないと考えたにちがいありません。これこそ〈卍書店〉のレジに、第二の五十円玉男が現われた理由ではないでしょうか？　確かに想像の域を出ませんが、決して不自然な考えではないと思います。他人の行為の動機を、自分自身に置き換えて推し測る。程度の差こそあれ、どんな作家でも、これと似た考え方をしているはずです。時村さん、それとも、ぼくの推理には無理がありますか？」

「いえいえ、とても立派なものですよ。どうぞ、先を続けてください」

「〈卍書店〉に現われた男は、凸川編集長に競作の依頼を受けた作家の中のひとりである。その顔ぶれを列挙すると、蟻塚ヴァリス、鎧帷子、泪橋幸、雨降地固丸、白胸猟色、法月綸太郎、出題者の股掛七海も加えましょう、そして、時村薫です。

一方、ぼくは必ずしも論理的とはいえない方法で、第二の五十円玉男が、倉森和男という本名を持つ事実を知りました。では、先に名前を挙げた八人の作家のうち、倉森和男氏であり得る人物は誰か？　まずぼく自身の名前は、当然除外されます。さらに、蟻塚、鎧、泪橋、雨降地、白胸の各氏は、これまでに刊行された本のカバー等で素顔を公表していますから、顔がちがう以上、倉森和男氏でないことは明らかです（この事実について、本文中では特に言及していないが、熱心なミステリ・ファンの読者には、あえて説明を要しないはずである——法月註）。股掛さんは写真を出していませんが、彼女がうら若き女性であることは周知の事実なので、やはり除外されます。したがって、最後に残ったひとり、覆面作家時村薫を名乗る人物こそ、倉森和男＝第二の五十円玉男なのです」

「これはまた、クイーンばりの消去法ですな」

「お世辞でも、そう言っていただけると光栄です。さて、ぼくは以上のようなプロセスを経て、時村薫の正体は、倉森詩子さんの父親ではないかと推定しました。それでは、この推定を裏付ける他の証拠が存在するでしょうか？　もちろん、存在します。

まず、第一点。時村薫の作風から、素直に著者の素顔を想像すると、彼は四十代から五十代の知的職業に従事する男性であり、小説の語り手である女子大生のような娘を持っている蓋然性が高い。この条件は、そのままあなたに当てはまります。

第二点。一昨日のことですが、お嬢さんは、中学生の頃、父親に勧められて、ひととおり岡本綺堂の小説を読んだ、とおっしゃいました。中学生の娘に、岡本綺堂を読むように勧めることが、一般的な読書指南であるとはいえません。この事実から明らかなのは、倉森和男氏が、かなりハイレベルの小説通であるということです。言うまでもなく、時村薫は古今東西の小説に精通した作家です」

時村薫はにっこりして、

「これは、一本取られましたね。しかし、それだけでは、私が時村薫であるという決め手として、いささか弱すぎはしませんか？」

「その通り。でも、もうひとつ、あなたは決定的な手がかりを残していたのです。すなわち、時村薫（TOKIMURA KAORU）というペンネームは、あなたのお嬢さんの名前、倉森詩子

(KURAMORI UTAKO) のアナグラムです。QED」

時村薫の頬が、微かに上気した。

「そこまでお気づきでしたか。いやはや、お恥ずかしい限りです」

「ちょっと待ってください」

それまで呆然として、声もなかった松浦がようやく我に返って、話に割り込んだ。

「法月さん。それじゃあ昨日、別れ際に言ったあの言葉は、倉森さんがつい最近、人をひとり死なせたというのは、時村さんの『火天の花』のことだったんですか？」

「そうだよ。あれを真に受けていたのかい？」

「そりゃ受けますよ。まるでぼくが馬鹿みたいじゃありませんか。本当に悪い人だなあ」

時村薫は目を丸くして、

「おやおや、法月さん。いくら何でも、それは言いすぎだ。冗談で人殺しにされては、私もたまりませんよ」

「どうもすみません。でも、誤解したのは君の方が悪いんだ。ぼくとしては、フェアな手がかりを提供したつもりだったんだけどな」

「よく言いますよ」

松浦は頬をふくらませた。

「あの、ひとつ訊きたいんですけど」

詩子がもどかしそうにたずねた。男たちの話題に、全然ついていけなくて、途方に暮れている顔である。

「時村薫っていうのは、誰のことですか」

「は？」

「父が何か書いてるんですか？」

綸太郎は一瞬、答に詰まって、穴が開くほど詩子の顔を見つめた。苦笑しながら、時村薫が助け舟を出した。

「娘は推理小説を読まないんです」

「じゃあ、あなたが本を出していることも？」

「知らないはずです。ずっと隠していました。だからこそ、変装したり、あんな芸当もできたわけで」

「そうなんですか？」

詩子はこくんとうなずいた。その時、ふすまが開いて、コーヒーの盆を持った色白細面の女性が登場した。

「すみません。ずっと外にいたので、気がつきませんで。詩子、お客さんがいらっしゃったら、お茶ぐらいお出ししなさいな」

「私の家内です」

と時村薫が言った。そう言われてみると、詩子と顔だちが似ている。母親似の娘なのである。

「ねえ、お母さんお母さん。お父さんが本を書いているって、知ってた？」

夫人はにっこりと微笑んだ。

「知ってましたよ。じゃあ、ばれちゃったんですね、時村薫が?」

「ばれちゃったよ」

詩子は口をとがらせて、

「ずるいわあ、お母さん。どうして、わたしにだけ黙ってたの?」

「詩子には教えるなって、お父さんから何度も釘を刺されていたからですよ。自分の娘をモデルにして、あんな小説を書いてるのが知れたら、恥ずかしくって口もきけないって、お父さんがあんまり言い張るもんだから」

時村薫は年がいもなく、首まで真っ赤になって、

「おいおい、そんなふうに言った覚えはないよ。私だって高校で受験指導をしている手前、余技で推理小説を書いてるなんて知れたら、学校にも、生徒にも合わせる顔がないからって、ちゃんとそう説明したじゃないか。それに詩子は口が軽いから、すぐ外で言い触らすに決まってる、だから内緒にしといたんだ」

夫人は口に手を当てて、くすくすと上品に笑った。それから、綸太郎と松浦の方に目を移して、

「口ではこんなこと言ってますけどね、本当は照れ臭いだけなんですよ。一応、娘の前では、厳格な父親のふりをしていますから、弱みを見せたくないんです。あの本に出てくる住職さんだって、自分とそっくりに書いてあるんですから。要するに、娘に遠回しのラブレターを書い

てるのと同じことなんです」

詩子は興味津々の口ぶりで、

「その本って今、家にあるの？」

「ありますよ。お父さんの本棚の一番奥にこっそり隠してあるの。後で見せてあげる。面白いわよ。では、お二人ともごゆっくり」

夫人は立ち上がると、慎ましやかに客間を出ていった。時村薫はえへん、えへんと何度も空咳を繰り返して体裁をつくろった後、娘の顔を見ないように努力しながら、また話し始めた。

「先ほどのあなたの推理には、ほとんど付け加えることがありません。実は、凸川さんとは、大学の推理研以来の長い付き合いで、覆面作家としてデビューするという話があったのも、もとは、彼が言い出したことです。今回、凸川さんから〈五十円玉二十枚の謎〉を持ちかけられて、二つ返事で引き受けたまではよかったのですが、なかなかこれといったアイディアが出なくて、困り果てた挙句に、たまたま娘が〈卍書店〉でアルバイトをしていることを思い出して、これを利用しない手はないと考えたわけです。私としては、ブラウン神父の推理法に倣ったつもりなんですが」

「わたしは人間を外側から見ようとはしません。わたしは内側から見ようとする……そのわたしが、殺人犯の考えるとおりに考えるのです。殺人犯のと同じ激情と格闘するのです――確かに、そうですね。それはそうと、二十枚の五十円玉は、どうやって手に入れたのですか？」

「毎週、学校の近くのゲームセンターに寄って、両替してきたものです。それから、例の変装道具一式は、学校の演劇部の生徒から借りました。高田馬場駅のトイレで着替えて、脱いだ物や何かは、紙袋に入れてコインロッカーに隠しておく決まりだったのですが、ロッカーが全部ふさがっていて、仕方なくそのまま引き返したことも何度かあります。大きな紙袋を持って、本屋に入るのはいやですからね。そんな手間をかけたのは、言うまでもなく、娘に私と悟られないためです。この子に気づかれたら、時村薫の正体を打ち明けなければなりません。どんなことがあっても、それだけは避けたかったのです」

「それなら、わざわざ〈卍書店〉に行かなくても、他の書店で両替をすればよかったのでは？」

と綸太郎はたずねた。

「いいえ。よその本屋で同じことをしたとして、何かのまちがいで、騒ぎが大きくなったらどうします。万一、そうなった場合でも、娘のところなら、《あれは父親の冗談でした》で片付いたでしょう。それに、ひょっとしたら、娘の周囲の人間が五十円玉男の話を聞いて、合理的な説明を思いつくかもしれません。その時はさりげなく、娘の口から答を聞き出すこともできると期待したのです。他力本願というやつですが」

綸太郎はうなずいたが、内心では別のことを考えていた。もっともらしい理由はあるものの、せんじつめれば、時村薫は娘に自分の正体を、ひいては、覆面作家時村薫の素顔を見破ってほしかったにちがいない。変装までして〈卍書店〉を訪れたのは、アンビヴァレントな父親の心理のなさしめたところである。

「あとひとつ、うかがってもいいですか。時村さんの本を読むと、お寺の内情がずいぶん詳しく書いてありますが、誰かお坊さんのお知り合いでもいらっしゃるのですか」

時村薫は微笑んで、

「兄貴が坊主なんです。実家が浅草の寺で、長男が親父の跡を継ぎまして。だから、私も般若心経ぐらいはそらで言えますよ」

「これはどうも、恐れ入ります。ところで、時村さん」

綸太郎は口調を改めた。

「はい、何でしょう」

「ものは相談ですが、結局こういう形でお嬢さんにも正体を知られてしまったわけですから、いっそのこと、これを機会に覆面をお取りになってはどうでしょう？　たくさんの読者が、それを待ち望んでいると思うんです」

時村薫はしばし腕を組んで、考え込んでいたが、

「そうですね。いや、実は私も長いこと不義理を重ねているようで、心苦しく思っていたところでもあります。こうして素顔を知られたのも、何かの縁でしょう。決めました。時村薫は覆面を外します」

すがすがしい顔で言う。綸太郎はかしこまって、

「いや、どうも、この道の大先輩に向かって、いろいろ差し出がましい口もききましたが、今日という日に免じて、お許しください」

「一体、何です？」

と松浦。

「何かお祝いごとでもあるんですか。時村さんの誕生日か何か？」

綸太郎は、ぼんやり口を開いている松浦にウィンクした。

「むろんだ！　知らないのか、君？　今日は〈父の日〉だぜ！」

「今のは、『災厄の町』の台詞《せりふ》ですね。もっとも、あっちは〈母の日〉でしたが」

そう言った後、時村薫は急にもの憂い表情になって、

「ところで、法月さん。肝心の競作の件はどうされるつもりです？　締切りは今月いっぱいでしょう。何かうまい解決を思いつかれましたか？」

綸太郎はずいと身を乗り出して、

「実はそのことで、時村さんにたってのお願いがあるんです。せっかく時村さんが覆面をお取りになるのですから、そのご祝儀ということにして、今日のこの一件をそのまま短編にしても構わないでしょうか？　それとも、何か不都合がありますか」

時村薫はちょっと困ったような顔をした。

「いえいえ、そのこと自体は構いませんが、実は私の方も、同じことを考えていましてね。というのも、恥ずかしながら、あれだけの苦労をもってしても、何もいい考えが浮かばなかった次第でして。それで、いざとなったら、自分がやっていたことを少し脚色して書けばいいのではないか。股掛さんの十年来の疑問には答えられないけれど、とりあえず凸川さんには許して

もらえるだろう。そういう心づもりだったんですが、同じ発想の短編が二つ重なるとなると、彼もいい顔はしないでしょうね」

「でも、ぼくは譲れませんね」

「私だってそうです」

「困りましたね」

「困りました」

と時村薫。綸太郎はふと思いついて、

「そうだ。合作というのはいかがです？」

「それはまずいんじゃないですか。一応、競作という建前もあることですし」

「まあ、そうですね」

綸太郎は腕を組んだ。時村薫はぐいと顔を上げて、

「それではいっそのこと、ジャンケンで片を付けましょうか。負けた方が新しいネタを考えるということにして、どっちが勝っても恨みっこなしの一回勝負で決めましょう。異存ないですか？」

「受けて立ちましょう」

「では、いいですか。ジャンケン――」

ポの字まで言いかけた時である。突然、時村薫のこぶしが宙に凍りついた。そのまま、目を虚空に据えて、微動だにしない。綸太郎はあわてて、

「と、時村さん、どうかしましたか？」

彼の口から、おおっという叫びがこぼれた。

「――思いついた」

「は？」

「今、五十円玉二十枚の解決が閃いたんです」

「本当ですか？」

「ちょっと待ってください」

時村薫の瞳が、きらきらと輝き始めた。二、三度満足げにうなずくと、

「うんうん、これで行ける。完璧だ。なぜ、今まで気づかなかったんだろう？　こんなに自明なことなのに」

それから、おもむろに綸太郎の顔に目を戻して、

「法月さん、ジャンケンの勝負はなしです。さっきのネタはあなたに差し上げます」

「あの、いいんですか」

「はいはい。私はもっと素敵な解決を思いつきましたから」

自信満々の口ぶりである。綸太郎は身を乗り出して、

「素敵な解決って、どんな解決ですか。さわりだけでも、教えてくれませんか？」

時村薫はにんまりと笑みを浮かべた。新しいおもちゃをひとり占めにした子供のような顔だった。その表情こそ、時村薫の真の素顔であるということに、綸太郎はこの時初めて気がつい

たのだった。

「――それは、本が出た時のお楽しみ」


この作品は全くのフィクションであり、作中に登場する作家、作品名は架空のもので、現実に存在する人物、作品とは何ら関係ありません。なお、作者が勝手に文章の一部を引用、改竄した今邑彩、宮部みゆき、若竹七海の三氏には、深くお詫びいたします。ちなみに、北村薫氏には、女子大生のお嬢さんはいないそうです。

（法月綸太郎）

解答編

依井貴裕

もう何ヵ月か前のことになる。私は役所に入りたてということもなく、やっと取れた休暇を久しぶりに楽しんでいた。

「依井さん、またさぼっていますね」

休息を妨げる電話が鳴って、戸川編集長の声が受話器越しに聞こえてきた。笑いを含んだ、妙に嬉しそうな声だった。

戸川安宣《やすのぶ》氏。エディター・イン・チーフ。日本推理界が誇る名編集長である。「このシリーズをお読みの方にはお連続ドラマの登場人物のようにおなじみの」はずなのに、外見に関する描写はどこを探しても見当たらない。検閲できる立場にあるものだから、都合の悪いところは削るよう校正しているのだろうか。背が低く、童顔で、悪戯好きの子供のような笑みを常にたたえ、何故かアームチェアー・ディテクティブ誌の汚れた鞄をいつも持ち歩いている。口の悪い私の先輩たちは、とっちゃん坊やのようだと、第一印象を囁き合っていた。

「先に役所へ掛けたんですが、今日もお休みと伺いましてね。全く、うらやましい御身分で」

戸川さんは強烈な嫌味を飛ばしてくる。私が休暇を取っているときに限って、まるで計ったように電話を掛けてくるのだ。私のいないところでは、「依井さんは全然働いていないみたいですよ」などと、周りに言い触らしていると聞く。一度、国勢調査の仕事で、鬼のように忙しかったとき、「日頃暇だから、ちょっと忙しいだけで、そう感じるんじゃないですか」と言われたことがある。おそらく、公務員のつらさは公務員でなければ分からないのだろう。そういった訳で、私はこういう言葉に対しては、基本的に相手にしないことにしていた。

「ところで、例の『五十円玉二十枚の謎』ですけどね」と、戸川さんはこれから本題と言わんばかりに、いそいそとした様子で切り出した。「あれを本当に書いてもらえませんか？　皆さんにお願いしているんですが、『鮎川哲也と十三の謎'91』に、若手作家の競作という形で掲載したいんですよ」

私は即座に首を振った。

「ご冗談を」

戸川編集長は電話の向こう側で含み笑いをしたようだった。

「いえいえ、皆さん、御了承いただいておりましてね。法月さんなどは、もう書けるとおっしゃってますすよ」

「はあ」

私の返事には元気がない。

「ですからね、北村さんには円紫《えんし》さんを、有栖川さんには江神《えがみ》さんを、とお願いしているんですよ。そこで、依井さんにもですね、多根井《たねい》さんを出してもらって、この謎を論理的に解決させて欲しいんですが」

「ろ、ろ、論理的にですか？」

私はおののいて、何度かどもりながらその言葉を口にした。悪い夢でも見ているような気がした。論理性——確かにそれは私の作品の特徴ではある。犯人を決定するための論証は、今まで欠かしたことはない。しかし、今度の場合は相手がよくなかった。あらかじめ与えられた不可解状況を、論理的に解決できるようにしなければならないのだ。とんでもない無理難題だった。

「問題編は、小町《こまち》さんに書いてもらうつもりでいます」

戸川さんは平然とした声で続けた。小町さんとは、小町ひとみさん、今の若竹さんのことである。本人は知られるのを嫌がっているが、チャターボックスの木智《きち》みはるさんもこの人である。お名前をまだ伺っていませんでしたね、と私が尋ねたとき、「どの名前ですか」と切り返されて、面食らった記憶がある。

「締切は四月の上旬ということでお願いします」

私が回想に耽っていると、知らないうちに話が進んでいた。断ったはずだったのに、いつの間にか書くことを約束させられている。さすがは名編集長だ。私は絶句して、受話器を握り締めていた。

「地獄荘にいたメンバー全員に頼んでいますからね。頑張ってください。くれぐれも締切に遅れないように。あ、それから、長編の方もよろしく」

戸川さんは用件だけ言うと、一方的に電話を切ってしまった。こちらの聞きたいことは完全に無視されてしまった。各人のアイディアが重なったら、どうするのだろう？　あの夜の話し合いで出された案を用いるのは御法度なのか？　それよりも何よりも、地獄荘にいたメンバー全員ならば、戸川さん自身は書かないのか？

以上の疑問を並べた葉書を、地獄荘のお礼がてらに出してみた。しかし、戸川さんからの答えはやはり返ってこなかった。

それからの私は、誰かれなく、会う人ごとにこの話をして、いい解決はないか尋ねてまわった。

まず、職場。地獄荘でこんなやりとりがあって、こんな謎が出題され、こんな解答が披露されたと紹介した。十分ぐらい経っただろうか、得意げに話し続けていると、係長から「ええかげんにせえ、仕事中やぞ」と怒鳴られてしまった。もしかしたら、戸川さんの言う通り、本当は仕事をしていないのかもしれない。

次に、語学学校。職員に英語の会話力をつけさせる目的なのか、優秀な者に限って、民間の語学学校で研修を受けさせてくれるのである。もちろん無料。勉強ができる上に、仕事もさぼれるということで（やっぱり、仕事をしていないのだろうか）、喜んで参加していたのだが、五十円玉に関しては、予想通り芳しい成果はなかった。

最後に、手品の会。ここに集まっている連中というのは、一般の人と発想のレベルが違う。職場や語学学校では、地獄荘のときに出た様々な案に及びもつかなくて、失望したものだったが、ミステリも好きだという人たちだけあって、同レベルのアイディアがどんどんと飛び出した。

「そら、やっぱり、木の葉は森に隠せのパターンやで。二十枚のうちに、一枚だけまずい五十円玉があるんや」

「うーん、それよりおとなしい凶器の方がおもろいんとちゃうか。紐でつないで固定したら、立派な金属の棒になるで」

「なるほど。ほんなら、こんなんどや。その両替するっちゅう行為そのものが、何かの合図になってるゆうのは」

地獄荘のとき話し合ったのと、ほぼ同じアイディアも現れた。

「造幣局にやな、五十円玉係というのがあって、ほんまは廃棄処分にせなあかんのを、両替に来てんのとちゃうか」

「いやいや、そいつは多分、いろんな本屋で両替を頼んでみて、サービス度をチェックしてるんやで」

「分かった！　その男はきっと隣の店のおっさんや。つまりな、土曜日の昼頃になると、必ず五十円玉二十枚持って両替に来よる奴が現れる。そのおっさんもその理由が分かれへんもんやから、悩んどる訳や。それで、夕方に自分が同じことして、その謎をこっちへ押しつけとるんや」

全く愉快な会合だった。その場はその場で楽しかったのだが、小説にできそうなネタは結局一つも出てこなかった。

それから、時は流れた。私は長編の方が忙しくて、五十円玉など考えている余裕はなかった。『鮎川哲也と十三の謎'90』にはしっかり予告まで載せてあって、私は思わず吹き出しそうになった。編集後記には、大胆にも、八月にお会いしましょうとあり、戸川さんの真似ではないが、首を傾げないではいられなかった。

さらに、時は流れた。ゴールデン・ウィークの後半。北村さんが協会賞を受賞されたので、地獄荘仲間でお祝いをすることになっていた。案内には、「北村先生を囲む地獄荘の会」とある。二部構成で、第二部が「北村薫さんと地獄荘の夕べ」。朝まで生語りのコーナーである。第一部が「鮎川先生との散策会」。その折、私は五十円玉の進行具合を、一人一人密かに尋ねてまわった。

まず、澤木さん。すごい。十年考えて分からないものが、今さら分かる訳ないでしょうと、あっさり言ってのける。有栖川さんは鉄道の座談会に参加したので、目次に名前が二つも載るのはやらしいから、と巧みに逃げを打つ。お二人とも書くつもりは全くないらしい。逆に、実際書いているという法月さんは恐縮している。自分さえ書かなければ、この企画そのものが失くなるのに、と。しかし、そのためのギャグを三日間も掛けて考えたので、どうしても載せたいという。我孫子さんも、問題編にあれだけ解答を載せられたら、と困惑の表情は隠し切れなかった。

最後に、北村さんにお伺いすると、やはりお書きになるつもりはないようで、本当の理由なんてたわいもないものなんでしょうねえ、と意見の一致を見た。法月さんの原稿をこっそり回してもらって、みんなでそれを自分の文章に直して戸川さんに渡せば、いやあ、すごい偶然ですねえ、人間の考えることなんて、みんな同じだ、などと言って誤魔化せると、裏技まで話し合った。

そのときもらっていた問題編には、「いくつかの短編がめでたく提出され、冗談からでたこと、競作は成立した」などと書かれてあったが、それはまるっきりの嘘だったのである。結局、その夜の地獄荘は、新たな謎を提出して、また競作なんてことにならないよう、話題に気を遣い過ぎた結果、例年ほどの盛り上がりを見せることもなく、昼前にお開きになった。

五月も後半になって、ようやく余裕を持って仕事に取り組めるようになった頃、戸川さんから職場に電話があった。私は珍しく仕事を休んでいなかった。多根井理《さとし》のペンネームが依井貴裕になるんですね、などと雑談をした後、長編の話をし、ちょっと首を傾げてるんですよ、などと言われることもなく、その用件はすぐに終わった。私はうきうきした気持ちで、五十円玉のことを尋ねてみた。

「原稿は集まりましたか？」

「それが……」

「どうされるんですか。もう、予告を出しちゃってるでしょう」

「ええ」

戸川さんの口調は歯切れが悪い。

「やっぱり、去年と同じように、十二月に出すんですか？」

「いや、今年こそは八月に……」

「でも、原稿はないんでしょう」

「ええ。ですから、来年に延ばそうかと」

「ほほう。問題編が今年で、解答編が来年ですか」

「いやいや……」

私も意地が悪い。

「私もやっと落ち着いてきたので、今からなら考えることができますが、どうしましょう？」

「……もう間に合いませんから。来年用に考えておいてください」

そんなやりとりをして、電話を切った。本当は、この時点で思いついていたことがあったのだが、それは言わなかった。

六月の関ミス連大会のときである。関ミス連とは関西ミステリ連合の略で、かつて友達だったはずの奴が、痛烈な非難を平然と浴びせてくるとんでもないところである。大会の前日に案内をもらっただけなのに、ゲストとして勝手に名前が載せられていたりもする。そういった事情もあって、私はできる限り参加しないように努力していたのだが、戸川さんが行くとおっしゃるので、ゲラの受け渡しなどを済ませてから、最後の方にちょこっとだけ顔を出させてもらった。一次会が終わって、喫茶店での二次会で、有栖川さん、芦辺《あしべ》さん、そしてゲストの若竹さんと話をしていた。

若竹さんに関しては、第一印象が強く残っていて、泡坂《あわさか》さんと手品を見せていたとき、マッチであぶってくれと頼んだら、紙を燃やしてしまって、ホテルで小火《ぼや》を出しかけたことがあった。初対面のときも、泣きそうな顔でじっとこちらを見つめているので、はは～ん、見惚れてるな、と思ったのだが、『虚無への供物』のおキミちゃんが好きというのを読むと、私のことをニューハーフだとでも思ったのだろうか。

さて、有栖川さんと芦辺さんが、大学のみならず、住んでいたところや、行きつけの本屋まで一緒だったという話（にもかかわらず、ずっとすれ違いだったのだ）や、私がカッター・シャツをオーダーしたときに、イニシャルをT・Yと間違えられたが、ペン・ネームにちょうど合ってしまったという話（戸川さんも間違えられたことがあるらしい）や、自分の本が文庫本になったとき、誰と誰の間になるかという話や、若竹さんの顔が蟹に似ているという話……いや、これは私が一人で言ってたことだが、とにかく、そんな話に混じって、五十円玉の話も出たのである。

私は、両替に来る怪しい男は戸川さんに違いないと言い、その男は童顔で、アームチェアー・ディテクティブ誌の鞄を持っていなかったかと、若竹さんに尋ねた。有栖川さんは五十円玉の特性から、一瞬ではあるが賽銭泥棒説を考えたとみんなを笑わせた（実を言うと、私も考えた）。謎の存在自体知らなかった芦辺さんは、書く約束と引き替えに事件の概要を聞き、やはり今までと同じようなアイディアを出したにとどまった。全てを横で笑いながら聞いていた戸川さんは、今月一杯までに書いてくださいよと言い残し、その夜、東京へ帰っていったのだった。


で、結局、私の考えついたことというのはたいしたことではなくて、戸川さんと若竹さんはグルなのではないか、ということなのである。競作を望んでいた戸川さんが、そのような謎を提出するよう若竹さんに頼んだのではないか。それが証拠に、二人とも解決編を書かないで済んでいる。地獄荘にいた全員が書く予定だったはずなのに、おかしいではないか。私など、伏線を入れるべき問題編を書かずに、解答編だけで論理的に、という無茶な足枷を付けられたのに、である。

しかし、それでも納得できない場合、私は別の解答も持ち合わせている。両替をする怪しい男は、やはり若竹さんが目当てで本屋に来ていたのだ。見ているだけでは飽き足らなくて、話がしたい、つながりを持ちたい、その気持ちがあのように目立つ両替を行なわせたのだろう。

そう、若竹さんはそれほどに素敵な女性だからだ。誰かさんは蟹のようだとひどいことを言っていたが、彼女が魅力的であることは、その名前から論理的に推測することができたはずである。若竹さんの本名を思い出せば、納得してもらえるだろう。それは、きれいな女性を称するときにしか用いられない言葉だった。美しさをあらかじめ約束されたかのような名前——小町ひとみ。

＊

私は原稿を二回ほど読み直すと、ふーっとため息をついた。首を傾げないではいられない内容だった。あまりもの進歩のなさに、思わず感心してしまう。楽屋落ちめいた話ばかり。プロ意識を持っているのだろうか。私はそれを机の上に置くと、気晴らしに外へ出ることにした。

車のキーを取り上げると、行きつけの書店へ。外は激しい雨が降り続いていた。ワイパーが役に立たないほどの土砂降りだった。大きな雨粒が、車の窓に当たっては、すぐに流れていく。視界が悪く、停止線がぼんやり霞んで見えた。

堂島興文堂《どうじまこうぶんどう》。大型書店。七階建てのビルだったが、テナントはわずか一つで、最上階の一角に手品ショップが入っているだけだ。ターミナル駅にも近いため、いつも混雑している。しかし、喫茶室もなければ、文具売場もなく、そのスペースをフルに活用しているため、品揃えがいい。それが大きな魅力だった。

左隣は銀行、三時を回ってもうシャッターが降りていた。銀行との敷地の間に通用門があって、細い通路が書店の職員用出入口まで続いている。その通路に付いている薄汚れたビニールの屋根が、激しく雨を弾き返していた。右隣には二階建てのファミリー・レストランがあり、その駐車場が書店との敷地を隔てていた。

私はいつものように、書店の前を行き過ぎると、ロイヤル・フレンドの駐車場に車を入れた。天気のせいか、停めてある車の数はずっと少なかった。雨脚の強さは、家を出たときとあまり変わっていない。私は折り畳みの傘を差すと、小走りに店の中へ入っていった。

エレベーターで五階へ。私は上の階から順に下へ降りていくことにしている。その方が楽だ。文庫本の新刊を覗き、ミステリの単行本の売れ行きを眺め、階段を降りる。ミラーになっているところで、ネクタイの曲がりを直す。ワイシャツの袖のイニシャルが、Y・Tと逆向きに映っている。例のイニシャルを間違えられたワイシャツだった。

小一時間もぶらついた後だったろう、私は一階に降りてきた。雑誌売場だというのに、人は少なかった。そういえば、二重になったガラスの入口の向こうは、まだ雨模様。カウンターの中の女店員は、手持ち無沙汰な様子で、外の通りに視線を投げ掛けていた。

そんな平穏なときである。唸るような自動ドアの音とともに、一人の男が急いだ様子で店の中に入ってきた。どこかで見たことがあると、私はそのとき直感した。

さりとて、外見に特徴がある訳ではなかった。四十がらみの冴えない感じの中年で、服装もよれよれのポロシャツを着ている。その色がズボンと合わせたように灰色で、よけいにくすんだ印象を受けた。髪の毛だけはきちんと整えているが、顔を伏せるようにしているために、てっぺんの薄いことが分かる。こちらに背中を見せるようにしてレジへ向かったが、どこにでもいるような中肉中背の男だった。

「千円札と両替して欲しい」

その言葉を聞いて、私は思わず小さく叫んでいた。あの男だ。奇妙な両替を頼むあの男なのだ。どこかで見たことがあるように思ったが、本当はそうではない。読んだことがあったのだ。目の前にいるような風体の男の描写を、私は若竹さんの問題編で読んでいたのだった。

レジ係の店員は、一瞬呆気に取られた様子で、トレイの中に置かれた五十円玉を見つめていた。意味がすぐには呑み込めなかったようだ。男の方は、両手をカウンターについて、半ば身を乗り出すように待っている。急いでいるのか、微かな苛立ちを覚えている表情だった。

やがて、その女店員は愛想笑いを浮かべ、五十円玉の数を数え始めた。男はいらいらした様子を態度に表しながら、その動作をじっと眺めている。両替だけが目的なのか、荷物らしきものは何も持っていない。鞄はおろか、財布も持っていないようで、五十円玉も剝き出しのまま、両手で持って来たみたいだった。

私はむらむらと好奇心の湧きだして来るのを感じていた。この男の跡を尾ければ、奇妙な両替をする意味が分かるに違いない。私だけは知ることができるのだ。少なくとも、何かの手掛かりにはなるだろう。居所を突き止めておきさえすれば、最悪、本人に直接尋ねることだってできる。

そう思って、千円札を握った男の跡を追おうとした矢先だった。後ろから、私の名前を呼ぶ者がいた。

「奇遇ですね」

振り向いた視線のその先に、見覚えのある顔があった。多根井理だった。階段を降りながら、小さく頭を下げて会釈している。きっと癖なのだろう、人の好さそうな顔は、何かいいことでもあったように、軽く頰笑んでいた。

「ああ……」

私は返事だけすると、もう一度振り向いてカウンターの方を見た。男はいなかった。レジの女店員に目の色で尋ねると、無言で自動ドアの方を指差した。私は急いでそちらに目を向けた。しかし、既に遅く、男の姿は二重になった自動ドアの向こうに消えてしまっていた。激しく降りしきる雨の雫が、ガラスに何本もの流れを作っていた。

私は外へ追い掛ける気力もなく、呆然としてその場に立ち尽くした。惜しい機会を逃した後悔の気持ちで一杯だった。

「何かあったんですか?」

理は自分が何をしたかも知らない様子で、私にそう問い掛けてきた。その無邪気な顔を見ると、よけいに腹が立って、怒鳴りつけてやりたい衝動に駆られた。しかし、その気持ちを辛うじて抑えると、私は今見た男のことを詳しく話した。理はずっと黙って聞いていたが、小さくうなずくと、話の終わりに自信に満ちた声でこう言った。

「その男が誰なのか、ぼくは知っていると思いますよ。そして、そんな両替を何故行なうのか、その理由についてもね」

読者への挑戦

ここで物語を中断して、読者への挑戦を挿入したいと思います。この謎を解くのに必要な事実と手掛かりは、全て提出されました。戸川さんの御要望通り、論理的に解決することができます。五十円玉を両替に来る男は誰なのか、そして、そんな両替を行なう理由は何なのか、見え見えの伏線を基に解明してください。健闘を祈ります。

依井貴裕

書店を後にすると、私はひいきにしている喫茶店に理を誘った。歩いてすぐの、裏通りにある店だった。場所の悪さとくすんだ看板のせいで、あまりはやっていない。降り続く雨のおかげで、いつもにもまして人が少なかった。

「だから、簡単なことです。その男はこの土砂降りにもかかわらず、鞄はおろか、財布も何も持ってはいなかった。つまり、傘もレインコートも、雨の日の必需品を全く持ってなかった訳です」

席に腰を落ち着けると、理はすぐに説明を始めた。ゆっくりとした足取りで、ウェイトレスが水とおしぼりを持ってくる。ココアを二つ注文した後、私は説明を続けるよう理を促した。

「にもかかわらず、男は濡れている様子が全くありませんでした。灰色のポロシャツに灰色のズボン。雨に撃たれれば、すぐに分かる色ですね。そして、きれいに整えた髪。雨の降っている外から入ってきて、再び外へ出て行ったというのにです。ということは、考えられることは一つしかないでしょう。その男は建物の外からやってきたのではないのです。傘やレインコートの必要がない、建物の中からやってきたのです」

私は首を振って否定した。

「そんなおかしなことはないでしょう。私は男が外から入ってくるところを目撃しているんですよ」

「なるほど。言い方が悪かったのかもしれません」理は一旦譲歩した。「ぼくの言いたかったのは、あのビルの外部の人間ではなく、内部の人間が両替しているのだ、ということなのです。全く雨に濡れないで外から入ってくるには、内部の人間が職員用出入口から屋根の付いた通路を辿って、表に回る他はないはずなのです」

私は銀行との間にある細い通路を思い出した。薄汚れたビニールの屋根が付いていて、雨に濡れずに正面へ回ることができそうだった。考えてみれば、左隣の銀行は閉まっていて、こちらから濡れずに入ることはできなかった。右隣も駐車場があるから、屋根などあるはずもなく、外から入るにはやはり傘が必要だった。

「さて、あの両替をする男が本屋の店員だったとしたら、あんな目立つことをする必要があるでしょうか。いいえ。自分がレジに入って、こっそりと替えれば済む話です。そもそも、本屋の人間なら、レジ係の女店員が顔を知らない訳はないでしょう。だから、その男は本屋の関係者ではありません。そして、あのビルには、喫茶室も、文具売場もなく、テナントは一つしか入っていませんでした。手品ショップでしたね」

私はうなずいた。そのとき、ウェイトレスがオーダーを持って現れた。ホット・ココアが二つ。ウェイトレスが下がると同時に、理は説明を再開した。

「多分、五十円玉を使った手品の種を作っていて、数多く失敗品ができるのでしょう。どんなものなのか知りませんけどね。見た目には分からないものの、重さが微妙に違っていて、自動販売機では使えない。傷物の五十円玉だから、銀行へ持って行って両替する勇気もない。硬貨に手を加えるのは違法行為ですからね、見つけられたらそれで終わりです。また、自分の店の釣り銭としては、さばききれそうもない。そこで、灯台下暗し、堂島興文堂で両替しているのでしょう」

「つまり、手を加えた五十円玉だとばれてしまったときに、外から来てる客だということで、内部が一番疑われにくい、ということですね」

「ええ。まさか、上の階のマジック・ショップから出たものだとは考えないだろう、という読みなのでしょう」

私は大きくうなずきながら、自分のワイシャツの袖を軽く引っ張った。Y・Tのイニシャルを、T・Yと逆に縫い付けられたものだった。

「分かりました。しかし、今の解決の方が、送っていただいた原稿よりも、ずっといいんじゃないですか。少なくとも、論証はありますからね」

その言葉に理は顔を引きつらせた。

「ま、ま、まさか、書き直せって言うんじゃないでしょうね、戸川さん」

私は編集者らしく、意地悪に笑った。

「せっかくこうしてお会いしたんですから、ここで書いていただく、というのはどうでしょう」

理は喘ぐように言った。

「そ、そんな、殺生な」

「じゃあ、家に来ますか？　駐車場にバンが停めてありますが」

理は激しく首を振った。

「い、いや……。車だけは……」

「それじゃ、ここで直してください」

私は冷たく言い放った。編集者冥利に尽きるせりふだった。

「う……」

「文中ではいろいろ書いてもらいましたからねえ。頑張ってください」

私は長年愛用しているアームチェアー・ディテクティブ誌の鞄を引き寄せると、その中から罫紙とペンを取り出した。東京創元社のものだった。その全てには、私のイニシャルが入っている。戸川安宣――Y・T。

そして、それらを理の前に並べると、私は原稿の書き直しを命じた。理のペンネーム、依井貴裕の名前で。

なお、この物語はフィクションであり、作中に登場するいかなる人物、いかなる団体も、実在のものとは無関係であることを、お断りしておきます。

一般公募作選考経過

巻頭の「はじめに」でも記しましたような事情で、珍しい形の推理競作が実現したのですが、ここで平成四年四月末日までに解答編を寄せられた応募者のお名前を掲げておきます（なお、締切後に数編のご応募がありましたが、割愛させていただきました）。

北海道旭川市　見本金時　　千葉県船橋市　森由紀
岩手県陸前高田市　菅原重人　　千葉県館山市　小山彰一
宮城県名取市　沢口子竜　　千葉県松戸市　有瀬幸子
宮城県栗原郡　伴多寺朱夏　　東京都品川区　石森啓友
福島県白河市　石野英一　　東京都中野区　滝守弥
茨城県水戸市　榊京助　　東京都杉並区　佐々木淳
栃木県鹿沼市　黒川常幸　　東京都練馬区　城戸寂久

東京都武蔵野市　　菊池純夫と楠木未知男
東京都小平市　　原岡望
上野郵便局私書箱　　三宅らんせ
神奈川県川崎市　　今里浩紀
神奈川県鎌倉市　　高尾源三郎
新潟県新津市　　篠原あつみ
石川県河北郡　　白川哲也と脇田健生
静岡県沼津市　　神無太郎
静岡県清水市　　矢多真沙香
愛知県名古屋市　　伊藤風郎
愛知県名古屋市　　星谷エリコ
京都府京都市　　西口康夫
大阪府淀川区　　関屋正史
大阪府阪南市　　谷英樹
兵庫県神戸市　　黒田誠
兵庫県西宮市　　高田貴之
和歌山県那賀郡　　津田裕城
島根県松江市　　白石千恵利（二編）
徳島県板野郡　　南部義道
福岡県久留米市　　高橋謙一
福岡県飯塚市　　石橋竜介

これを受けて、先にも書きましたように、法月綸太郎、依井貴裕、若竹七海三氏と編集部・戸川の四人で平成四年六月十二日、大阪で選考会を行ないました。
その模様を以下に掲げますが、ご応募いただいた方々に心から感謝の念を捧げたいと思います。ありがとうございました。

（戸川記）

戸川　最優秀作を、まず決めてしまいましょう。その後に個人的に推す作品を選ぶということにしましょう。

若竹　依井さんがこれだっていうのは、どれなんですか？

依井　いや、それはやはり若竹さんから……。（大阪弁で）

若竹　えーっ！　あたしからですかあ。

依井　いや、そりゃそうでしょう。

若竹　わたしは、高橋謙一さんの。これって、謎解きに穴があるんで、うーんどうしようかなあと思ったんですけど、好きなんです。

依井　あ、なるほど。わたしも、それ一応推薦の中には入れてますねえ、はい。

法月　話の持っていきかたが、五十円玉が集まるのと、使う人が別々っていうのはこの人だけでしたね。

依井　ですね。それだけに無理があるんですけど……。

若竹　そう、大無理がありますよね。それはわかるんですけど。

依井　無理はありますけど、良く考えてますよね。ええ。

若竹　五十円玉を重りに使うという発想が一人だけだったし。

依井　やっぱり検事の一人称ですからねえ。

若竹　覚醒剤を梱包してる部屋に、普通、掃除のおじさんは入れませんよね。そこが問題なんです。

依井　五十円玉がその辺に積んであって、重りにしとって……そんじょそこらに落ちてるかいな、って気もするんですけどね。

法月　ま、確かにね。

若竹　だから、穴はあるんですよ。でも一読して一番面白かったのがこれだったんで、これを推したいです。

依井　話をどうやって持っていくんかなと思たら、ね、うまいこと解決してましたよね。

若竹　うん。

戸川　じゃ、法月さん。

法月　わたしは榊京助さんのですね。模型かなんかやってて、奥さんが頭おかしくて、という……。

戸川　保険料のやつですね。

法月　あ、そうですね。これは、解決自体は飛び抜けて凄いとかっていうわけではないんですが、この奥さんが、島尾敏雄の奥さんみたいで、そういう部分がおもしろかった。始めと終りの楽屋落ち部分がなければ、完璧だったなあ……と。

若竹　若竹七海が出ているのが気に入らないんです、わたし。

依井　ああ、いや若竹七海が綺麗やて書いてある作品がやたら多かったでしょ？

若竹　そうでしょう、だからそれで順番決めようかな、と思ったんですよ。一番美しく書いてる人に大賞をあげちゃう。なんてね。

法月　いや、それを最初にやったのは誰かという、問題がありますからねえ。
依井　え、法月さんでした？
法月　いや、わたしは……若竹さんのことは一言も。
依井　そうでしたねえ、いやいや、申し訳ございません。そやけど、今回の企画では、若竹さんの大きなアップの写真を載せて欲しいですねえ、ええ。
若竹　五十円玉のアップじゃだめなんですか？
依井　いやいや、そんなん意味がないやないですか。やっぱり選考経過でね、やたら綺麗やとか、美しいとか書いてましたけど、実物はこうですよ、と。
若竹　悪かったわね、なんだその言い方！
依井　いや、実物がどうやとは言ってないですよ。
戸川　依井さんは？
依井　三つくらいまでに絞るのはたやすかったんですがねえ。どうしても一点にしなさいって言ったら……ええ、わたしは、谷英樹さんの……。
若竹　わーい！　出たー！
依井　僕は一度ね、京都の手品の会で会《お》うてるんやないかと思うんですよ、この人とは。厚川昌男賞の第三回目の受賞者と同じ名前なんですよ。綾辻さんが来るはずのときでね、忙しいて来はれへんかったんですけど、そのとき、『綾辻さんが来ると思て期待してたのに、来てたんは依井貴裕とかいう三流の作家やった』て、言うた人やと思うんですよ。（笑）

若竹　凄いなあ……。

法月　これはでもねえ、ごく一部の関西の人間にしか解りませんよ。載せたいなとは思いますけど。

若竹　なんでなんで？　仲間うちの落ちがあるから？

法月　っていうか、わたしに関しては一個所、これは関西にいた人しか解らないっていうのが……Tシャツがどうしたこうしたというのが。

若竹　あ、ああ、のりぴーとか、Tシャツとかいう、あれですか？

依井　ああ、あれはねえ、エンドレスナイトを知らんと解らんでしょうねえ。ま、ちょっと叙述のトリックの使い方に問題があるなあ、と思うんですけどね。もひとつしっかり解ってなくて、うーん無理やなあ、というのはあるんですけど。とりあえず、五十円玉の解決アイディア自身が、初期条件と二回目以降が違うアイディアっていうのがね。一回目は自動販売機が壊れてて、釣りが余分にでてきたと。ま、五十円玉両替してたんですけども、部下に見つかったから怪しまれんために、わざとそれを繰り返したと。

若竹　あ、そうか。

依井　解決がミステリ的やなと。二段階に分けてたのは、他にも競馬のもあったわけですけどね。ジンクスを担ぐために……というのはあるんですけど、こっちの方がミステリ的な解決やなと。アイディアだけやなくて、他の部分で読ませようと努力してる。読ませ切れてないとは思うんですけどね。他の部分の構成を持ってるという点で、一番ミステリ的な作品やったんやないかな、と。
戸川　この三作についてどうですか？　他の方は。
若竹　わたしは、ほかの二人の方が選んだ二つともAマイナスつけてるんで、どちらが入っても文句はありません。でも今おっしゃったような理由で、谷さんのは凄いな、と思いつつ、あまりにも内輪ネタなんで、ちょっと……。
法月　その点では、大いに反省しています。
依井　まずかったかなあ……と。
法月　ふたりともおなじようなのを書いてしまったのが。
若竹　そう、だから内輪受けだったら何でもいいかっていう雰囲気に……。
法月　そうそう、そう思わせてしまったのは良くなかったなあ。確かにこれを載せたら、わたしとか、依井さんとか、若竹さんとかは面白い。
若竹　わたしには面白いんだけど、他人が読んで面白いんだろうか。
法月　さあ。
戸川　それでは、もう少し枠を広げて、次点くらいまで挙げていただけますか。若竹さんから。
若竹　矢多真沙香さんの――。
依井　あれはいいですねえ。
若竹　謎解きはほんとに大した事ないんですよ。はっきり言って凄く大した事ないんですけど、なんか、謎解きに絡んだ周りの人の感情が……。

依井　小説になってるんですよね。
若竹　その辺りがとても好きだったんで。
法月　この人は、ＥＱＦＣの有名人なんですよね。それで、知ってる、とか思って期待して、よーし、これはがちがちの本格が来るぞと思って、期待して読んだから、あれ？　って思ったのが正直なところですね。
依井　真沙香さんはがちがちの本格ものは書きはりませんよ。
法月　ああ、そうなんですか。
依井　どっちかというと。
法月　僕はだから意外でしたね。ええっ？　ていう感じがした。
依井　そうですかね、あれ、出てくるマスターどないなってるかわかってます？　あれは凄かったですよ。片一方が僕で、もう一人が綾辻さん。
若竹　そんな！　あれって美しい話じゃなかったんでしたっけ。
法月　そうだったのか！
依井　やかましいな。
若竹　凄い美少年、美青年の共同経営者、マスターの兄弟が出てきて……兄弟だってことは最後に解るんだけど。なのに綾辻さんと依井さんなんですか？　あんな美しいのに？
依井　ええ、そうなんです。
若竹　却下しようかなこれ、やっぱり。

依井　若竹さんのことを美しいと書いてる人もいてるんですから……。
若竹　わかった、わかったよ！　うるさい、しつこいよ。
法月　若竹賞。
依井　あ、それしましょか！　ぼく依井賞に推薦しますわ。
戸川　各自が一人ずつ何賞というのを出しますか？
若竹　わたしそれなら、佐々木淳さん。これは、載せてあげたいと思ってるんですよ。あまりとんでもなかったので。
依井　ねえ、これはうまかったですよ。
若竹　最後にね、じつは冗談だったっていうのが……。
法月　あれさえなければ！　もう、嘘でもいいから貫き通してほしかったですね……結局何の解決もしてないんですよね。ま、他人のことをわたしは言えませんが。
若竹　解決がつかないという点では、鮎川哲也犯人説というのもありましたね。
法月　わたしは、凄く困ったなあと思いながら、こういう人載せたら向こうの思う壺だなあ、と思いながら、あの高尾源三郎という人の、ほら、北村薫風の……。
依井　話としては綺麗な話ですよね。
法月　わたしははっきり言って地味だなと思って読んでいたら『あたしだって、以前バイトしてた本屋で、本棚の本が上下逆さまになってたことがあったのよ』と、そのフレーズがあまりにも芸が細かいので、それで。

戸川　法月さんのこれが次点……ですか？

法月　どうしても話が綺麗なのを選んじゃうんですよね。

若竹　でも、話が綺麗なのを選ぶと、真沙香さんのが一番綺麗だと……。

依井　一番……でしょうね。ええ。

法月　そうか、わたしは歪んでいるのか……そうだったのか。あともう一人と言われたら、例の『現れた男、出会った僕』。

依井　黒田誠さんですね？

法月　全く解決編になってないんですよ、あれ。読んでて一番訳が解らなかったという……最後まで読んで、結局何だったんだろうと思ってしまいましたね。

戸川　これが法月賞？

法月　これは番外。

若竹　番外賞ですね。

法月　ブービー賞じゃないでしょうかね。というか、これに関しては、こういう幻想小説風に処理したものが来るとは全く思っていなかったので、驚きました。

依井　それを言うんやったら、あれが強烈やったと思いませんか？　石野英一さんの、釜ヶ崎の……。

法月　これは、迫力あるんですけどね。

依井　それで、五十円玉はどこに行ったんかなと。

法月　解決がね……内側に細菌があるとか……五十円の焼き鳥かなんか。
依井　とにかく、話として強烈な印象がありますね。
若竹　そう、強烈でしたよね。思わずAマイナスかなんか付けちゃったりして。なんかB以下付けたらちょっと怒られそうな気がして。
法月　これは、いろいろ勉強になりました、わたしも……ちゃんと密室トリックもあるし。でも初め読んでて意味が解らなかった。
依井　僕まだ解らんのですけど。
戸川　じゃあ、依井さんからまとめていただくと。
依井　ええっと、僕が、一応最終的に絞った三点が、一点はまあ、谷さんので、もう一点は若竹さんと一緒の真沙香さんが、あれがまあ、身びいきも多分にあるんですが……。
戸川　それから？
依井　と、もう一点選ぶんやったら、菊池純夫さんて言う方の。これ競馬ですけど……。
戸川　ああ、ジンクスがどうのこうのという……。
依井　解決のアイディアとしては、一番説得力がある。
若竹　一番最後でクラッとしちゃいましたけど。
法月　どこでです？
若竹　『あたしが味わったカタルシスを若竹七海先輩も味わって下さいますように。ハートマーク』というところ。

法月　ああ、あれはなんか、出だしでわたしは減点したの。僕たちの解答が詰まらなかったとかって書いてあった所ありましたよね。そういうの、書いてあると、つい減点してしまいますね。

依井　選考委員を罵倒したらねえ。

法月　やたらそういうのが多かったですね、二人の解答が詰まらなかったというのが……。

依井　書いた本人が選考委員になってるんやから、こんなこと言うたら損やと思うねんけどなあ、とか友達と喋ってたんですけどね。

法月　いやあ、損になりますよ。

依井　最初の方に来た原稿てね、やたら若竹さんが綺麗て書いてるでしょ。これは賢いなあ、と思て読んでたわけですよ。

若竹　でもなんか、途中でむずがゆくなりましたけどね。

依井　で、菊池さんの作品に話を戻してですね、他の部分のね、解決というか、小説として工夫の部分が見受けられへんのですよ。五十円玉の謎しか解決してないんで、他のプラスアルファが無いから、ちょっと弱いかな、と思うんですけど。

若竹　有栖川さんも、笠原さんも、阿部さんもそうでしたからよけいに、ミステリが好きな仲間が集まって謎を解くという設定は、それだけで食傷してしまったところがあって。

依井　ですね、おんなじような話をなんべんも読んでますからねえ。

法月　あと、美里という名前に食傷しましたね。

依井　やたら出てきましたね。それは言えましたね。なんでか解りませんけど。
法月　なぜだろう……。
依井　こんだけ読むと飽きてしまいますね。
法月　だから、最初に読んだ方が、点が甘くなりますね。
依井　特にあの、問題編の繰り返しをしてる人ね。こんな話があってと、いきなり解決に入ってくれたらええのに、若竹さんがこんなことして、こんなことして、こんな目にあったのよ、という話を……。
法月　その点佐々木さんのは、落語みたいな感じで達者でしたね。そう、落語をやられたと思ってね、漫才ミステリの次は、落語を読むとかいうのに。あれは落語の、いわゆるなんて言うんだろ、長屋の御隠居みたいなもので、八っつあん熊さんの訳の解らないのを、そうやって丸呑みしていくっていうネタなんだなあ、と思ってね。
若竹　『千早振る』にもけっこう通じるところがありますね。言葉でどんどん話が勝手に展開していって、全然違う話になっちゃうっていう。
依井　だから解決はしてないんですよねえ、あれは。
法月　でも、話としては面白い。あとはね、同郷の人だからというわけじゃないんですが、白石さんの『赤の絆』というのが、全然違う話だったので。
依井　なんか、僕ね、法月さんが決めてるのって……。
法月　いや、もう正攻法のやつって駄目、全然駄目だった、わたしは。

依井　でも、ほら、『新・黄金仮面』の方も強烈なインパクトがあったでしょ？

法月　『新・黄金仮面』も、『その後わたしは黄金仮面になったが、そのいきさつについては、他の時に話そう』。こいつ、何考えてるんだろうって。いや、この人の読んでておやっと思わせてくれるんですよ。他のね、全部パターンで来てるのと違う話だから。どこで五十円玉がからんでくるんだろ、と。結局、パターン外してる人は、僕は点が甘くなりますね。

戸川　それはわかりますね。

法月　ただ、まあ『新・黄金仮面』は、苦しいですけどね。あれはちょっと……。

依井　なんか農協で物を売るのに五十円玉がいるから、五十円玉がいっぱいあってっていう……。

戸川　じゃ、『赤い絆』を推されますか？

法月　『赤い絆』にはちょっと未練がある。積極的に賞に推すのはためらわれますが。

戸川　若竹さん、あとなにかあります？

若竹　四つも出しちゃったからもういいです。

戸川　依井さんは？

依井　僕はまあ、あともう一つって言うんでしたら、篠原あつみさんですか。

若竹　あー、はいはい。

依井　要は万引きのミスディレクションみたいなんですけどね。

法月　わたしもそう思った。

依井　あれが、その、まあ、話としてその、説得力が妙にある感じがするんですよ、読んでて。
若竹　ありましたね。
依井　なんか他の話読んでたら簡単に否定されちゃってるようなことなんですけど、妙に地道にいってて、確かにこの話としては、説得力あるなあ……と。
若竹　うん。
依井　五十円玉の問題は、勿論、解決せなあかんのですけども、それだけではちょっと小説にはならない。そこで、他の部分の工夫が弱いのは、大賞には選びにくい、と。
戸川　としますと、菊池純夫さん。これも？
法月　アイディアはいいんですけど、他の部分が、いかにも佳作っぽい仕上がりになっていると思います。
戸川　そうしますと、谷さん。
法月　わたしはできれば、内輪の楽屋落ちには大賞を与えるべきではないんじゃないか……と。
若竹　それは言えますね。
法月　自分でやっておいて、こんなことを言っていいのかという気もしますが、自戒の念をこめて。
若竹　だって本人がやった内輪受けと、他人がやった内輪受けとは違うじゃないですか。
法月　じゃ、内輪受けは、取りあえず措きましょうか。
戸川　そうすると、高尾さん。

法月　あ、そうか、そうするとこの人はちょっと楽屋落ちかな？
依井　楽屋落ちっていうか、北村さんの世界に寄り掛かりすぎてて、それが残念。
法月　わりと解決はね、当たり前だと思いますよ。
依井　これだけ手え掛けるんやったら、既成のキャラクター使わんと自分で造って欲しかったな、っていうのが……。
若竹　これってなんか、アイディアって何だったんでしたっけ、結局解答って？
依井　講師やってて五十円ずつ集めるかなんかで、代わりの人間が両替に行く。
法月　おんなじ様なやつが二つありましたから。
若竹　あ、そっか、そっか。カルチャーセンターのコピー代説。と、もう一つあったんでしたよね？
依井　写真屋さんかなんかの。
法月　え？　あ、そうか、他にもう一つあったんだ。
若竹　カルチャーセンターのコピー説プラス被写体説っていうの。
法月　あれはね、理解できなかった、わたしには……。
依井　あれ、なんか、お姉さんが自殺して、どうたらこうたらっていう話の方が強烈で、五十円玉の謎はあんまり、印象に残ってないんですけど……。
若竹　ああ、そうでしたね。
戸川　そうすると、榊さん。

法月　うん、僕はこれは、これが最初の方に来たからって、悩んでるんですが……。
若竹　あの、『若竹七海と密室の謎』でしょう？
法月　ああ、そうです。
若竹　でも、そこまで言うんだったら、密室もちゃんとトリック考えてくれればいいのに。
法月　いや、わたしは他人のことは言えませんから……。
依井　それ言われると、僕も何も言えんようなるから、それ、お互い言うのやめません？
法月　だからね、最初と最後の、いかにもね、何というか……マニアマニアしたのがなければ、僕はこれが一番、読んでて、面白かったという気がしますね。目をひくワザはたいして使ってないんですけど、冷静に考えると。
依井　アイディアがちょっと……他人の作品やと、幾らでも悪口言うなあ。
法月　これは、自分が書いた後に同じことを思いついたんですよ。ああ、これはこういうことが出来たなあ、と思ったら同じアイディアの原稿が来たから、ああ、そうか、と。
依井　それしかお金、使いようがなかったというのが、どうも説得力がなかったんですけどねえ。
法月　いや、僕は、奥さんがあまりにも異常だっていうところが面白かったんですよ。
若竹　なるほどねえ。
法月　出かけて帰ってくると、財布の中を調べるとかね。
若竹　最後はうまいですよね、だから、説得力はありますよね。

法月　わたしはだから、そういう部分が面白かった。
依井　保険料部分はいいんですけどね。
法月　僕自身、最初と最後がくっついてる部分が、話になってて、はあ、なるほどな、現在につながるな、という。
依井　別に五十円玉のコレクション使わなくても、例えば親に金借りるとか、会社の同僚に借りるとか……。
若竹　だってそれをやったら、後で死んじゃったときに問題があるじゃないですか。
依井　あ、そうか。
若竹　保険金を掛けているんですから。
法月　これはだからね、伏線がちゃんと前にはってあって。
依井　ああ、なるほどね。
法月　そういえば確かにそんなことが書いてあったっていうのが……あの、ネタ自体よりも、扱いの手際の良さっていうのが、これを推す理由です。
戸川　じゃ、ま、これ残して。矢多さんは？
依井　これは、お話では、僕はベストやと思います。
若竹　わたしもそう思います。ただ大賞にするにはちょっと……。
法月　ここだけの話ですが、わたしはこの手の話には不感症で、ちょっと評価を下せません。
依井　解決が弱すぎるのが、ねえ。

若竹　謎解きそのものが弱いですよね。
依井　弱いですね。（大阪弁で）
若竹　かなり弱いですね。（江戸弁できつく）
依井　ただ話としては良くできてるから、載せるのは載せたいなと思うんですけどね。大賞というには、確かに弱い。
戸川　佳作？
依井　うーん。
若竹　佳作だったらいいかな、と。手術をするのに、励ますために五十円玉を集めるとかするんでしたっけ？
依井　生まれた年の五十円玉を集める。
法月　だから、要はコレクション説と全くおんなじ。
依井　発想はね。
法月　ただ単にコレクションじゃなくって、そこに話を膨らましたということですね。
若竹　何で五十円玉だったんでしたっけ？
法月　いや、わかりません。
依井　何でも良かったんでしょうけどね、コレクション説の人やから。
法月　僕はだから、さっきも言ったけどEQFCの人だからっていうのが、さあ、がちがちの論理小説が来るぞ来るぞ、来てる来てるって構えて読んだのが、あれえ？　って。

依井　でも、真沙香さんの作品、読んでるでしょ？
法月　そ、読んでたらこういう傾向の話なんですよね。
戸川　女性ですか？
依井　あ、女性ですよ。
戸川　佳作？
若竹　佳作だったらいいかな。最優秀賞っていうのがあって、優秀賞ってのがあったら、とか言ってしまって……。
戸川　高橋謙一さん。
若竹　だめ？
法月　出題者がどうしてもって言うんなら、ええ、もう。
依井　わたしは文句言いません。
若竹　そーいう言い方するのお？　でも小説としても、検事さんと、刑事さんのやりとりなんかも凄くうまいな、と思うので最優秀賞にはぜひ推したい。
法月　検事であるって、それだけでもう点は高いですね。だって、五十円玉で、そんなものがくるとは思わないじゃないですか。
依井　ああ、そうですね。
若竹　だからドヤ街にしろ、これにしろ、それで結構インパクトがありましたよね。来る物、来る物、なんかみんなミステリ好きの学生ばっかりだったから……すると、谷さんと、榊さんと、高橋さんの中から選ぶことになるかしら。

戸川　それに、お二人が次点で推している矢多さん。

若竹　『赤い絆』も入れるんですか？

依井　それは法月賞ですよ。

法月　いやー、だから、粗筋を書くにとどめるとかですね。

依井　それはすごい。

法月　実は彼の妻はかつての農協強盗に一枚嚙んでいたのであった。

依井　この項中島河太郎とかですね、『赤の絆』はね、載せるのはやっぱり、ちょっとね。

法月　だから、まあ、『河太郎』という例のソフトにいれて、変換してもらう、と。そのへんで。

依井　それでいきましょうか？

戸川　番外は除いて、高尾さん、菊池さん、篠原さんあたり、とですね、この矢多さんとは。

依井　これを載せるのか、と言われるとちょっと……。別にいくつ載せてもいいんやったら、載せてもいいけど、例えば三つぐらいしか載せへんというんやったら……真沙香さんは是非とも載せて欲しいと思うけど、こっちは……あえて反対はしませんが……。

法月　むしろ僕は、高尾さんに法月賞という形にしたいですね。

戸川　そうすると、法月賞、若竹賞、と。若竹賞……が。

法月　若竹賞は佐々木さんでしたね？

若竹　そうです。で、依井賞はどれだったんでしたっけ？
法月　依井賞は真沙香さんでいいじゃないですか？
依井　でも、これ、露骨に身びいきやからなあ……。
戸川　これを、依井賞にする？
依井　でも、これ、依井賞にしなくても、載っちゃうでしょ？
若竹　そっちを優秀賞にしておいて、谷さんのを依井賞にしたら？
依井　ああ、それそれそれ。
若竹　榊さんと、高橋さんと、真沙香さんの中から最優秀を決めたらどうでしょう。最優秀作を一編に優秀作を二作載せて、あとは個人推しにするとか……佐々木さんのは、優秀作に入れろっていわれたらちょっと……。
法月　ちょっと、入れられないかな……と。
若竹　でも、若竹賞だったらいいな、と。
戸川　同率二位っていうか、あるいは金銀銅というか。
依井　じゃ、ま、大賞を一編、優秀賞を……。
戸川　二編。
依井　決めるということに。
戸川　そうすると、榊さんか、高橋さんか、ということになりますね？
法月　二作、大賞っていうのは駄目ですか？

戸川　いや、いいですよ。
若竹　どっちか選べって言われると困るけど、どっちが入っても文句はないな。
戸川　うーん、依井さんは？
依井　僕は、高橋さんの方が好きですけどねえ……。
若竹　だからもう法月さんしだいですよ。
法月　いや、僕は単に、自分の好みは榊さんであるという。
若竹　となると、戸川さんですねえ、キャスティングボートを握ってるのは。
戸川　それで、矢多さんは、一応その後という……。
若竹　うーん、これが大賞だとやっぱり、五十円玉二十枚の謎解きの懸賞小説の募集だから。ちょっとつらいかなあっていう感じがしますね。普通のショートストーリーの賞だったら、別に問題ないけど。
依井　そうですねえ。
戸川　そこでは一致してる？
法月　うん、そうですね。
戸川　そうすると、誰を大賞にするか？　うーん、一つに絞る、と。
法月　戸川さんはどちらがいいと思われるんでしょうか？
戸川　そういわれれば、どっちかっていうと高橋さんの方かなあ……。
法月　じゃあ、三対一ということで。

戸川　では、整理しますと。最優秀作が、高橋謙一さん。優秀作が矢多真沙香さんと榊京助さんのおふたり。法月賞が高尾源三郎さん、依井賞が谷英樹さん、若竹賞が佐々木淳さん。以上のように決まりました。

若竹賞

佐々木淳（倉知淳）

「ね、どうです、不思議でしょう――」

僕は、先輩が「問題編」を読み終えたらしいのを見届けてから、ゆっくり口を開いた。

「この人物は、なぜ五十円玉を二十枚、本屋で両替するのか――。不思議な上に、かなり難しい問題ですよね。この奇妙な行動に合理的な解決をつけなくちゃならないんですから。これは、なかなか骨のある難問だと思いますけど」

そう続けると、猫丸《ねこまる》先輩はきょとんとした目で僕を見て、

「そうか？　そんなに不思議か」

と言って『鮎川哲也と十三の謎'91』をシュガーポットの横にそっと置いた。

僕は、その名前の通りに仔猫みたいな先輩のまん丸な目を見返し、

「そんなに不思議かって――先輩。まさか、もう解いちゃったんじゃないでしょうね、その謎」

「うん」

「全部判ったんですか。どうして五十円玉を両替するのか、そのわけも」

「ああ」

「それになぜ決まって土曜日になると現れるのか、も？」

「うん、判った」

のほほんとした顔で、さらりとうなずく。

「本当ですか、一回読んだだけなのに——。それで、どうしてなんです。教えてくださいよ、なぜその人はそんな変テコリンな行動を取るのか」

僕が身を乗り出すと、先輩は鷹揚に手をひらひらと振って、

「まあ、慌てなさんな。解いたか解かないかはこの場合さほど問題じゃない。それよりもな、もっと面白いことが判ったね、僕には」

「もっと面白いこと——？」

「うん。つまりさ、この若竹七海って人、実に嘘の上手な人だなって判った」

そう言い切って先輩は、お得意の人を喰った表情でニヤリと笑った。元々の猫に似たまん丸の目が、笑うと、これまた猫が欠伸《あくび》でもした時みたいな三日月まなこになる。猫と言っても、その辺の道端で昼寝をしている駄猫とは違う。三百年は生きていて、尾っぽも九叉に分かれている怪猫の類である。だから、この三日月まなこは人が悪く見えることこの上ない。そのくせ、三十に手が届こうという年齢の割には学生じみた童顔だから、ニヤニヤ笑いがどことなくアン

バランスで、一見何を考えているのかよく判らない。

僕は、そんな先輩の摑み所がない表情を、ぽかんと見つめるばかりだった――。

うららかな春の陽射しが、ガラス窓の向こうからいっぱいに流れ込んでくる明るい喫茶店。通りに面した窓外を行き交う背広姿の人々の歩みまで、いつになくのんびりして見える、穏やかな昼下がりのオフィス街である。

立ち並ぶ街路樹も、柔らかそうな新緑の装いに衣替えして、なんとなく見る側の心を浮き立たせる。

一年で一番、優しい季節。

テーブルには湯気を立てているコーヒー。

そして向かいの席には、とぼけた顔の猫丸先輩――。

久しぶりでこの小柄な先輩と会った僕は、近況報告もそこそこに、「五十円玉二十枚の謎」の問題編を読んでもらったのだ。

読み終えるやいなや「若竹七海は嘘がうまい」などとおかしなことを口走って、太平楽な顔でスプーンをもてあそんでいる相手に、僕は問いかけた。

「嘘って何のことです、この問題編のどこかに嘘が書いてあるって言うんですか」

「そう、とも言えるし、そうでないとも言える」

また妙なことを言いだす。

「何ですか、それ」

「だからさ、僕はなにも、問題編にあからさまに嘘が書いてあるとは言っちゃいない。この若竹七海って人が嘘がうまいって誉めてるだけだよ」

「おんなじことのような気がしますが――」

「いや、違う。例えば――そうさな。マジックを考えてみろ」

「はあ、マジックインキですか」

「相変わらず察しが悪いな、お前さんは。サッシが悪いと雨が降り込むぞ」

「――」

くだらない洒落で話の腰を折るのが、この人の悪い癖である。

「まあいい。マジックって言っても筆記用具じゃない。手品の方だよ」

「はあ――手品」

「いいか、手品で一番難しいのは何か？　これを考えてみろ、大舞台で、大勢の観客を相手に演じるイリュージョンの類いはそれほど大変じゃない。あれは仕掛けさえ正常に動けばまず失敗する恐れのないシロモノだからな。段取りを間違えない冷静さと演技力があれば、そんなに熟練を積まなくても、なんとかこなせる物なんだ。多少オーバーな仕草をしたって、不自然には見えないしな。しかし、クロースアップ・マジック――俗にテーブルマジックと呼ばれる種類はそうはいかない。なにせ、観客の目と鼻の先で演じなくちゃいけないんだ。不自然な動作を一切排除する必要がある。判るな」

「はあ」

「殊にやりにくいのは、観客が身内や、ごく親しい人間の場合。なぜなら彼らは、演者の動作、それも日常生活の動作を熟知しているからだ。そうした観客は、演者の不自然な動き――つまり日常では決してしない動きに至極敏感でね。無意識の内に、ちょっとした動作の中の不自然さを汲み取って、違和感を感じてしまう。うまく手の中にカードを隠したつもりでも、『あれ？　この人、普段あんな手の広げ方したかなあ』って見抜いちゃうわけだ。奇術を習いたての初心者がよくハマる罠さ。新しい演目を仕入れた初心者は、嬉々として家族や友人の前でそれを披露して――結果は惨憺たるザマでね。だから手品で最も難しいのは、ごく親しい人の前で演じるクロースアップ・マジックである、とまあ、こう結論できる」

「あの、それが五十円玉の謎とどう関係あるんですか」

僕が口を挟んだにもかかわらず、猫丸先輩は、

「従ってマジックは、見ず知らずの人の前でやる方が効果は高いんだ。プロのマジシャンがそうであるようにね。コン・ゲーム――信用詐欺も同様で、赤の他人だからこそ、少々うさんくさい話でも騙すことができるんだ」

なんだか話がどんどんズレてくる。

こうなるともう、歯止めがきかなくなるのを僕は十年来の付き合いでよく知っている。

学生時代から変わり者として有名な人ではあったが――。

僕と、この猫丸先輩は、同じゼミの先輩後輩の間柄である。

暇さえあれば、山に登ってばかりいた無趣味の僕と違い、先輩は異常と言うべき旺盛な好奇

心の持ち主で、その興味の赴くところ何にでも首を突っ込みたがる。

仲間たちとかたらって劇団を組み、小さな地下劇場で怪しげなアングラ劇に出演していたかと思うと、アマチュア奇術クラブに出入りして、奇妙な術を覚えて来ては僕たち後輩連を煙にまいて面白がり、推理小説の同人誌に難解奇怪奇妙奇天烈な一大長編を発表し、はたまた、突如として三味線に凝って、町内会のオバちゃんたちに交じって文化会館でベンベケと絃の音響かせ、夏休みを丸々使って東海道五十三次を歩いて（！）踏破する――といった具合に、まるで首尾一貫していない、平たく言えば無茶苦茶な人なのである。

そのくせ、興味のない分野に関しては、こちらが驚くほど無知蒙昧であり――特に機械や電気関係に弱く、古くなった蛍光灯を取り替えることができなくて、一週間も蠟燭《ろうそく》の灯りで生活していた、という逸話まである。「猫丸の成績表には、優と不可のどちらかしかないらしい」と、まことしやかな噂が流布した時も、もっともだとうなずいたものだ。

後輩の僕が社会に出て六年目。スーツも満員電車も、ちっとも窮屈でないほど慣れたというのに、猫丸先輩ときたらいまだに就職もせずに、極楽トンボの毎日を送っているらしい。

どうやって生計を立てているのかこっちが心配するくらいだ。

テレビにチョイ役で出ているのを数回、僕のもう一つ下の後輩が編集者をやっている推理小説専門誌に評論を載せているのを数回見かけたが、そんなことで暮らしていけるとは思えない。

一体普段は何をやっているのだろう。

まったくもって、謎の人物と言う他はない。

謎と言えば、この人はパズルや謎解きなどには滅法強いことでも有名であった。頭の回線がどこか普通の人と違っているのだ。

そんなわけで——僕がこの「五十円玉二十枚の謎」に、三日間頭を抱えた揚げ句降参した時、ふと思いついたのが猫丸先輩の人を喰った童顔だった。「実は、どうしても解けないクイズがありましてね、お知恵を拝借したいんですけど」と電話をかけると、かの変人は、「ああ、いいよ、どうせ暇だから。それじゃあ、お前さんの昼休みにでも会社の近くで会おうや」などと呑気な声で答えたものである。平日の真っ昼間に気軽に出かけてこられるとは、羨ましい御身分だ。

「二千円——か」

羨ましい御身分の主は、子供みたいにサラサラの髪を春の陽射しにきらめかせながら、突然そうつぶやいた。

「は——?」

聞き返すと先輩は、さっきシュガーポットの横に置いた本を指さした。

「二千円なんだよ、この本が」

白い髭を生やしたおっさんが、難しい顔で表紙にふんぞり返っている。

「はあ、二千円です」

「お前さん、この本全部読んだだか」

「いいえ、まだ」

「どの話を読んだ」

「どのって——その『五十円玉の謎』のくだりだけですけど」

「ふーん、そうか、お前さん——」

と、丸い目でこちらを見ると、

「彼女でもできやがったな、柄にもなく」

そう言って、またニヤリと笑う。

ぎょっとして僕はのけぞった。

確かに僕は、ひと月ばかり前に可愛いガールフレンドと知り合った。三つ年下の、ボーイッシュなショートヘアと白い歯が清潔な印象を与える女のコである。優しくて、明るくて、笑い上戸なのでよくコロコロと笑う。笑うと右の頬にぽっちりえくぼができるのが何とも言えず愛らしく、そのマシュマロみたいなほっぺに思わず齧《かじ》りつきたくなってしまうという——いやいや、そんなことはどうでもいい。

悪友どもに知れたら、美女と野獣などとからかわれるのは目に見えている。だから誰にも喋っていないのだ、僕は。

それをどうして知っている?

この先輩、とうとう千里眼の術をも体得してしまったのか——。

「ははあ、そうびっくりするところを見ると図星だったな」

嬉しそうに猫丸先輩は言う。

「――で、でもどうして僕のガールフレンドのことなんか――」

「まあ、そうやって人をさとるの化け物でも見るような目で見るんじゃないよ。ちょっと考えてみただけなんだから」

「どこをどう考えれば、僕のガールフレンドのことまで判るって言うんですか」

「だから、ほんの少し想像力を逞しくしてみたんだよ。いいか――」

と先輩は、テーブルの上の本を指先でトントンと叩き、

「この本にはラベルも何も貼ってない、従って図書館から借りて来た物じゃないことは一目瞭然だよな」

「ええ」

「それから、こいつにゃカバーもかかっていない。もし、人から借りた本だったら、こんな風にむき出しで持ち歩くもんじゃない。いくら無神経なお前さんでも、人の物なら、汚さないようにカバーくらいかけとくだろう。だから僕は、この本は、お前さんの裁量で汚そうが破ろうが一向に構わん物――つまり、お前さん自身が買った本だと判断したんだ。どうだ、違うか」

「はあ、当ってますけど」

「そう、それならいいんだ。ところがだな。こいつは二千円するんだ。本一冊の値段としちゃ決して安い方じゃない。その上、東京創元社発行のミステリのアンソロジーだ――かなりマニアックなミステリの本だといえるだろう。山登りが好きで、脳髄の芯まで筋肉で出来てるお前さんが気軽に買うような本じゃない。な、そうだろ」

「ええ——まあ」

脳髄筋肉云々は少々引っかかるが、不承不承、僕はうなずいた。ひと月前だったら、間違っても僕が買う種類の本ではないのは確かだ。

「お前さんの、この突然の心境の変化はどこから来たのか——僕は考えてみた。人間、大人になってからそうそう趣味や嗜好が変わるもんじゃない。草野球狂いの人がゴルフ気違いになるのは、まあ納得できるけど、アメラグ好きで、週末ごとに男同士の肉体をぶつけ合わなきゃ夜も日もたまらんような人が、いきなり七宝焼きの教室に通いだしたら——こりゃ周りの者は面喰らうわな。そこで、だ。いい大人の趣味や嗜好が急に変わるのはどんな時か。もちろん、誰かの影響を受けた場合に決まってる。それも、話題を合わせるために多少無理してでも趣味を変える必要のある人物の——。女の子がプロレスファンになるのは大抵恋人の影響だし、男がしぶしぶ小田和正のコンサートに出かけるのは、付き合ってる女性のお誘いがあったからに違いない。お前さんのミステリ好きも同じことだ。僕の、ありがたい芝居を見せてやっても、素晴らしい小説を読ませてやっても、『先輩、わけ判りませんでした』としか言わない頭筋肉のお前さんが、こんな本を買ったのも、誰かそういった人の影響を受けたんだろう。そう僕は考えた。しかもこの『五十円玉の謎』の部分しか読んでないと来たら——もう判り切ったことじゃないか。僕の目の前には、映画みたいに鮮明にある場面が浮かんだね。デートの最中、ミステリマニアの彼女が、『ねえねえ、こないだ読んだ本にさあ、とっても不思議な謎が書いてあったのよお、わたしも考えたんだけどさあ、ぜんっぜん判んないのよねえ』」

体をくねくねさせながら黄色い声を張り上げる。向こうの席のＯＬが二人、気味悪そうに眉をしかめてこっちを指さしているが、そんなことを気にする先輩ではない。

「そいつを解いて見せたらカッコいいだろうなあ、そうすりゃ俺の株も上がるんだけど、なあんて浅ましいことを考えたお前さんは、慌ててこれを買った。しかし、筋肉頭をいくら絞っても解釈がつかない――だからこうして、頼りになる先輩に泣きつく他はなかった、と。以上、説明はこんなもんでいいか」

「はあ、結構です」

細部に至るまでお見通しである。それにしても、本にカバーがかかっていないのを見ただけで、普通ここまで考えるだろうか。先輩の頭こそ、何か他の物質で出来ているのではあるまいか。気色悪いが、しかし、ここは持ち上げておくに限る。機嫌よくさせて、謎を解かせるのだ。

「恐れ入りました。さすが猫丸先輩。相変わらずの頭脳の冴えですね」

「まあ、な」

「その推理力と論理性、学生の頃とちっとも変わっていない」

「そりゃそうだ、お前さんの筋肉質頭とは出来が違う」

ふんぞり返って言う。おだてに乗りやすいのも変わっていない。

「ですから先輩。その鋭いところで、どうかこっちの謎もやっつけちゃってくださいよ」

「うん――でもな、なんだか気が進まないなあ」

「――どうしてです」

「だってさ、僕が解いてやったって、お前さんが彼女の前でイイカッコするのに利用されるだけなんだからさ、バカバカしくて」

「そんな殺生な――」

「だいたい虫がいいよ、人に頭使わせといて自分だけいい思いしようなんてのは。あーあ気が乗らなくなっちゃった、あー、つまんないなあ、つまんない、つまんない」

露骨に不機嫌な顔をして足をバタバタさせる。こうなると、ダダをこねる三歳児と一緒である。ヘソ曲がりで、気分がすぐに変わるから始末が悪い。

仕方がない。

僕は戦法を変えることにした。

内心のイライラを押し隠して精一杯真剣な顔を作ると、

「猫丸先輩、そりゃ僕の言ってるのは浅ましいし虫のいいお願いですよ。でもね、僕にとっちゃここが正念場なんです。彼女とは結婚してもいいとまで思い詰めてるんです。頼みます、ほらこの通り、頭下げます。今、交際一ヶ月目で今が一番大切な時期なんですよ。彼女も、僕を結婚するに足る相手と思ってくれるか、それともただの友達としか見てくれないままで終わるか――肝心かなめの関ヶ原なんです。そんな時だからこそ、こうやって形振《なりふ》り構わずポイント稼ごうって僕の焦る気持ち、判ってくれたっていいじゃありませんか。ねえ、先輩、お願いしますよ。後輩がこれだけ頼んでるんですから。『先輩と言えば兄も同然、後輩と言えば弟も同然』って、よく言ってたじゃないですか」

「僕、そんなこと言ったかな」

「言いましたよ」

「そうかな」

「言いました」

「どうでもいいけど、語呂悪いな、それ」

「どうでもいいです、そんなことはっ。とにかく、お願いです。僕の一生の問題になるかもしれないんですよ」

「大仰なことを言うね、お前さんは」

「いいえ、一生の問題です。もしこれで僕があえなくフラれて、世をはかなんで自殺でもしたら、先輩っ」

「な、なんだよ」

「後味悪いですよ」

「――締まらない脅迫だなあ。まあいい、判った、判ったよ。判ったからそうやってお不動様みたいな形相で顔を近付けるんじゃありませんよ。そうでなくってもお前さんの顔は恐いんだから」

「それじゃ教えてくれるんですね、解答」

「ああ、恐い――じゃなかった、可愛い後輩のためだ、一肌脱いでやるよ」

「ありがたいっ、一生恩にきます」

僕は手を合わせて伏し拝んだ。

やれやれ、手のかかる人だ。

「まあ仕様ない、僕の解釈を聞かせてやるよ――」

しぶしぶといった感じで先輩はひと息つくと、例の猫みたいなまん丸な目で僕を見て、

「さて、と。さっき喋りかけたんだけどな、どこまで話したっけ」

「あ、確か手品で一番難しいのは何かって話でしたけど」

「そうそう、そうだった。お前さんが余計なこと言い出すから脱線しちゃったじゃないか」

「はあ、すみません」

余計なことを言い出したのは先輩の方だ。

「マジックで最も難しいのは、親しい人の前で演じるクロースアップ・マジックだ、と、ここまではいいな」

「ええ」

「つまり、これは一言で言えば、親しい人を騙すのは難しいってことになる。自分の言葉癖やちょっとした動作を熟知している相手を騙すのはとても難しい」

先のマジックの例で、それは充分よく判った。

「だから僕は、若竹七海さんって人は嘘がうまいと思ったんだ。地獄荘で、あのそうそうたるメンバーの前で嘘をつき通したんだから大したものだって感心した」

「嘘?――嘘って、やっぱり問題編のどこかに嘘があったんですか」

「嘘って言うと語弊があるかな、この場合は隠す技術とでも言っておこうか」

「隠す技術?」

「そう。問題編にはどこにも嘘なんて書いてないよ、いや、書かれていないからこそ嘘が判ると表現した方がいいかもしれない」

頭が痛くなってきた。

お気付きかとは思うが、猫丸先輩は事をややこしく、回りくどく喋る癖がある。論理を正確に伝えるためだ、と本人はうそぶくけれど、聞く方はたまったものではない。頭がこんがるし、だいいちくたびれる。でも今はそれを言うと、またつむじを曲げる恐れがある。まだるっこしいがおとなしく聞いてやろう。僕が黙っている決心をすると、

「ここで問題は一気に核心に迫る——」

先輩はこちらの胸の奥を見透かしたようにニヤリとして、

「例の五十円玉両替男はな、五十円玉が嫌いだったんだ」

「は——?」

「五十円玉が嫌いだったんだよ、そいつは」

「——はあ」

わけが判らない。

「だから、その男は五十円玉が」

「いえ、それは判りましたよ。でも何なんですか、それ。五十円玉が嫌いな人なんているんで

すか」

「現にいるんだから仕方ないじゃないか」

「五十円玉だけが嫌いなんですか」

「そうだよ」

「百円玉や十円玉ならよくて？」

「うん」

「――それってもしかして、子供の頃に五十円玉に噛みつかれたのがトラウマになって、大人になっても五十円玉が恐くてどうしようもないという――」

「当った」

「へ――？」

「そうなんだよ、特定硬貨恐怖症候群って呼ばれててね、成人男性の六万人に一人はこの症状に悩まされていると先日学会でも発表され――るわきゃねえだろっ、このスカポンタン。あーあ、どうしてお前さんはそうくだらないことしか思いつかないんだろうね。話してて張り合いがないったらありゃしない。どこの世界の五十円玉が子供に噛みつくって言うのかね」

「はあ――でも、先輩が五十円玉が嫌いな人がいるなんて言うから、冗談かと思って、つい――」

「冗談？　何を寝ボケてるんだ、お前さんは。僕が今までに冗談なんて口にしたことがあるか？」

「――それ、答えなきゃいけませんか」

「そんなことはどうだっていい。いるんだよ本当に、五十円玉が嫌いな人が」

「だって――」

「判った。悪かった」

と、先輩は大げさな身振りで僕を押し止めて、

「僕が悪かった。お前さんに普通の判断能力を求めた僕が悪かった。お前さんの頭が筋肉で出来てることを忘れてた僕が悪かった。よし、こうしよう。もっと判りやすく話すから、な、お前さんの粗雑な頭でも理解できるように話すから、な、お前さんの低レベルに合わせて小学四年生のように話すから、な、笑っちゃうほど簡潔に話すから、頼むから変な茶々を入れないで聞いてくれ」

ここまで無茶苦茶言わなくてもいいと思う。

「よし、気を取り直して先へ進むぞ。とにかく、五十円玉両替男は五十円玉が嫌いだった。ここまでは納得してくれ、冗談抜きで」

「はあ」

「さて、その人物が五十円玉を嫌いな理由だが――例えば、お前さん、道を歩いててアルミのちっぽけな硬貨が落ちてたら、それを拾うか？」

「アルミの――一円玉ですか」

「そう、一円玉だ」

「拾わないでしょうね。よっぽど暇な時だったらともかく、わざわざ一円玉拾って歩くほど僕だって貧乏じゃありませんからね」

「だろう。最近は誰も彼も裕福になってきて一円玉なんて拾いやしない。『ははあ、一円玉が落ちてやがら』てなもんでね。どこかの暇人が計算したそうだけど、一円玉を拾う動作――立ち止まる、かがんで拾う、その体勢から立ち上がって歩き出す――という一連の行動に費やされるエネルギー消費量は、カロリーに換算すると一円では賄いきれない仕事量になるそうだ」

「へえ」

おかしな計算をする人もあるものだ。

「そんなこんなで、一円玉だったら落ちてても、大抵の人は拾わないだろうな」

「でも先輩、これは一円玉の話じゃないんですよ。問題なのは五十円玉なんですから」

「余計な嘴《くちばし》を挟むなって言っただろ、黙って聞きなさいよ、ここからが主題なんだから。いいか、一円玉が道に落ちてても拾わないお前さんでも、その道が外国の道だったらどうする」

「外国――？」

「そう。お前さんが海外旅行へ行って道を歩いてたら、ちっぽけなアルミの硬貨が落ちている。そんな時、お前さん拾うか？」

「――どうでしょうね。拾うかもしれませんし――でも、もしかしたら一円玉と勘違いして拾わないかもしれません」

「そうだ、それでいい。な、そういうことってあるだろう。お前さんは無意識の内で『なあんだ、一円玉か』って見過ごしてしまうかもしれない。たとえそれが、その国では価値が高いコインだとしても」

「ええ、そうかもしれませんね」

「つまりだ――」

と、先輩は指を一本ぐいと立てて、

「日常慣れ親しんだ物に対する価値感覚は簡単に捨てられないものである。と、僕はそう言いたかったんだ。特にコインみたいに、ごく日常的に使う物に対しては。そこで、なぜ例の両替男が五十円玉が嫌いだったかと言うと――」

「ちょ、ちょっと待ってくださいよ、先輩」

僕は思わず声を荒らげた。

「それじゃひょっとして、その男は外国人だ、だ、だ、だ、だ、だったって言うんじゃないでしょうね」

「やっと判ったか。まあ、ここまで話せばお前さんにだってそのくらいの見当はつくだろうけどな」

猫丸先輩は、椅子の背もたれによりかかりながらのどかな調子で言う。

「でも先輩、この本にはそんなこと一言も書いてないじゃないですか。その男が外国人だったなんて一言も」

「うん、そうだ」

「うん、そうだじゃないですよ、呑気な顔して。変じゃないですか、ズルいですよ、そんなの」

「そうやって金剛力士像みたいに鼻の穴おっ広げて身を乗り出すんじゃないよ。お前さんは——だからさ、問題編にはちゃんと書いてあるんだよ。いや、さっき言っただろ、書かれていないからこそ嘘が判るって」

「——何が、どうなってるんですか、それ」

もうちんぷんかんぷんである。

そんな僕を、楽しげにちょっと見て先輩はテーブルの上の『鮎川哲也と十三の謎'91』を手に取った。

「いいか、論より証拠。えーと、どこだったかな——」

と、ページをペラペラめくって、

「ああ、あったあった、ここだ。ほら、ここんとこ見てみろ」

問題編の二ページ目。最初に両替男が店に入ってくる場面である。

「その男はレジに来ると、五十円玉を若竹女史の前にずらりと並べて、『千円札と両替してください』というような意味のことを言った。——と、こう書いてある。だがな、おかしいとは思わんか、この記述は。男が普通の言葉で『千円札と両替してくれって言ったんだったら、ただ単に、千円札と両替してください』と言った。——と書けばいいだろう。この、というような意味のことをってのは何なんだ。な、変だろう。つまりその男は、正確な日本語で『千円札に両替してくれ』と言ったんではないんだ。そういうような意味のことを言ったんだ。カタコトの日本語か、英語かなにかの外国語で、だ。ただ、その男の言った台詞をそのまま書くと、一発で外国人だとバレちゃって、謎にも何にもなりゃしない。だから若竹七海さんも知恵を絞って『というような意味のこと』なんて曖昧な表記で隠したわけなんだ」

「――はあ、そうでしたか」

僕は茫然と先輩の顔を見ることしかできなかった。

「他にもあるぞ、同じページの後の方だが、ここだ。

『男は、中年で、ぱっとしない顔付き身体付き、身なりをしていた』

問題の男の容姿外観を表している部分はたったこれっぽっちしかない。これも変だとは思わないか。両替男の外見は、五十円玉の謎を解くための推理に必要な、重要なファクターであるはずだ。サラリーマンなのか、商店主風だったのか、それとも遊び人タイプなのか――職業を推定できれば後の推理も容易に進むはずだろう。なのに問題編にはそれが書いてない。本来必要とされるべきデータが提示されていないんだ。なぜか？――答えは簡単だ、若竹七海さんはそれを書くことができなかったから。もし、両替男の服装なり顔付きなりを細かく描写するなら、その男が外国人であることも書かないとアンフェアになってしまう。だから若竹さんは、意図的にそれを隠し、読み手によってどうにでも取れる表記をしただけで流すしかなかったわけだ。まだあるぞ、ここもそうだ。

『あまり本屋には縁がなさそうなタイプだ』

それから、

『彼は一度も本を買ったりしなかった』

これも暗に外国人であることを示しているんだ。外人だったら日本の本屋に縁がないだろうし、日本語の本を必要としなかったのも当然だよな」

感心するより、僕は呆れ返った。

どういう読み方をすればこんなことに気が付くのだろうか。しかも、たった一度読んだだけで作者の企みまで看破してしまうなんて――。この先輩、やはりどこか頭の構造がおかしい。

変人は涼しい顔で先を続ける。

「その人物が外国人だってことはこれで判ったな。その人は十年前では珍しい、外国人就労者のはしりだったんだろう。ほら、新宿や渋谷なんかの盛り場で、路上に物を並べて売ってる外人がよくいるだろう。ああいうのの先駆けだったんだろうな。夕方、昼の仕事がひと段落した彼は売上をまとめていて――その中に五十円玉が交じっているのがイヤだったんだ。彼の貨幣価値観では、あの穴の開いたコインは安っぽくて儲かったって実感が湧かなかったんだろう。コインのことを書くんで、この前ちょっと調べたんだがな、確かアフリカの、南アフリカ共和国の少し南にあるアジメニアって小さな独立国の一ウキュピ貨幣が五十円玉によく似てたと記憶してるんだけどな。今レートがどうなってるか細かいことは知らないけど、一ウキュピって言ったら、日本円の三円か四円くらいだったはずだ。彼は、彼の感覚で四円玉を二十枚持ってるよりも、確実な現金に見える紙幣をなるべく早く手にしたいと、あの突飛な両替を行なっていたんだと推定できる」

「その人は、南アフリカの少し南の小さな国の出身だったんですね」

「うん、断定はできんが、いずれにせよ、穴開き銭が安っぽく感じる国の人だったんだろう」

「でも先輩、どうして毎週土曜日にだけ現れたんです？　平日には来なかったんですよ、その人」

「ああいう路上販売の人たちには、一種の組合制度があるって聞いたことがある。だからおそらく、縄張りとかローテーションとかもあることだろう。その人が池袋の担当になるのが、毎週土曜の昼だったわけだ。だから問題編で提示してあるように、その人の手元に毎週五十円玉がたまっていたんじゃない。五十円玉は土曜に限らず、毎日売上として彼の手元に集まっていた。ただ、若竹さんの前にその五十円玉が現れるのが土曜日だけだったんだ。彼は毎日あちこちで同じようなことをしてたんだよ、きっと」

「ははあ、なるほど。それじゃその本屋で両替したのはなぜですか。両替だけだったら他の場所でもよさそうなものじゃないですか」

「そう、そいつが一番難しかった。なぜその本屋でなければならなかったのか——。でもな、それも問題編にヒントが書いてあった。若竹さんがアルバイトをしてたのは『池袋の大きな書店』で、そこは『二重になった硝子の出入口』を持つほど大きな店だ。こんな大きな書店だったら、駅のすぐ近くにあると想像するのが自然だろう。僕は都内の大きい本屋なら大抵知ってるけど、池袋だったら芳○堂あたりかな、駅前の。十年前は僕もよく通ってたから、ひょっとして若竹さんご本人とも言葉くらい交わしたかもしれないなあ」

と、なぜだか浮き浮きしたように言って先輩は、

「池袋の駅は、JRも地下鉄も切符売り場は地下にある。売り物を詰め込んだ大荷物を背負った両替外人が、地下に降りる時、通行の邪魔にならないように一旦荷物を下ろして体勢を立て直す場所が――」

「駅のすぐ近くの書店の前！」

僕は我知らず叫んでいた。猫丸先輩は満足そうにうなずいて、

「ご名答。一刻でも早く嫌いな五十円玉を手離したい彼は、そこに荷物を置くと――二重ガラスの立派な書店に大きな荷物を持ち込むのは気が引けたんだろう――『たいへん急いで店にはいって』『まっすぐにレジに』行って念願の両替をした。『ほとんどひったくるようにそれを受け取』ったのも、『明らかに苛立ってる』様子だったのも、外に放置してある荷物が心配だったからなんだ。まさかそんな物を盗って行くヤツはあるまいが、イタズラされたりしないかと気が気じゃなかったんだな、彼は。以上。これが五十円玉両替事件の全貌だ。解けてしまえばなんてことないな。どうだ、何か質問は？」

ありません――と答えるのも忘れて、僕は先輩の猫のようなまん丸の目を見つめていた。正直言って、感動にも似た戦慄を覚えていた。口は悪いが、この先輩のパズルを解く能力だけは本物である。

この人に相談してよかった——心底そう思った。

これであのコの前でイイカッコができる。

「わあ、すごおい。あなたって頭いいのねえ」

と、彼女は僕を尊敬し、

「いや、それほどでもないけどね」

僕は謙遜してみせる。

「わたしねえ、頭のいい人って大好き」

「ふうん、そうかい」

「この謎、解いてくれたからね、何かご褒美あげようか」

「ご褒美？」

「うん、何が欲しい？」

「何でもいいのかい」

「いいよ、何でも買ったげる」

「僕が欲しい物は、ひとつしかない」

「なあに」

「それは——君さ」

なあんちゃって、なんちゃって。うひゃーどうしよう。まいったなあ。まいった。いやあ、まいった。

「何がまいったんだよ」

気が付くと、猫丸先輩が眉を寄せてこちらを見ている。僕は慌てて咳払いをして、

「いえ、なんでもないです」

「気色悪いヤツだなあ、急に一人でニタニタして。お前さん、ちょっと変だぞ」

変人に変だと言われるのも変な気分だ。

「とまあ、そんなわけでだな、僕は最初に、若竹七海さんは嘘がうまいって言ったんだ。こうして推理に必要なデータはちゃんと提示し、なおかつ肝心な部分はフェアに隠しながら、地獄荘で、親しい人を騙すっていう荒技をやってのけたんだからな。クリスティの名作にもそんなのがあった」

「はあ、そうですか」

よく知らないが、そのクリスティさんとやらも嘘のうまい人なのだろう。

「なかなか面白い謎だったよ。頭の体操にはもってこいだった」

「そのわりには簡単に解いちゃったじゃないですか」

「そうでもないぞ、これでも結構考えたんだから——それはそうと、お前さん、時間は大丈夫なのかよ」

言われて僕は飛び上がった。昼休みの時間はとっくに過ぎている。

「いけねっ、戻ります、僕。とにかく先輩、今日はどうもありがとうございました。お礼はいずれ改めてきっとしますから。それじゃ失礼します。——あ、僕の結婚式の時はスピーチ頼み

ますよ」

僕は伝票を引っ掴むと、席を立った。

眠気を誘うような、ぽかぽかとした日差しの中を、後輩が不格好な走り方で駆けて行く。猫丸は、その後ろ姿を窓の外に見送ると、ゆっくりと煙草に火をつけてつぶやいた。

「やれやれ、相変わらず単細胞な男だな、あいつは」

あの調子では、彼は早速今夜にでも恋人を呼び出して話すことだろう。「いや、僕も読んだんだけどね、この若竹七海って人は嘘のうまい人だねえ」と――。

いつの間にか猫丸の顔にはあの、人の悪そうなニヤニヤ笑いが広がっている。

「よくもまあ、あんな話を鵜呑みにしたもんだ。外人だのアジメニアだの一ウキュピだの――でたらめ放題並べ立てたのに」

さもおかしくてたまらないというように、ほくそ笑んで猫丸は、

「今の僕の推理なんて穴だらけだ――そんなに五十円玉が嫌いなら、二十枚も集めるはずはないってことくらい判らなかったのかな、アイツ。釣り銭として客に渡せば、両替なんかしなくても済むじゃないか。それに、駅に降りて行くんだったら、切符を買う時に両替した方が早いじゃないか、財布を出す手間も一度でいいしな。いや、その五十円玉で切符を買っちゃえばいいんだ。それから、そんなに大きな書店ならば洋書のコーナーだってあるはずだ。一概に外人だから『縁がない』とは言い切れない」

彼女はミステリマニアらしいから、これらの穴にすぐ気が付くだろう。その辺を突っ込まれたらアイツ、どうするつもりなんだろう。

「話が五十円玉だけに推理も穴だらけでござい——なんて、オチにもなりゃしないな。それにだいいち、南アフリカ共和国の少し南って言えば——海の中だ」

肩をすくめて猫丸は、

「まあ、これでアイツもいい教訓を得るだろう。『恋人の前でミエ張っても始まらん』とね。それでいいんだよ。やっこさん、いいヤツなんだから、変にカッコつけないで生地のままで勝負すりゃいいんだ。ま、若干単純過ぎるきらいがあるけど——」

猫丸はまた、ニヤリと笑った。

「実際、単純だよなあ、僕のでたらめにあっさりコロっと騙されるんだから。普通は——親しい人を騙すのは難しいはずなのに」

法月賞

高尾源三郎

1

「みゆきちゃんの友達？」

「高校の先輩なの。三人のうちで傘を振り回してた人……」

わたしは横浜の山手にある女子大に通っている。今夜はアルバイト先の遥子《ようこ》さんに勧められて、西洋美術史の講演会を聴きに来た。一人では心細いので同じクラスの内田《うちだ》佳代《かよ》ちゃんにも付き合ってもらった。

そうしたら、偶然にも高校の先輩に遇った。講演会の会場となった文化会館のホールで、同級生らしい他の二人とふざけているところにばったり行き合ったのだ。よく響く声で歌いながら、傘を振り回していた。二年振りだったので、むしろ驚きに近かった。

外はもう雨がやんでいたので、傘は手に持ったままで歩く。

「日曜日は天気だといいね」

夜空を見上げて佳代ちゃんが言った。

「絶対晴れる。わたしが乗るときはいつも晴れなんだから。まあ、雨のときは走らないようにしてるけど」

「雨だったらせっかくの新車が濡れちゃうもの」

「海岸は風が強いから、負けないように頑張ろうね」

佳代ちゃんがマウンテンバイクを買ったよとニコニコして言う。さっそく日曜日にサイクリングに行くことにした。待ち合わせの場所は江《え》ノ島《しま》の橋の前。佳代ちゃんの家はそこからすぐ近く、藤沢《ふじさわ》の片瀬《かたせ》にある。わたしの方は鎌倉の八幡宮《はちまんぐう》の坂を越えたところに住んでいる。

日曜日は晴れてくれるといい、昨日も今日も雨だけど……

わたしは《クラヴサン》という画廊でアルバイトをしている。お店は、石川町《いしかわちょう》の駅から元町《もとまち》を抜けて坂を登り、港の見える丘公園を右に曲がった通りにある。オーナーの遙子さんは、三十少し前のとても美しい人だ。数少ないお客様の大半は、遙子さん見たさに来るという評判である。

クラヴサンでは英国の版画を扱っている。バーン＝ジョーンズやヴィクトリア朝の版画、それに鳥や動物の、図鑑のような精密な版画などである。もっとも英国版画はあまり売れないので、人気のあるフランスやアメリカの現代版画の注文も受けている。

クラヴサンは遙子さん一人の店だ。だから、版画を届けに行くときとか、オークションへ出掛ける場合には店番が必要になる。そんなときには、隣の喫茶店に留守番を頼んでいたのだそうだ。わたしはその喫茶店のガラスに貼られた、《ウエイトレス募集》の張り紙を見ていて、遙子さんに誘われた。

仕事は思ったより簡単で、お客様にコーヒーを出したり、遙子さんの留守にお店番をしていればいい。

画廊でアルバイトをしているにしては、絵画のこととか、美術史の知識はさっぱりである。画集をひろげたり、展覧会を覗いたりして少しずつ勉強している。でも、本当は自転車に乗っている方がずっと好きだ。

それで、遙子さんから講演会に行くようにと言われた。

講師の先生は、安藤《あんどう》拓也《たくや》さんという人だった。拓也さんも画廊のご主人だそうだ。

講演の題は《ルノワールはピカソを知っていたか》であった。

ルノワールといえば印象派の画家で、ピカソはキュビスムの手法を使って、へんてこな人体の絵を描いた人だということぐらいの知識はある。しかし、この二人が同じ時期に活動していたとは知らなかった。

ルノワールは一八四一年に生まれ、一九一九年に死んだ。晩年の彼は、震える指先に筆を縛りつけてまで作品を描き続けたという。ピカソがキュビスムの作品《アヴィニョンの娘たち》

〈へんてこな人体の絵のこと〉を描いたのは一九〇七年のことである。

二人の活動期は重なっていたことがわかる。そればかりではない。一九一九年までの主な美術の傾向は、一九〇九年の未来派、一〇年の表現主義、一六年のダダイスムといくらでも挙げられる。

印象派が初めて展覧会を開いたときには、何が描いてあるのか分からないと酷評されたが、その印象派の画家も晩年には《大家》といわれるほどになる。周囲を見回せば、もっとアヴァンギャルドなキュビスム、ダダイスムなどが興っていたのである。

講演はなかなか難しくて、角張った文字で書かれた資料を見ながら、なんとか付いていくのが精一杯だった。


講演会の翌日も雨だった。

英国の画商から品物が送られてきた。バーン＝ジョーンズの《魔法にかけられるマーリン》、ワッツの《希望》の銅版画二点だ。注文してから半年も待たされたという。他にもダンテ・ガブリエル・ロセッティの作品を頼んでいるのだが、まだ先になるそうだ。

クラヴサンにしては珍しいことに、ワッツの《希望》はもう買ってくださるお客様が決まっている。

《魔法にかけられるマーリン》は画面の右手に、本を手にした女性が描かれている。女性は後ろを振り返るようにして立ち、その視線の先に気味の悪い男が横たわっている。題名からすると、魔法にかけられているのは女性の方のようだが、マーリンとはこの男の名前で、女性はヴィヴィエンという。つまり、魔法をかけているのは女性の方なのだ。

モデルになったのはバーン゠ジョーンズと恋に陥ちたマリア・ザンバコという女性だそうだ。バーン゠ジョーンズが元の絵を描いたのが一八七四年、銅版画はその死後に作られている。遙子さんが説明してくれた。

オリジナルの油彩画は一点しかないので、多くの人の目に触れる機会が少ない。また、現在のように写真や画集で簡単に複製が見られる時代ではなかった。そこで、銅版画を作り、写真や図録の代わりにしたそうだ。

バーン゠ジョーンズやロセッティはラファエル前派といわれている。十九世紀末の英国に興った絵画の傾向だ。

ラファエル前派の時代に美人の基準が変わったということだ。

自慢ではないが、わたしがクラヴサンのアルバイトに採用されたのは、ラファエル前派の絵に出てくるような美人だからだ……という話は遙子さんはしてくれなかった。

2

日曜日の朝は気持ち良く晴れた。腰越《こしごえ》の坂を越えたところで富士山が視界に飛び込んでくる。

わたしはマウンテンバイクに乗って鎌倉から江ノ島へ向かっている。わたしが乗っているのはパナソニックのイエローのマシン。ショートパンツに長袖のシャツをぐいっと捲《まく》って、デイパックを背中に背負っている。もちろん、サングラスは忘れない。

マウンテンバイクに乗るようになったのは去年の秋からだ。雑誌でアウトドアライフの特集をやっていて、キャンピングカーなんて高いし、カヌーは漕げないし、でも、自転車ならできそうだと思った。

自転車は健康にはいいし、なによりもダイエットになる。速くなくてもいいから二時間ぐらい走るのが効果的。それから、脚が細く美しくなる。なにしろ走っている間は休みなく脚を動かすのだから。

得意げに話すと、佳代ちゃんも《ゼッタイ乗る》と言い出した。わたしよりも痩せてて脚が細いのに。

佳代ちゃんのはピンクのマウンテンバイクだそうだ。色はド派手。もちろん、ファッションもキメようって約束した。

ペダルをクルクルと回転させ、江ノ島の橋の前をスイッと突っ切る。勢いをつけて茅ヶ崎《ちさき》までノンストップだ。

佳代ちゃんとの待ち合わせは十一時、まだ一時間半もある。その前にもう一人会う人がいる。

高校の先輩、高岡《たかおか》正子さんだ。

先日の講演会でわたしは高岡正子さんに遇った。

正子さんはわたしの二年先輩で、中学も高校もずっと一緒だった。正子さんの家は小料理屋さんをやっていて、わたしの父がよく通っていた。けれど、大学は別々になってしまい、こちらが鎌倉へ引っ越してしまったので会うこともなくなっていた。

それが二年振りの再会である。

その夜に電話をすると、『どうした生きてる？』とか『男いないね』と攻撃された。

わたしも、

『ライバルできましたね、井上《いのうえ》……』

『《井上昌己》だろ。昌己って書いて《しょうこ》はないよね』

正子と書いて《しょうこ》と読む。ライバルの井上昌己というのはアーティストで、ときおりテレビに出てきて歌っている。

正子さんもサイクリングに加わることになった。マウンテンバイクを持っているそうだ。あちらが先輩だから、後輩のわたしが迎えに行かなければならない。正子さんとは茅ヶ崎のパシフィックホテルの前で待ち合わせることになっている。今は閉鎖されて改装中のこのホテルは、かつて加山雄三が経営に参加していたので有名だ。それに外観がとても変わっていて、六角形とも八角形ともつかない凝った造りである。

江ノ島を過ぎて道は一直線に続く。

家を出発してから五十分、いつものペースだがそろそろ休みたくなった。左側は防風林でお店はない。コンビニでもあると便利なのだけど。しばらく行くと、チサンホテルの前に出た。ホテルの入口の歩道橋の下でちょっと休憩することにした。

先ずは水分の補給。自転車のフレームに取りつけたボトルを抜き取る。空を見上げてゴクリと飲んだ。生温くなってはいるが、わたしのスペシャルドリンクはレモンティーである。ぼんやりと海を眺め、それから、ポンポンと脚を叩いたり、屈伸運動をして、また出発する。ここから待ち合わせの場所までは五分とは掛からない。

ゆるやかなカーブを過ぎるとパシフィックホテルの建物がだんだん大きくなってきた。あっというまにホテルに到着。時間は十時十分だ。

ところが正子さんの方が早かった。

「セーフ」

「遅いぞ」

いきなり怒られた。

正子さんのスタイルは白いキュロットにピンクのシャツ、それにパーカーを着ている。サングラスがきりりとして、まるで男の子のようだ。

さっそく、コースの説明をした。江ノ島まで行って佳代ちゃんと会い、三人で鎌倉へ向かう。あちこち見物して、帰りは江ノ島を通過し、パシフィックまで正子さんを見送り、再び江ノ島方面へ戻ることにした。これだとわたしが一番長く走ることになる。先輩を立て、初心者の佳代ちゃんを楽にする苦心のコースだ。

「それじゃ、スタートしよう」

正子さんが言って、わたしが先頭で走り始めた。

3

「日に焼けましたね」

鼻の頭を隠したくなる。

「紫外線が強いんですよ、夏よりも。UVクリーム塗って行ったのに、嫌だわ」

火曜日の夕方、クラヴサンで留守番をしていると拓也さんが来た。遥子さんは版画を届けに行き、しばらく戻ってこない。相手は年上だし、これは困ったなと、お茶を淹れ、歌舞伎揚げをお皿にあけて勧めたりした。

中野《なかの》みゆきです……と小声で名前を言った。

それからは、緊張して、《はあ》と《ええ》を繰り返していたので、まるでお見合いみたいになってしまった。

そのうえ、

『趣味はなんですか』

と決まり文句できたから、お見合い初体験のわたしとしては、お茶とか音楽鑑賞と言えずに、

『自転車！』

と宣言してしまった。

それですっかり気がほぐれて、日曜日に湘南《しようなん》海岸を走ったことを報告した。高岡正子さんと佳代ちゃんの三人で鎌倉の海を見たり、サーフィンのお兄さんに声を掛けられたことを話した。

「誘惑には気をつけてください」

「はい」

こちらから誘惑してはいけないという意味だと思った。

「わたしは自転車に乗ってる人の方が好きです」

「ぼくも乗ってみようかな」

「まあ……」

ホントに誘惑には気をつけなくてはいけない。

「フランスに行こうって言われたら、ついていくかもしれません。ツール・ド・フランスを見たいんです。アルプスにも行ってみたいわ」

ツール・ド・フランスというのはフランスを一周する自転車レースで、毎年六月から七月の間、三週間ほどかけて行なわれる。

レースの最高の見せ場はアルプスやピレネーの山岳コースである。切り立った断崖にまで観客が並び、自転車で登っていく選手を声援する。興奮のあまり前へ前へと人が出てくるので、選手の走る道路は自転車がようやく一台通れるぐらいの幅しかなくなってくる。

わたしはテレビで放送されたのをビデオに撮って、繰り返し見ている。

立ち上がって、ＣＤをかける。岡村孝子さんの《アフタートーンII》、最初の歌は《虹を追いかけて》だ。

「ところで拓也さん」

きちんと座り直した。

「サイクリングの話の続きなんですが、サーファーの誘惑を押し退けたその後で、高岡正子さんが自分の身に起きた不思議な事件のことを話してくれたんです。五十円玉ばかり二十枚を千円札に両替する人がいるって」

「五十円玉を千円にする……」

「はい、鎌倉で昼食にしようということになって……」

＊

わたしたちは海岸近くのマクドナルドへ入った。てりやきバーガー、ポテト、チキンナゲット、コーヒーと五人分ぐらい買い込んで、テーブルにつく。

「こんなに長く走ったのは初めてだわ。明日は脚が痛くなりそう」

佳代ちゃんが長くほっそりとした脚を投げ出して言った。

「脚もそうだけど、初心者はよけいなとこに力が入って、腰とか肩も痛くなるからね」

コーヒーを飲んでホッと一息つき、チキンナゲットをつまんだ。

「お腹すくね」

「食べても平気ですって。マウンテンバイクはダイエットになるし、脚も細くなるんですからね」

「効果なさそうだ」

わたしの脚をつついた。

「ないない」

佳代ちゃんまでが正子さんの味方をする。

「さっき危なかったね。トラックに幅寄せされるし、オートバイには囲まれるしさ」

正子さんがコーヒーを飲んで言った。三人で走ってたとき、二台のオートバイに挟まれて意地悪をされてしまった。女の子だけで走っているときにはよくあることだ。トラックやオートバイ、それに追い抜いていくロードレーサーにも注意しなくてはならない。

オートバイの次はサーファーの話題になった。三人のうちで誰を誘ったかで言い争いになったけど、結局、ロックシンガーよりはスポーツマンの方がカッコいいことに落ち着いた。

それから、ファッションの話題になり、次はパンクの話になった。

道路に落ちているガラスの破片などには注意しようと言うと、佳代ちゃんが、

「自転車もパンクするの?」

二人で佳代ちゃんをじっと見つめる。

「マウンテンのタイヤは太くて丈夫だから、めったにパンクしないけど。ロードレーサーのタ

イヤは細いので、空気が少ないとパンクしちゃう」

今度は正子さんの方を向き、

「わたし遠くへ行くときは、空気とか、ブレーキの具合を点検してから行くの」

「遠くって？」

胸を張って言う。

「箱根《はこね》」

「凄い」

「今年中には行きたいと思って……」

「なーんだ」

「行くったら。絶対に」

「せいぜいパンクしないように」

「その点は大丈夫。点検のために自転車屋さんに行くとね、セルフサービスの機械があって、それだと一発で空気が入るの」

「セルフサービスはおおげさね。だってあんなものは誰だって自分で入れるものだろう。シュッシュッと押して」

「それは家庭用のポンプです。そうじゃなくって、空気の自動販売機なの。ホースの先にアダプターが付いていて、それをタイヤの内側に出てるバルブに当てて、プシューッと。一回、五十円よ」

「五十円……」

正子さんがポテトケースを落としそうになった。

「お得意さんだから、タダですけど」

「そうじゃないよ。わたしが言いたいのは、五十円のことなの」

「はあ」

「自動販売機って言ったね、そうするとお金を入れるわけだ」

「ええ。一応そうはなってますが、入れなくても動くんじゃなかったかな。店員さんにお金を渡してるの見たこともある」

「五十円がどうかしたんですか」

佳代ちゃんが訊ねた。

「気味の悪い事件にぶつかってね」

「あら、正子さんが気味が悪いのなら、本物ですね」

「まぜっかえすな」

「はい」

「『硬貨両替事件』とでもいうのかな」

4

正子さんは池袋の書店でレジ係のアルバイトをしている。店は地上五階、地下一階の大きなビルで、彼女の受持ちは主に一階の売り場だった。一階には新刊本と文芸書、それに雑誌などを並べてある。二階は文庫本や芸術関係、三階は化学やコンピューターと五階まで続き、地下にはファンシーコーナーやコピーサービスのコーナーもある。

店の入口は大通りに面したところと、その横の路地の方にもある。エレベーターは横の入口の二重になったガラス扉の間のホールにあり、エレベーター前の階段で地下へ降りられるようになっている。

一階には正面入口を入ってすぐ右側と、通路の奥との二か所にレジがある。たいていこういう書店では、お客様から本を受け取ってカバーを掛けお金をいただく係と、レジスターの前にいてお金の出し入れをする係とに分かれているのが普通である。ここでも奥のレジはそうなっていたが、正子さんのいる入口に近いレジは忙しいときを除いて一人でやっていた。

さて、今から四か月前の土曜の夕方のことである。六十歳ぐらいの立派な紳士がやってきて、新刊のミステリをレジのカウンターに差し出した。値段は千二百円である。正子さんはお金を受け取ってレジに納め、素早く本にカバーをしてカウンターに置いた。ここまでは良かったの

だが、その紳士がポケットから封筒を出して、

『すまないが、これを千円札に両替してくれないかね』

と言った。

茶色の封筒から出てきたのは五十円玉ばかりだった。数えてみるとぴったり二十枚あった。変わった注文だけど、相手が大学教授みたいな雰囲気だったので、正子さんは千円札を一枚渡した。

これがそのとき限りならまだしも、その翌月も、この大学教授風の紳士が現れたのだ。同じように本を買って、それから五十円玉を二十枚出して両替していった。そうして、先月も……

五十円玉ばかり二十枚も持っているなんて普通ではない。お釣り銭が溜まったとしても、十円や百円だと一度に四枚くるから、知らないうちに十枚ぐらいになってしまうこともある。しかし、五十円は一枚しかこない。それをしっかりと二十枚も溜め込むのが不思議である。

書店で両替するのも奇妙である。正子さんの顔を見に来るのが目当てじゃないかと考えた。それなら、もうちょっと若くてハンサムな人だったら嬉しいのに。そうじゃなくて、きっとあの人は西洋館に住むお金持ちで、息子さんのお嫁さん候補を探していたりとか。

帰りがけにロッカーで、不気味だ、嬉しいなどとバイト仲間と話していたら、正社員のお姉さんが、この店に残る『Wの悲劇』という話をしてくれた。

それによると、今から十年前、アルバイト店員のWさんが、同じような事件に遭遇したのだという。二つの事件はだいたい似ているけれど、細かい点では違うところもある。今回は一か

月に一度だが、十年前は毎週土曜日に来ていたそうだ。それに、前回の男性はあまり身なりも良くなく、本は買わずに両替だけを頼んでいったという。

『Wさんはその事件の後、夏になって体調を崩してバイトをやめてね。とんと消息不明になって、一昨年だったか、うらぶれたアパートで見掛けたって噂があって……確か《新・地獄荘》という……』

そう言って脅かす正社員のお姉さんに正子さんも言い返した。

『あたしだって、以前バイトしてた本屋で、本棚の本が上下逆さまになってたことがあったのよ』

＊

ひと通り話し終えて、三度目のお茶を淹れた。

メロディは《心の草原》に替わった。

「どうでしょうか……」

「『硬貨両替事件』か」

「両替するのは、五十円玉だと持ち歩くのに不便だからでしょう。それくらいはわたしたちでも考えました」

「そう。一枚、二枚と溜まるのではなくて、一度にたくさんの五十円玉が手に入るんですね、きっと」

「まるで集めてるみたい。でもね、切手とかコインを集める人でも、記念切手や古銭でしょう。ありきたりの五十円玉じゃねえ」

拓也さんはなにやら書いたメモをこちらへ向けた。

一　その男はなぜ書店で五十円玉を千円札に両替するのか
二　どうやって大量の五十円玉を手に入れたのか
三　十年前の事件との関連は

問題点を整理したメモだ。メモをじっくりと読む。

「自転車の空気入れというのはいい思いつきです。これだと五十円玉が溜まっても不思議ではない。けれども何も両替しなくってもいいはずです。商売をやっていると小銭が必要にもなってくるでしょう。それに、五十円玉は別の店で買い物に使えばいいんですから」

商店だったら小銭も必要になる。仮に百円のお釣りを返すのに五十円二枚でも決して失礼にはあたらないはずだ。

「本屋で両替するっていうのはどうしてかしら」

「土曜日の午後では、銀行も閉まっています。それで、開いている店で両替するしかありません。酒屋や喫茶店でもいいんでしょうけど、手に入れたところに一番近かったのが、正子さんの店だったのではないでしょうか。持ち歩くのが不便ですしね」

わたしは何度目かのお茶を淹れた。歌舞伎揚げは終わってしまったので、リーフパイの袋を破いた。

《adieu》のイントロが始まった。

5

「電話よ、拓也さんから」

遙子さんに言われて受話器をとった。

「これから出られますか」

「はい、暇ですから」

「では、池袋へ来てください。駅から歩いて、例の書店の手前に豊島《としま》子供会館というのがあるから、そこです」

「解決したんですねっ」

『硬貨両替事件』の相談を持ち掛けたところ、拓也さんは、面白そうだから探偵になったつもりで調べてみようと、請け合ってくれたのだ。

電話を切って遙子さんに伺う。

「あの、ちょっと出掛けてもいいですか」

「ええ、どうせ暇ですものね」

「すみません」

「デート？」

「は、いえ」

もごもごしてしまった。

「頑張ってね」

励まされてクラヴサンを出た。

池袋では駅の出口を間違えてしまったために少し遠回りをしたが、豊島子供会館はすぐに見つかった。

子供会館とはいっても、大人も利用するようで、入口には不動産鑑定の資格取得講座の案内とか、中国語の講座、それに落語会のお知らせまであった。

落語会のポスターを見てハッとした。

『五十……円』

よく見たら、『第五十回　豊島落語会』とあり、出演する落語家さんが『円』の付く名前だったので、五十と円をくっつけて読んでしまったのだ。

演目を見てまた首を傾げる。

『百川』……五十円玉の謎解きで百とはおもしろい。

受付で待っていた拓也さんに案内してもらい、わたしたちは空き教室に入った。

「この間、講演をしたとき、資料を配ったの覚えてるかな」

「ええ、年表とかが書いてありましたね」

「講演会の出席者が八十人くらいだというから、僕の家のコピー機で、少し多めに百枚コピーをとっておきました。その代金は主催者のカルチャーセンターが払ってくれました。B4の大きさで一枚十円、千円いただきました。

カルチャーセンターなんかの講座では、教材として、教科書のような本を用いる場合と文献やノートをコピーしたものを使う場合があるんです。教科書だったら年度の初めに代金を払えば済むので、ここではコピーした資料を使う場合を考えてくださいね。問題は資料代を集める方法なんです」

いよいよ本題に入ってきたなと身を乗り出した。

「資料代を集める方法として、一年分をまとめて払うやり方もあるでしょう。しかし、そのたびごとに集める方法だってあります。ただ、この場合はちょっと面倒です。その日に使う資料がコピー一枚だったら、受講生から十円ずつ集めなければなりません。そこで、月に一度その月の分を集める方法をとったとします。毎週集めるのは面倒なので、一か月分をまとめて、月の初めに受け取るシステムです。一回の資料がコピー一枚だけなら、月に四回として四十円になる。ただし二枚のことだってあるから、五十円取ります」

「五十円ですね」

「そう、高岡さんの話の中に出てくる人は、大学教授風だったというし、書店で本を買っていくというので、そう考えてみたんです」

「その人は、どこかのカルチャーセンターの先生だったんですね」

「今はカルチャーセンターや文化会館といったところにはたいていコピー機が置いてあります。そこでコピーさせてもらえばいいんでしょうが、講義の始まる直前に行くと、コピーが集中して間に合わなくなったりするのかもしれません。それで、高岡さんの書店の地下のコピー機を利用したんでしょう」

正子さんの働いている書店には地下にコピーサービスがあると言っていたのを思い出した。

「コピーした店で両替してるなんて、とっても生真面目な人なんだわ。ところで、もうひとつ分からないのは、十年前の事件のことです。今回、正子さんの店に現れた人はカルチャーセンターの先生だったとしても、十年前の人と同じではなさそうですね」

「十年前に両替に現れた人は、身なりの良くない人だったということでしたね。身なりの悪い大学教授もいないわけでは……」

「誰かに頼んだというのはどうかしら」

われながらうまい考えだ。なにも本人が両替に行くとは限らない。使いの人、例えば、運転手さんとか守衛さんに頼んで両替していたのだろう。そういう人を身なりが悪いというのは失礼にあたるかもしれないけれど。

拓也さんはそれには答えず、時計を見ながら言った。

「ところで、そろそろ時間なんです」

「はあ」

「二階の八号室です」

わたしは拓也さんに付いて教室を出た。

＊

わたしは正子さんのいる書店へと急いでいる。

八号室の《古文書学講読会》で集められた五十円玉二十枚を持って……

そういえば、今日は土曜日だった。

《誰かに頼んだというのはどうかしら》

その通りになったんだけど……

依井賞

谷　英樹

1　寄越された告白

前略、初めてお便り致します。

突然、このような手紙を差し上げる無礼をお許し下さい。一体誰が何の用事だろうかと、訝《いぶか》っておられることと思います。私は大阪の南端に住む、しがないサラリーマンです。実は、貴社発行の『鮎川哲也と十三の謎'91』という本に掲載されております『鮎川哲也と五十円玉二十枚の謎』という推理競作について、お話ししたいことがあるのです。その出題編の中で、若竹七海女史が体験・遭遇されたという男……毎週土曜日、本屋のレジにやって来て五十円玉二十枚を千円札に両替する中年男のことです。その男、どうやら私らしいのです。いや、どうやらというようなあやふやな表現は抜きにしましょう。場所や時期から考えても、あれは私に間違いございません。

この「両替」が「謎」という形で推理小説の題材になっていることを知ったのは、全くひょんなことからです。私が友人たちと飲んでいたときです。その中のミステリ好きの者たちが、この本の「五十円玉の謎」について話し合っているところを偶然耳にしてしまったのです。何故その男は、毎週五十円玉二十枚を、銀行ではなく本屋のレジに両替しに来るのだろうかと。そのときは、思わず声をあげてしまいそうになりました。何せ私のしたことと全く同じ行動が、謎の行動として問題となっているのですから……。普段ミステリなど読まない私は、何とか理由をつけてその友人から本を借りました。

それを読んでいるうちに私は、事の真相を知らせなければ……と思いました。きっと心の奥底に眠っていた罪悪感のようなものが、私を突き動かしたのでしょう。

事の次第はこうです。あれは十年ほど前のことです――

私は池袋のとある会社に勤めていました。会社の前には都市銀行が建っており、その壁際には自動販売機が置かれていました。私は健康を気遣って、タバコやコーヒーは一切飲みません。毎日、そこの自動販売機で九十円の牛乳パックを買って飲んでいました。百円玉を入れて買うと、つり銭には十円玉が一枚出てきます。しかし、小銭入れの中には何かと十円玉がたまってしまうので、私はよく、次のような買い方をしていました。まず十円玉を四枚入れ、次に百円玉を一枚、計百四十円を入れてボタンを押すのです。すると、つり銭には五十円玉一枚が出てくるのです。十円玉を消化するために、よくそんな買い方をしていました。

ところが、ある日の昼休みです。私はうっかり間違って百円玉の方を先に、十円玉四枚を後に入れてしまいました。この状態でボタンを押すと、牛乳と、つり銭には十円玉が五枚出てきてしまいます。そのはずでした。しかしこの時、なぜかつり銭口には十円玉四枚と五十円玉一枚とが出ていたのです。（ラッキー！　得した！）と心中で叫び、そのまま着服しました。このときは、誰か前の人がつり銭を取り忘れたのかな、とボンヤリ思っていました。

次の日、ふと思い立って前日と同様百円玉を先に、十円玉を後に入れてみました。するとやはり、つり銭には十円玉四枚と五十円玉一枚が出てきたではありませんか。つまり私は、こんな買い方をすると、買うごとに四十円儲かることを発見したのです。つり銭が多く出てくる理由は今でも判らないままなのですが、多分機械の故障か設計ミスかなのでしょう。この発見が、私一人しか知らない秘密のように思えて、妙にワクワクしたものです。

それ以来、牛乳を買うたびにそんな買い方をし、余分なつり銭を着服してきました。百四十円入れて九十円戻ってくるのですから、一回買うたびに百円玉が消化され、五十円玉一枚が手に入ります。十円玉は増えも減りもしません。これを続けていくと、百円玉の方は毎日女房から五百円の小遣い（もちろん当時は五百円玉などありません）をもらっているので問題ないのですが、五十円玉の方はどんどん手元に集まってきました。小銭入れの中の十円玉を消化しようと始めた行為が、五十円玉を増やすことになったのです。

タバコも買わないし、通勤電車も定期ですので、五十円玉を消化する機会は殆どありません。

牛乳は出社時、昼休み、退社時と一日に少なくとも三回は買うので、一週間で二十枚ほどすぐにたまってしまいます。だからといって、この秘密の楽しみをやめる気などさらさらありませんでした。たまった五十円玉は週一回、千円札に両替してもらえばいいやと思ったのです。

しかし、両替のために向かいの銀行を利用することは憚《はばか》られました。壁際に立つ自動販売機がその銀行の所有物のように思えて、気が引けたのです。ひょっとして銀行側は、自動販売機の収支が合わず、やけに五十円玉が減っていることに気がついているのではないか——そんな思いにとらわれたからです。もちろん、自動販売機の収支などは業者が管理していて銀行には関係ないんだろう、そうも思いました。でも、軽犯罪を犯しているという罪悪感が少しはあったのでしょう。当時、ある程度の役職にもついていた私です。こんなことをひょんなルートから会社に知られでもしたら……そう考えると、両替の場所は自然と少し離れた所になりました。

私が利用した場所は、若竹七海女史がバイトをしていたという池袋の大きな書店でした。特にこの本屋でなければならない、というわけではありませんでした。ただ、レジに居るのが能天気そうな女の子なので、何も不審に思ったりはしないだろう——そう思って、毎週土曜日の会社の帰りにその本屋を利用することにしたのです。

しかし、本屋での両替も三週目を迎えた土曜日、ちょっとした事件がありました。店を出た所で突然、一人の男に呼び止められたのです。

「課長、どうしたんです？　こんな所で五十円玉を二十枚も両替したりして……」

そう、その男は私の部下でした。両替している一部始終を見られてしまったのです。私はしどろもどろになりながら、「いや、女房に頼まれてね……」などと訳のわからない言い訳を並べたような気がします。その時はちょっとヒヤッとしましたが、あまり気にしないことにしました。どうせこの「楽しみ」も、そう長く続くはずもないと思ったからです。いつかは自動販売機の業者が故障に気付いて修理するだろうと……。

「楽しみ」の終わる日はすぐにやってきました。部下に会った翌週の火曜日、昼休みに例の自動販売機に向かうと、そこで作業服を着た業者らしい男と制服警官とが何やら問答しているのです。私は牛乳をあきらめ、即きびすを返しました。

次の朝、自動販売機は新しい機種に交換されていました。私は思いました。ああ終わったか、これで元通りの生活に戻るんだと。戻れるものと思っていました。しかし、昼休みに社内でウワサ話を耳にしてしまったのです。こんな女子社員の声を……

「向かいの自動販売機から小銭が抜き取られていたそうよ。そう、前に置いていたヤツ。何でも五十円玉ばかり大量に抜き取られたんですって。針金か何か突っ込んで細工したんじゃないかって言ってたわよ。で、金額的には大損ってわけでもないんだけど、盗難防止装置の付いた新しい機種に取り換えたんだって……」

私は耳を疑いました。(針金で細工？　盗難だって？　ちゃんと調べたのかよ！）驚いた私は、つい反射的に本屋で会った部下を見てしまいました。部下も私を見ていました。一瞬視線が合い、すぐ彼の方からそらしました。私は顔から血の気が引くのを感じました。部下は私が盗ったんじゃないかと疑っている……そう直感しました。(確かに着服はしたが、あれは盗みなんかじゃない！）そう心で叫びました。何とか誤解を解かなければ……。

部下が私を疑っている理由はただ一つ――私が本屋で五十円玉を大量に両替しているのを、見てしまったからです。誤解を解くために、私は彼にそれとなく、自動販売機の事件と本屋での両替とは無関係であることをアピールすることにしました。そのために私は、自動販売機が交換された以後も、毎週土曜日に五十円玉二十枚を持って例の本屋へ両替に行きました。そう、わざわざ別の場所で千円札から両替して手に入れた五十円玉を持って……。そして時々、部下に聞こえるような声でつぶやきながら席を立ったりしました。「さ、今日も本屋で両替をして帰るとするか……」わざと小銭入れをジャラつかせながら。

こんな「ウソの両替」を続け、部下にアピールしてきましたが、私の演技が下手だったのでしょうか、逆に部下の視線が日に日に冷たくなっていくような、そんな気がしたのです。本屋のレジの娘の目も何やら疑わしそうに思えてきました。こんなことを毎週続けてきましたが、私の心の中で圧迫感の様なものが次第に大きくなってきました。それが堰《せき》を切ったのは、こんなことがあったからです……。

夏の終わり頃でした。私を観察するような目で見ていたあのレジの女の子が、急に本屋から居なくなったのです。店員に訊くと、やめた、とのことでした。（あの娘に自動販売機の一件がバレたのか……そんなに私を避けたかったのか……関わりあいになりたくなかったのか……）そんな考えがグルグル頭の中を回りました。それほど私は追いつめられていたのです。

それがきっかけとなり、私は部下に事の真相を打ち明ける気になりました。そして彼に話したのです。洗いざらい何もかも。しかし、相手の反応は、「ハァ？　そんなことがあったんですかぁ？」

そんなものでした。一時、私は安心しました。が、それも束の間、その事が会社の上層部に知れてしまったのです。

この手紙の前半に書きましたよね。当時ある程度の役職についていた、と過去形で。また、今は大阪に住んでいるとも。そうです、私はこのことがきっかけで、関西の支社にとばされてしまいました。もちろん今も閑職のままです。

以上、述べたことが『五十円玉二十枚の謎』の真相です。本に載っていたような面白いことなど何もありませんでした。ただ、これだけです。

私が恥をさらしてまで真相を打ち明けた理由はもうお分かりでしょう。あの忌まわしい事件をもう忘れたいのです。お願いです、もう蒸し返さないで頂けないでしょうか。『鮎川哲也と五十円玉二十枚の謎』の最後に〈原稿募集のお知らせ〉などと称して解答編の公募がなされていましたが、この話題がさらに続き、拡がることは私にとって脅威なのです。私がひょんな所から知ったのと同様、かつての部下や上層部の連中の目に耳に、いつ触れないとも限りません。過去の汚点は私の心にしこりとなって今も残っています。どうか私を苦しめないで下さい。できましたら公募は打ち切って、もうやめにして頂けませんでしょうか。

勝手なことばかり長々と書いてしまいました。乱筆乱文お許し下さい。

平成四年三月　谷　英樹

東京創元社　戸川安宣編集長様

2　呼び出された作家

「いやー、こういう手紙が社宛てに届いたんですよ」

そう言いながら編集長の戸川安宣は、向かいに座っている若竹七海と依井貴裕に手紙のコピーを渡した。三月の末、ようやく春を実感できるようになった頃、飯田橋《いいだばし》・東京創元社のすぐそばの喫茶店で三人は落ち合ったのである。

一番遅くにやって来た戸川は、少し興奮気味に目を輝かせていた。興奮のせいか春の陽気のせいか、派手なシャツの胸元が少し汗で黒ずんでいた。その上には、何色とも表現しがたい、もの凄い色のジャケットを着ている。いつもの薄汚れた鞄からコピーを取り出して若竹・依井両氏に手渡したものの、二人が読み終えるまで何もすることがなく、戸川は彼らの表情を観察したり、コピーを覗き込んだりしていた。

「ちょっとぉ、そんなに見つめられたら読みにくいじゃないですかぁ」

おどけた調子でそう言った若竹は、少し頬を赤らめ、トレーナーの袖を引っ張って長さを直している。けっこう照れ屋のようだ。しかし服装はというと、彼女のトレードマークであるカニのマンガがプリントされたトレーナーの下は、白のホットパンツに黒タイツ――と割に大胆である。確かに脚はきれいだが。

「ふむ……ふんふん……」

能面のように無表情を保ったままコピーを読みふける依井は、春だというのにまだシャツの上からグリーンのセーターを肩にひっかけている。目はコピーの文字を追っているが、手は一組のカードをもてあそんでおり、時折ピャッピャッというカードをはじく音が響く。傍らの紙袋からは『掌』という名前の小冊子が覗いていた。きっと手品関係の雑誌だろう。手品といえば彼は以前、京都の手品の会にゲストで呼ばれたことがあるのだが、どういうわけかそこの主催者が、「特別ゲストに綾辻行人氏が来る!」と言いふらしていたものだから、一部の客からひんしゅくを買ってしまったという苦い経験があるらしい。

二人がコピーを読み終えた頃、まず、戸川が口を開いた。

「どうです、使えると思いませんか」

「使えるって戸川先生、これって『五十円玉』の応募原稿として送られてきたんですか? 私には、なんか告白文って感じに読めますけど……」

と若竹は軽く異議を唱えた。

「ちょっと、どうでもいいですけどその『先生』はやめて下さいませんか。'91の出題編でも若手作家の皆さんに『先生』付けてましたけど、私は単なる編集長なんですから」

「あら、その作家たちよりずっと偉いんだし、ご年配なんだからいいじゃないですかぁ。ねえ、依井先生」

そう声をかけられた依井は、そんなやり取りには関心を示さず、コピーに目を落としたまま言った。

「戸川さん、五十円玉二十枚の謎の応募原稿を審査するんでしたら、若竹さんと僕の他にもう一人、法月さんがいないとマズいんじゃないですか？」

そう、『鮎川哲也と十三の謎'91』の『五十円玉二十枚の謎』のコーナーの最後、〈原稿募集のお知らせ〉にも書かれていたことだが、謎に対する新たな解答編を一般公募しており、寄せられた応募原稿は、出題者の若竹七海、および'91解答者の法月綸太郎、依井貴裕の三氏と編集部で選考委員会が開かれ、審査されることになっている。もちろん、'91解答者である法月・依井両氏を除く若手作家に対しても解答の門戸は広く開けられているのだが、こちらは殆ど期待できない状況である。優秀作は次回、掲載する予定になっている。

「いや、今日来て頂いたのは依井さんが協会賞のノミネートでちょうど東京にいらしてるっていうし、選考委員会ってほどでもなくて、その前さばきでして。で、法月さんはお忙しくって今回出席できないとのことで、手紙のコピーは郵送しておきましたから……」

戸川にそう言われて、依井は何か言い返したそうな顔をした。

きっと、（それじゃあ東京までのこのこ出て来た僕がヒマ人みたいじゃないか）などと思ったに違いない。忙しいフリをしたいのかもしれないが、どうせ考えていることといったら、

(次の長編のタイトルはどんな漢字三文字に何てルビを振ろうか……狂詩曲と書いてラプソディ――平凡か。七五三と書いてメモリアルチャイルド――)などという下らないことに決まっている。

そんな一瞬の表情は能面の裏に隠され、依井は何事もなかったように元の話題を続けた。依井は戸川を問い詰めた。

「えっ、今日の集まりは選考会じゃないんですか？　この手紙以外の応募原稿はどこにあるんです？　ひょっとして――」

「い、いやー原稿はちゃんと集まってますよ、ウン、来てます来てます。いや今日はですね、その選考委員会をいつ頃開こうかって話とですね、ま、それは後回しにして、まずはこの手紙の一件なんですよ、ウン」

あわてて答える戸川を見ながら依井はうさん臭そうな顔をした。

依井がふた月ほど前に聞いたとき「今は全く来てないけどしばらくしたらぼちぼち集まりますよ」と戸川が言ったことから、(きっと今でも殆ど原稿が寄せられてないんだろうなぁ。来てもロクなのがないとか……選考委員会はずっと先になりそうだなぁ……)などと心配しているのだろう。

「で、先生、先生はこの手紙を応募原稿として扱おうかどうしようか迷っていると――」

「そう、分かりが早いですねぇ若竹さんは。解答編書いて下さったらもっと嬉しいんですけど」

本題に戻れて戸川の顔が少し明るくなった。

「あ、いえ、それは結構です。でも先生、これってフツーの手紙として送られてきたんでしょ？　原稿として扱うんだったら本人の了承を得なきゃ……もう送り主に連絡は取られたんですか？」

「いや、封筒に住所も氏名も書いてあったんですけど、調べてみたら住所は全くでたらめだったんですよ。こうなると、名前の谷英樹ってのも偽名なんでしょうね。もちろん電話番号なんか書いてなかったし……」

それを聞いて依井も興味を覚えたような顔で、

「へえ、身元を隠しているんだ。とすると、単に気を引こうとして『手紙』という体裁をとった『応募原稿』っていうわけでもないんですね。で、戸川さんはこの手紙に書いてあること、本当だと思います？」

「うーん、住所・氏名を偽っていることからして信憑性は高いですね。本当に犯罪が絡んでたんならそれもうなずけるし……」

そう言いながら戸川は、何とかしてこの手紙の中の『解答』を応募作品として次回に掲載できないものか――そう考えていた。

「うーん、どうにかして手紙の差出人と連絡取れないかなぁ……」

そうつぶやく戸川に向かって、若竹が熱い視線を送っていた。そんな二人の様子を、依井は見て見ぬフリをした。（この二人、ひょっとしてただならぬ関係なのかもしれないな……）と勘繰ったのだろう。

3　読まれた手紙文

前略、以前東京創元社宛てに送りました手紙はもう十分読み込んで頂けましたでしょうか。その件についてお話ししたいことがございまして、連絡を取りたいのですが……。お手数ですが、お電話頂けませんでしょうか。私は午後十時以降なら大抵在宅しておりますので。よろしくお願い致します。

TEL：〇〇－×××－□□□□

平成四年四月　谷　英樹

4　よこしまな人々

トゥルルル……トゥルルル……

その時私は、机に突っ伏してうたた寝をしていた。四月も半ばになると、〝春眠暁を覚えず〟は明け方だけでなく、一日中について言えるようだ。夢の中で、伯父の小言が次第に〝トゥルルル"にメタモルフォーゼしてゆき、ついには現実に引き戻された。目覚まし時計を見ると、午後十時半。私はいつも着ている特製トレーナーの袖を引っ張りながら電話機に向かい、受話器を取り上げた。

「はい、もしもし」

「もしもし、谷さんのお宅ですか？　先日はお手紙わざわざありがとうございました。お話しするのはこの間の喫茶店以来ですね。今、お時間よろしいですか？」

「えっ、谷さんって？……ああ、例の『五十円玉』解答編の手紙についてですね。やだなぁ先生、別にわざわざ偽名で呼ばなくたっていいじゃないですかぁ」

「はは、先生はやめて下さいよ。それにしても、あの偽名はどうやって決めたんですか？」

「……適当です」

その名前に、ちっぽけな鍵が隠されていることは敢えて伏せておき、私は慌てて話題を変えた。

「——それより先生、例の手紙の文面はあんな感じでよかったですか？」

「いや、その手紙の解答編ですけどね、編集部ほか何人かへのコピー配布の後で気付いたんで、もう遅いかもしれないんですけど、ちょっと気になる点がいくつかあるんですよ」

「あ、何かマズイところありました？」

「ええ。わかりませんか？　出題編を書いた若竹さんなら、わかると思いますけど……」

私にはわからなかった。私の書いた手紙に何か不備があったのだろうか。

「――つまり、こういうことです。もし手紙の中の話が本当なら、手紙を書いた人物は中年以上のトシで、ミステリはあまり読んだことがない――そういう設定ですよね。でもあの手紙の文章を読むと、書いた人物はけっこう若く、しかも創元ミステリにかなり詳しい人だということがわかっちゃいますよ。つまり、作り話だということがバレてしまう……」

（そんな……中年男性になりきって書いたのに……何度読み返してもミスは見つからなかったけどなぁ……）

私は、どういうことなのか、聞かずにはおれなかった。

「えっ？　どこかにマズイこと書いたかなぁ……どこですか？」

「まあ、些細なことなんですけどね。まず書いた人が若者だってことから。課長までいった大人がですよ、手紙文に『……』とか括弧を多用するかなぁ。何だかざっくばらんな感じがしません？『ラッキー！』とか『ワクワク』とかカナ文字も使ったりしてるし――」

「えっ、でも戸川さんだってそういう文章書くじゃないですかぁ。確かに最初読んだときは噴き出しちゃいましたけど」

「そう、だから僕は一般論を言ってるんですよ。あと、若竹七海女史っていう表現があったでしょ？　若い女性つかまえて〇〇女史って、中年の男が言いますかねぇ。他にも探せばいっぱい出てきますよ。最初は突然の手紙の非礼を詫びたりして、社会人っぽく書いてますけど、あとは全体的に重厚な感じがあんまりしないんですよ」

「ひぇーっ。すっ、すみません」

やり込められて私はつい、自分の非を認めてしまった。

「いえいえ、あやまらないで下さいよ。別に責めてるわけじゃないんですから。僕もひとを責められるような立場じゃないことは分かってますよ」

「若者だって読めるところは分かりました。で、もうひとつの創元ミステリをよく知っているというのはどこで？　文中で『若竹七海』って実名出したり、〈原稿募集のお知らせ〉について書いたりしてるけど、それはいいでしょ？　『鮎川哲也と五十円玉二十枚の謎』を読んでいることになってんだから」

「ええ、もちろんそれはいいですよ。いや、何かと言いますとね、あの手紙、一体誰宛てになってました？」

なぜ、こんなことを聞くのだろう……私は一瞬戸惑った。

「えっ、東京創元社宛てですけど……」

「それは封筒に書いた分でしょう？　手紙本文には最後にこう書かれていますよ、『東京創元社　戸川安宣編集長様』って」

「えっ？　でも戸川さんのフルネームは依井先生の解答編IIに載ってたでしょ？　まさか忘れたとは言わせませんよ。『五十円玉二十枚の謎』の中に書かれているんだから、別に使っても構わないんじゃないですか？」

「あれが本名だとどうして判るんです？」

「…………」

「法月さんの解答編には『凸川編集長』と書かれてたんですよ。ふつう解答編IIだけを読んで、解答編Iの法月さんのは読まないってことはないでしょう？　だから、戸川安宣を本名だと思うことはまずないと思うんです」

「ぐぅ……」

私は口惜しくなって、わざと『ぐぅ』の音を出してやった。

「きっと、〈原稿募集のお知らせ〉に載っていた『鮎川哲也と十三の謎』編集部に宛てるのがふつうなんでしょうね。――あ、そうそう。さっきは言うのを忘れてたんですけど、あの文面からこんなこともいえますよ。手紙を書いた人物は、若竹七海とはアカの他人ではない、かなり近しい間柄であると」

まだあるのか……と少々げんなりしながらも私は応対した。

「かなり近しい間柄ねぇ……その表現はどうかと思うけど。で、それはどこで？」

「両替に本屋を利用しようと決めた、あの場面です。ふつう、アカの他人である女の子を能天気よばわりしますか？」

「初対面の女性をカニよばわりする人もいますよ？」

「個人攻撃はやめて下さい。僕は一般論を言っているんです。ふつう、一度は女史とまで言った女の子つかまえて能天気なんて言いませんよね。こんなことを言えるのは仲間うちか、あるいは――」

「あっ、あれはですね、ギャグというか息抜きというか、そのぉー、内容が全体的に暗いものだったから……」

「告白文に息抜きですか？」

「もぉー、あんまりいじめないで下さいよぉ。しかし先生、細かいところを突いてきますねぇ。まるで消極的な伏線で論証してるみたいですよ」

「そうそう、こんな細かいところ、校正段階で何とでもなりますよ。気にしないで下さい。僕も口が過ぎたようですね、すみません」

「いえいえ、とんでもないです。――それにしても先生、先生にこの話を持ちかけられたときは正直びっくりしましたよぉ。確かに『五十円玉二十枚の謎』は『十三の謎'91』で割と大きく取り上げられて、けっこう評判になった企画ですけど……東京創元社としても二匹目のドジョウを探したいんでしょうね、一般公募をしてまでも」

「でも一般公募では、全くと言っていいほど原稿が寄せられなかった。来てもロクなのがない。そこで、あなたが一つ解答案を持っているっていうんで、ああいう告白文という形の手紙で出してもらったワケです」

「そう、ふつうに原稿で応募したなら予備選考すら通らないかもしれないような地味な解答ですからねぇ。もちろん作家として出すこともムリだし……。でも、あの告白文、結構本気に受け取った人もいたんじゃないですか？」

「ええ、そうみたいでしたよ。反響はありますね。僕らの企みだとは知らずに……」

「先生からこの企みを持ちかけられたのはちょうど今からひと月前、喫茶店で落ち合って話し合ったんでしたっけ……」

（回想、一か月前）

　とある喫茶店にて――

「――という企みなんです。どうです、協力して頂けませんか？　確か一つ解答のアイデアを持ってるって聞いたんですけど」

「ええ、もちろん協力します。先生に言われるまでもなく、あの『五十円玉』は続いて欲しいですからねぇ」

　私は二つ返事で承諾した。

「しかし、この企みの動機、もしバレたら恥ずかしいですよね。解答編の一般公募を何としてでも成立させて、選考委員という栄誉ある仕事をやりたかったからだなんて……」

「いえいえ、その想いは先生だけでなく私も同じですよぉ。史上最年少の選考委員！　なぁんてミステリ史上に名を残すかもしれないんですからねぇ」

「そうですね。しかし、その『先生』って呼ぶのはやめて頂けません？　同世代なんだし」

「いえいえ、私は先生の謎と論理性重視のミステリを高く評価しているんですよ。最近の本格派新人ではピカ一だと思っています。同世代の作家連中の中で私が『先生』を付けて呼ぶのは、依井先生だけなんですから……」

私は、依井貴裕氏から持ちかけられた〝告白文という形で手紙を送り、東京創元社編集部を賑わす〟という企みを快諾した後、しばらく彼と雑談を交わした。

「依井先生、三月も半ばに近いんですからセーターを肩にひっかけるの、もうやめたらどうですか？」

「ほっといて下さいよ、三月いっぱいはこれで通すつもりなんですから。そっちこそいつも同じトレーナー着てるじゃないですか。よっぽどその〝関西テレビ・エンドレスナイト特製トレーナー〟が気に入ってるんですね。しかし、番組の中で『のりピー』って呼ばれて嫌じゃなかったですか？　法月綸太郎だから『のりピー』とはいくら何でも……」

確かに私、法月綸太郎はこのトレーナーをけっこう気に入っていて、部屋着として愛用している分も数着ある。

夜も更けたので、依井氏が大阪へ帰る電車がなくならないうちに、私は話を切り上げることにした。

「――ま、とりあえずそういうことで、先程の件は引き受けました。帰ったら早速、告白文を書き始めることにします。それにしても、戸川さんがどう対処するか見ものですよねぇ。いつも若竹さんに先生呼ばわりされて、下の方が伸びきった彼の鼻をあかしてやりましょう」

そう言って私たち二人は、京都では有名な喫茶店を出た。京阪の駅まで依井氏を見送った後、私は家路を急いだ。

部屋に戻ると早速机に向かい、私はペンを取った。

『前略、初めてお便り致します……』

書き終えたばかりの手紙を読み返し、私はひとつ溜め息をついた。

(署名は何て書こうか……まさか法月綸太郎と書くわけにはいかないし……やはり事件の当事者本人の名前を書こうか、誰も知らないことだし……)

私は手紙の最後に『谷　英樹』と署名した。

「これでいいんですよね、英樹おじさん……」

しばらく会っていない、大阪の外れに住む伯父のことを思いながら。

優秀賞

矢多真沙香

ちょっぴり傾いている《準備中》のプレートを確認して、私は厚い木製の扉を押し開けた。揺れる鐘が陽気な音を立てて、時間外の我儘な客の来訪を告げた。

「こんにちは〜」

「いらっしゃいませっ」

カウンターの向こうから、年齢不詳の青年マスターが爽やかな笑顔で迎えてくれる。

軽食レストラン『シャッフル』。この店の正規の営業開始時刻にはまだかなり間があるのだけれど、マスターから常連の名を頂いた者たちにだけ、「時間外でも飲み物の注文のみ許可」という特権が与えられている。

その指定席と化したカウンターには、すでに常連の先輩格である茉衣《まい》さんと佑希《ゆき》さんが陣取り、マスターと談笑していた。

私の姿を認めて、佑希さんがやけに嬉しそうに手招きする。

——水沢《みずさわ》佑希さんは軽やかなショートの髪に、表情豊かな瞳が印象的な可愛い女。小柄な彼女は、常にお行儀の良い〈ミケ猫〉といった雰囲気を身に纏っている。園児に囲まれ『チイパッパ……』な〜んて、幼稚園の先生などお似合いかもしれない。

対する綾村《あやむら》茉衣さんはストレートなロングの髪にシルバーメタルのメガネ。知的な大人の女を思わせる優しさと鋭さの同居したその瞳は、高校時代の〈保健室の主〉だった養護教諭のそれによく似ている。

「いつものでいい？」

綺麗に磨きあげられたグラスに手を伸ばし、マスターが妙な猫なで声で問う。

「えぇ、いつもので」

答えながら腰を下ろした私は、右隣の佑希さんと茉衣さんが息を詰めて、笑いを噛み殺しているのに気づいた。……？

「今日のマスターたち、なんか変ですよ」

私は微かな居心地の悪さに身じろぎし、つかみどころのない不安を振り払おうと、なるたけさりげない調子でマスターに尋ねた。

「麻倉《あさくら》さんはお仕事ですか？」

とたんに常連のおふた方が噴き出す。

私は今一つ状況が把握できずに狼狽《うろた》えた。

すると、目の前にアイス・ティーをコトンと置いたマスターが、ふいに鼻にかかったオクターブ高い声を恨めしげに響かせた。

「もう……さくらちゃんのファンばっかりで嫌んなっちゃうわ～。ねぇ、私のどこがいけないっていうの！」

　予期せぬお姉言葉のフェイント攻撃に私は椅子からずり落ちそうになった。隣の茉衣さんたちは「似合い過ぎるからやめて!!」と、大受けで笑い転げている。

　マスターはそれを横目で睨んで、「本当に意地悪なんだからぁ……」などと拗《す》ねた素振りを演じて、わざと小指を立てながら皿を磨き始めた。

　――彼はこの店の持ち主で、名を八雲《やくも》久美《ひさよし》さんという。性別はもちろん男。白いワイシャツ姿がよく似合う……そんな新人ビジネスマンタイプの風体とは対照的に、その瞳に老成を思わせる妙な落ち着きを湛《たた》えた不思議な人である。

　色白の肌と優しげな面差しには『さぞ真っ赤な口紅が美しく映えて』と、一部で噂されてる風情があるのだけれど、その見上げるような長身と広すぎる肩幅とが邪魔をして、お世辞にも〈麗しのニューハーフ〉にはなれそうにない。

けれど、こんな風にびっくり箱な彼の性格を知らされるほどに――案外その道でも色物としてなら大成するかもしれない――と、密かな思いを抱いている私だったりする。

　笑いの余韻をどうにか捻伏《ねじふ》せて、茉衣さんが先刻の忍び笑いからの経緯をかい摘んで解説してくれた。

「柚子《ゆずこ》ちゃんが来るちょっと前にね、佑希ちゃんが『この店の女性客のお目当てはやっぱり麻倉さんよね』って、言い出したのよ。そうしたら八雲さんが『それじゃ僕の味方は柚子さんだけですか。特別にひいきしちゃおうかな』なんて、言い出して……そこに絶妙なタイミングであなたが来たのよ」

いつもの特製のブレンドで一息つきながら、佑希さんが後を続ける。

「そーしたら、座った途端に柚子ちゃんが麻倉さんの事聞いたりしたでしょ。で、八雲さんたら期待を裏切られちゃって、すっかり拗ねちゃったわ〜け」

――麻倉さんというのは現在売出し中の童話作家で、この店の共同経営者でもある。フルネームは麻倉悠斗《ゆうと》さん。若く見えるが、あちらもマスターと同じく年齢不詳。

男ながらに容姿端麗・才色兼備（本当は女性に使う言葉だけど……）素顔のままミスコンに投げ込んだとしても、『一等賞間違いなし！』の超一級品の美人。おまけに人当たりも二重丸で、この店のアイドルなのだ。

ただし営業用スマイルの陰に、どんな素顔を隠しているのか……それは未だ見当もつかない。

私が常々話し相手になってくれる八雲さんの方に、より好意的な思いを抱いているのは事実だった。そして、それはたぶん……単なる八雲ファンとして以上の好意なのだと思う。

けれど、私自身、今はまだその重さを量りかねていた。――もっとも、八雲さんにとっての私は、我儘な常連客の一人でしかないのだろうけれど。

とにかく、こういうチャンスは有効に活用しなくてはいけない。

私はアールグレイのアイス・ティーを飲み乾すと、とっておきの笑顔をつくった。

「私は最初っから、マスターのファンですもん。何があっても私だけは八雲さんの味方ですからね。もし、このお店が経営不振になったりしたら一緒に銀行を襲撃しましょ」

マスターはあははと笑って頷いてくれた。

「悠斗は仕事で出てるけど、簡単な打ち合わせだけのはずだから、もうすぐ帰ってくると思うよ」

機嫌を直したマスターが茉衣さんと佑希さんの為に二杯目のコーヒーを入れ始めた時、ドアの鐘が再びカランと鳴った。マスターが顔も上げずに「お帰り」と応える。

ドアの向こうから現われたのは、黒いライダー・スーツにすらりと伸びた痩身を包み、揃いの黒いメットを抱えたとびきりの美人。

彼はサラリと揺れる髪をかきあげながら、黒目がちの大きな瞳でカウンターの私たちを捉えると、ふわりと優雅に会釈した。

「いらっしゃいませ」

「お邪魔してま〜すっ」

佑希さんが嬉しそうに手を振る。

「遅いじゃないか、さくらちゃん。柚子さんが先程からお待ちかねだよ」

麻倉さんは「その呼び方はやめろよ」と、マスターを軽く睨んで、私にはいつもの営業用スマイルを投げ掛けた。

「着替えて来ます。もうちょっとだけ待ってくださいね」

二階へと消える麻倉さんの背中を見送り、私は慌ててマスターの言葉を訂正した。

「あの……ですね。麻倉さんにだけじゃなくて皆さんにお願いがあるんです」

麻倉さんがエプロン姿で再登場したところで、佑希さんが私を促した。

「で、どーいうお話なのかしら？」

「問題はこれなんです」

拭き清められたカウンターテーブルに私が取り出したのは『鮎川哲也と十三の謎'91』——定価二千円也。

「あらこれ……第二弾？　第一弾の『鮎川哲也と十三の謎'90』は妙にお笑い劇場してたミステリのアンソロジーだったわよね」

茉衣さんが本を手に取り、興味深げにパラパラとページを捲《めく》る。

「ええ、今回もやっぱりお笑い楽屋落ち路線なんですけど、これに〈読者への挑戦〉っていうか……とある作家さんが提示した謎への〈解答の一般公募〉が載ってるんです」

「なるほど。なかなか面白そうな企画だね」

一番最初に少なからぬ興味を示したのは、やっぱり〈本格ミステリ〉びいきのマスターだった。

「それでですね。この掲載作品に対する『当社規定の原稿料』というのが——これ内緒のお話なんですけど、実はこれが他社のに比べて破格に高い。しかも、最優秀作品には〈バルセロナ十日間の旅〉という副賞が」

「えーっ凄い」「本当に〜」「信じられなーい」と、すかさず一同そろって不信の念を示す。

——やっぱりこれが正しい反応よね……。

「——という噂が、うちの大学構内で瞬く間に広まってしまったんですよ」

「それで？　その情報って、確かな筋からのなの。噂話にはとかく尾ひれが付くし。……信憑性は何％くらいなのかしらね」

慎重な茉衣さんらしい質問が飛んだ。

「それが、その……実は、私なんですよね」

ため息交じりに言った私に、一同のどよめきが重圧感を伴ってのし掛かって来る。

「昨日〈ミステリ同好会〉の友達と学食で、『そういう話を小耳に挟んだんだけどね』って、そんな話をしたら——いつの間にかこういう事になっちゃって」

「つまり、その噂の総元は、あの柚子さんお気に入りの新人作家なんだね」

八雲さんの言葉に私はコクンと頷いた。

それは、私が最近ファンになり、文通を始めた駆け出しのミステリ作家氏であった。

「それでっ、事実なのっ？」

佑希さんが勢い込んで問う。

「副賞の件は、私が聞いたのは『それが付いてるらしいよ』だったんです。それに、『旅行費用は編集長のポケットマネーだ』って、言ってましたから……たぶん冗談だろうと」

茉衣さんが大きなため息をつく。

「そりゃあ、九九％冗談だわね。旅行の話がよもや本当でも、個人の予算じゃ〈西伊豆の民宿一泊〉がいいとこでしょうね」

「大体、〈副賞〉を伏せてる、なんてこと自体信憑性が薄いですよね」

麻倉さんが真顔で追討ちを掛けてくださった。

「それなのに……一部のミステリファンたちが『バルセロナへ行きたいかっ！』『おう‼』の乗りですっかり盛り上がっちゃって」

「はりきって応募して、もしかして特賞に輝いちゃったりしたら、さぞがっかりするでしょうねぇ。噂の根源に殺意なんか抱いちゃったりして……暗闇で出刃包丁を握って」

佑希さんはあっけらかんと怖い事を口にして、私のお腹に凶器を突き刺す真似をする。

「そこで、私が奇想天外な解答編をものにして特賞という事で掲載されてしまえば、全てが丸く納まるなって思ったんですけど」

「……奇想天外ねぇ」

マスターが呆れ果てたように呟いた。

「〈言うは易く行なうは難し〉ってね。別にいいじゃないですか、噂の出所なんてなかなか突き止められるものじゃないし、そ知らぬ顔してればそれでいいんですよ」

肩を竦めて微笑んだ麻倉さんに、私はおずおずと反論した。

「尤《もっと》もなご意見ですけど、私ってほら小心者だから。出来る限りの責任は取りたいわけで……解答について、筋金入りのミステリファンの皆様に、お知恵を拝借したいなぁと、斯様《かよう》に思う次第であります。どうか、皆様よろしくお願いいたします。この通りですっ」

私は殊更大袈裟に手を合わせて、一同を拝み、頭を垂れた。

「仕方ないわね。乗り掛かった船ですもの、肝腎の〈謎〉くらいは聞いてあげてもいいんじゃないの」

茉衣さんの苦笑でなんとか一同の賛同を得て、ここに突然の読書会が始まった。

「では、僭越ながら私が読みまーす。どうぞご静聴くださいませね。『鮎川哲也と五十円玉二十枚の謎』――」

佑希さんのよく通る声が静かな店内に響きわたり、厳《おごそ》かに朗読が始まった。


「〈事実は小説より奇なり〉ですねぇ」

「解答編の中に、もうすでに色々なパターンが出てるのね。これって、もしかして読者への牽制球かしら」

「意表を衝く答えなんて、なかなか思いつかないわよね〜」

口々のご意見を、私は無責任にも上の空で聞き流していた。――なぜなら、こういう事には一番親身になってくれるはずだと期待した八雲さんが、どういうわけか一同の会話に参加してくれなかったから。

私はさりげなくグラスの磨き具合を点検し始めた彼に、上目遣いの質問を送った。

「――マスターはどうですか?」

八雲さんがその手を止め、ゆっくりと顔を上げた。そして……。

「私、よくわかんなーいっ！」

力一杯のお答えに私は再びずっこけた。

「さて、解答は宿題という事で、各自じっくり考えてみるといいでしょう」

麻倉さんの言葉に促されて、私は壁の時計を見上げた。すでに九時四十五分。

「そろそろ『シャッフル』の開店時間です」


午後二時半。私は再び『シャッフル』のドアを押した。店内は、早めのティータイムと洒落込んだ客たちで、かなり賑わっている。

長期戦になりそうな気配に、私はイチゴ・パフェを注文して読み掛けのミステリを取り出した。

「おや？　綺麗に平らげちゃって……『今週から、《ダイエット計画》を開始するの。誘惑しないでね』って、言ったのは誰だったかなぁ」

器を下げるマスターが意地悪く笑った。

「予定は未定です。来週からがんばります」

そんな私に麻倉さんが聞く。

「それで？　ラストオーダーですが、いかがなさいますか」

私はにっこりと微笑み返した。

「〈スペシャル・ランチ〉をお願いします」

『僕はこの店を道楽で経営している』と、豪語する八雲さんの方針に従って、午前十時に開店した『シャッフル』は、通常午後三時から五時まで長い昼休みを取る。二人の遅い昼食と休憩の為にだ。

私はいつものようにお愛想程度にテーブルの片付けなどを手伝い、その報酬として特製の昼食にありついた。

「うまい！　さくらちゃん近ごろ腕を上げたねぇ」

試作品のバジリコ・スパゲッティーを突《つつ》きながら、マスターが嬉しそうに称賛した。

「そう言うくみちゃんの新作ドレッシングもなかなかの出来だよ」

麻倉さんがサラダを慎重に味わって、満足そうに頷く。

「本当に美味しい！　これってノンオイルですよね？　女の子に受けそう……」

彼らのランチは、昼食であると同時に試作品の試食会でもあった。

私は別に苦学生というわけではない。けれど、書店で新刊本に〈一目惚れ〉するという困った癖があるのだ。だから、急な出費による財政難の折には、一食分の経費節約は大助かりなのである。

食後のお茶を一口啜って、八雲さんは私に向きなおった。

「それで？　何か聞いてほしそうだけど、奇想天外な解答でも思いついたのかな」

私はカップの温もりをてのひらで味わいながら、あえて強気に切り返した。

「解答を思いついた――というか、知っているのは八雲さんたちの方じゃありませんか？」

確信はなかった。けど、確かに彼らは何かを隠していると……そんな気がしてならなかった。

「なぜそう思うの？」

麻倉さんのこの笑顔は何時だって曲者だ。

「誤魔化してもダメです。今朝の朗読を聴いていた時、八雲さんの目の色が一瞬変わりましたもん。それから、微かに麻倉さんと視線を絡ませた。……そうでしょ？」

私の視線を正面から捉える麻倉さんの瞳が僅かに丸くなる。やっぱり、気のせいじゃなかったわけだ。

「柚子さんに表情を読まれるようじゃ、マジシャンとしては失格だね」

「そういう、悠斗君もね」

二人は顔を見合わせて微笑んだ。この二人の共通の趣味は、〈ミステリとマジック〉なのである。

――八雲さんの弁によると、『アマチュア・マジシャンとしてのふたりの腕前は、共にまあまあの水準』なのだという。そして、『シャッフル』の店名も当然この事実に由来する。

「五十円玉で、ちょっと思い出した話があってね……」

八雲さんは僅かに言い淀んだ。その瞳が麻倉さんに何かを問う。

「八雲久美君が話したくないって言えば、柚子さんも無理強いしたりはしないと思うよ。この場合、選択権は久美君にある」

八雲さんの瞳が私の顔をじっと見詰めた。それが、ふっと切なげな色に染まる。まるで懐かしい何かを見付けたかのように……。

そして、緩やかに呼吸を整えると、八雲さんは静かに語り始めた。

「これはある大学時代の友人から聞かされた思い出話なんだ。……彼には先天性の心臓病という爆弾を抱えた当時小学生の弟がいた。医者からは、弟は『二十歳まで生きるのはとても無理だろう』という宣告を、何度となくされていて――もちろん本人には伏せられていたのだけど――少し歳の離れた兄貴だった彼を含めて、家族は全員それを承知していたんだ」

思い掛けず深刻な話が始まって、私は内心狼狽えていた。

「弟はどうにか学校には通ってはいたけど、とかく休みがちで友人も少なくて、話し相手はもっぱら当時は中学生の兄だった。兄貴自身社交的な性格ではなく、家で過ごす事が多かったから……」

「仲が良かったんですね」

八雲さんは無言で小さく頷いた。

「ある日、兄貴のコレクションのコインを肴に他愛もない話をしていた時、弟が唐突に言い出したんだ。『……僕の生まれた年の硬貨を集めてみようかな』って、ね」

「自分の〈生まれた年〉のを――ですか？」

「そう。その家では『出来る限り彼の望みを優先してやろう』というのが〈暗黙の了解〉になっていたから、兄貴は『面白いかもしれないな』と頷いた。……妙な事考え付いたもんだな、と軽い気持ちでね」

麻倉さんが音もなく席を外した。彼は店の隅のミラー加工の壁の前に立ち、カードを取り出すと私たちに背を向けて〈アーム・スプレッド〉のレッスンを始めた。

「『で、何を集めるのかな』と兄貴が聞くと弟は『五十円玉がいい』といった。紐に通してまとめていけば、貯まっていく枚数が一目瞭然だからというわけだ。兄貴はそんなにたくさん集めるつもりなのかと笑った」

「……銭形平次の投げ銭みたい」

私の呟きに八雲さんの瞳が微かに笑った。

「弟は地道に五十円玉の蒐集を始めた。二十枚ずつをリボンでまとめて縛り、その枚数が増えていくのを嬉しそうに数えていた。そして三年後。……弟はとうとう大きな発作を起こして倒れた」

私の心臓がドキンと高鳴った。

「弟はなんとか持ち堪《こた》えたけど、それ以後ベッドの住人になってしまった。しかし、家族があの宣告を受けた後、医学は格段に進歩を遂げていた。技術も確かに向上し、折しもその道の第一人者が弟と〈ほぼ同じ症例〉の手術に成功した直後だったんだ」

八雲さんは一時言葉を閉じた。沈黙の重さが心に迫る。

「『成功の確率は現状で七〇％。容態が変化すれば、それは低下していく』と、医者はそう言った。しかし、家族の説得に彼は頑強に首を振り続けた。何故なのか……？　二人きりの時、兄貴はとうとうその理由を聞き出したんだ。彼は縋《すが》るような瞳で彼にこう言った。『まだ五百枚にも足りないんだ』と」

「……あぁ」

〈願掛け〉の文字が私の心の中に鮮やかに浮かびあがった。

「そう。……兄貴はその時初めてあの五十円玉の意味を知ったんだ。あれは弟にとっての祈りの象徴〈千羽鶴〉だったんだよ」

八雲さんは淡々と語り続ける。

「『千枚貯めようと思ったんだ……でも、ダメみたいだからせめて五百枚になったらって思ってた』――それまでの人生を、いつも死と背中合わせに生きて来た弟の言葉だった。兄貴には何かに縋り付きたい彼の気持ちが、痛いほどよく分かった。一笑に付する事など決して出来ない。それは悲痛な叫びだった」

八雲さんの瞳が潤んだように翳りを帯びて、彼の言葉の重さが伝わる。

「とにかく症状の安定している今、一刻も早く。……それが担当医の見解だった。だから兄貴は弟に約束した。『きっと五百枚にしてやるから』って。弟は嬉しそうに頷いた。不足分は八十枚。他人にそれを説明して協力を仰ぐのは難しいように思えた。他者から見ればきっと無意味に思えるだろう少年のこだわりの為に、家族とその友人たちは立ち上がった」

――価値観はそれぞれに違うのだろうけど、この世で一番大切なものは、大抵目には見えないものなのだ。

「色々な銀行から五十円玉を掻き集め、それをチェックする。他に手分けして小銭の回転率のよさそうな大型店を巡り、両替を繰り返した。そういう店では多額の両替は無理だったから、千円を五十円玉に崩しチェックした後また千円札に換えてもらう。……それを店を変えて何度も繰り返した。両替に対して比較的親切な店やそういう店員の所へは幾度となく行ったりもした」

残り少ない時間の中、家族の心は……。私は思わず自分の手首を固く握り締めていた。

「ある日ついに、担当医が『状態の落ち着いている今のうちに』と、決断を求めた。そして、兄貴は次の朝五百枚の五十円玉を弟に示して言った。『……だから大丈夫だよ』と。弟は『ありがとう』と、とても嬉しそうに笑って手術を承諾したそうだ」

「良かった。五百枚、間に合ったんですね」

弾んだ私の声の余韻に、答えはなかった。

そして――静寂。

壁の時計の音だけが、やけに大きく心に響いてくる。

いつの間にか八雲さんの傍らに戻っていた麻倉さんが、途切れた糸を紡ぎだした。

「――手術の前夜。一緒に五十円玉探しを手伝った親友のもとに、兄からこんな電話があった。『神様って本当に存在するのかな？　もしそうなら、弟を欺いた僕の罪を神様は許してくれないんだろうか……』」

私は思わず目の前の二人を凝視した。

「――それは懺悔《ざんげ》だった。最後に加えられた十枚の五十円玉は、〈兄貴の生まれた年〉に発行されたものだったんだ。問われた親友はこう答えた。『お前の願いが込められた五十円玉なんだから、きっと祈りは聞き届けられるはずだ』ってね」

私は息を殺して逡巡した後、思い切ってそれを口にした。

「その手術は……？」

麻倉さんが力強く言い切った。

「成功だった」

「そう……良かった」

――私はまるで我事のように、その答えを抱き締めた。涙が滲むほどに嬉しかった。二つの魂は……お兄さんの心は救われたのだ。神様ありがとう。心からそう思った。

ふいに有線から軽やかなピアノの音色が零《こぼ》れ落ちた。柔らかな調べが店内に溢れる。じっと俯いていた八雲さんが、大きく息をついて私に視線を移した。そこにあるのは、もういつものマスターの顔だった。

「とある文学青年の思い出話は、以上でお仕舞い。残念ながら、ミステリのネタにするにはいささか〈感傷的〉過ぎる話だよね」

麻倉さんと居る時にしか見せないような極上の微笑みに見惚れて、私はただ黙って頷いた。

——八雲さんがそれを望むのなら……この優しい瞳に懐柔されてしまおう。

秘密を共有するっていうのは、共犯者になったみたいで嬉しかった。

皿を片付けようと伸ばした私の手を、マスターは優しく押し止めた。

「どうもご馳走さまでした。休憩時間にお邪魔しちゃって御免なさい」

私はぴょこんと頭を下げた。

「気にしないでいいよ」

組んだ手をテーブルに置いて、優しく微笑んだ八雲さんの呟き。……その語尾が独り言みたいにぼやける。

「——僕も悠斗以外の誰かに聴いてほしかったのかもしれない……」

〈ノクターン〉に送られて、ドアへと向かった私は、八雲さんの言葉の意味に突然思い到って立ち竦んだ。

その場でくるりと反転した私を、椅子に座ったままの八雲さんが怪訝そうに見つめる。

私はその傍らに立つ麻倉さんに向かって、叫ぶように問い掛けた。

「麻倉さん！　神様になんて、赦してもらえなくったってかまわないですよね？　だって、他の誰でもない彼だけはお兄さんのこと赦してくれてたから。……絶対に赦してくれてたから。そうですよね!!」

一瞬、驚きに見開かれた八雲さんの瞳が、晴れやかに澄んで、麻倉さんの唇が音にならない言葉を綴った。

——ありがとう。

〈プレリュード〉の旋律が心の中で躍る。

私は緩やかに踵を返すと、柔らかな午後の日差しの中へと歩きだした。

優秀賞

榊京助

「あのう、若竹七海さんでいらっしゃいますか」

私は、努めて柔らかい口調で話しかけた。

「はい、若竹ですが……」

そう答えながら、彼女は、細めに開いたドアの向こうで、いぶかし気に首を傾げた。本名で住んでいるこのマンションで、いきなりペンネームで呼びかけられて、すっかり面食らっているようである。

「突然お邪魔いたしまして申し訳ございません。私、こういう者ですが……」

私は、自分の会社の名前の入った名刺を差し出すと、手短に訪問の理由を説明した。

「先日、『鮎川哲也と十三の謎'91』という本の中で、五十円玉の謎というお話を拝見いたしまして……。実は私、当時あの辺りに勤務しておりまして、あの奇妙な人物について、少しばかり知っているものですから……」

そこまで話すと、不信そうに曇っていた彼女の顔が、俄に輝きを増した。私の話に、明らかに興味を示してくれているようである。私は、その彼女の様子に力を得て、ここに至った経緯の説明を続けた。

……自分があの男について知っている限りの事を、本の募集要項にあったように、小説形式で書いてみた事。それを、実話だからという理由を話した上で、東京創元社の戸川編集長に、特別に読んでいただいた事。そして、読み終った編集長が、ぜひこれを、あの出来事の当事者である若竹七海さんに読ませてやってほしいとおっしゃった事……。

「戸川編集長が……」

彼女は、編集長の名前が出ると、あの人ならあり得るわといったふうに、うんうんと頷いた。

「はい。こちらの住所を教えて下さった上で、直接原稿をお持ちして読んでいただき、当時のいきさつなどもお話ししてほしいとおっしゃいまして……。御自分は所用があるので同行できないからと、こちらにお名刺を預かって参りました」

「それはそれは、御足労をお掛けしまして……」

私が示した名刺を確かめると、彼女は、ようやく部屋の中に招き入れてくれた。勧められたソファに腰を降ろして、私は、初めてじっくりと彼女を眺めることができた。

思っていたより随分若い。話しぶりや立ち居振るまいには、その若さに似合わない明らかな知性が輝いている。そのうえ、知性には付き物の、冷たさや尊大さといった物は全く見受けられないのだ。私は、一目で彼女が気に入ってしまった。

「編集長は、思い立ったらすぐといった人ですから、びっくりされましたでしょう」

彼女は、慣れた手付きで淹れたコーヒーを私の前に置くと、自分でも一口飲んでみせながら、私に語り掛けた。

「無理なお願いを致しましたようで、御迷惑だったのでは……」

「いえいえ、こちらこそ突然お伺いして御迷惑ではと思ったのですが、編集長さんが、行ってくれるなら、私の原稿を間違いなく本に掲載するとまでおっしゃるものですから……」

「まあ、そんな事を……。でも、あの五十円玉の男の事は、私の十年来の謎でしたから、おいでいただいて本当にうれしいですわ。商売柄、余計そうなのかもしれませんけど、あの謎について考え出すと、居ても立ってもいられないといった有様で……。早速で恐縮ですが、お話をお聞かせくださいますか」

「はい。すぐにもお話しいたしますが、その前にまず、こちらを……」

私は、持参した紙袋から原稿を取り出し、彼女に示した。

「先程お話しした小説です。編集長さんの方はコピーでかまわないとの事でしたので、こちらが原本になります。何分、小説を書くなどというのはまったく初めての事でして、至らない所も多々あろうかと思いますが、そこはひとつ御勘弁願います。内容的には、例の五十円玉の男が、自らの過去を振り返って書いた、一種の告白小説の形になっています。小説中の私というのが、五十円玉の男というわけでして……」

「わかりました。では、失礼して、まず読ませていただきます」

彼女は、そう言うと、私の原稿を手に取り、二、三度パラパラとめくっていたが、やがて原稿の世界に没入していった。私は、コーヒーをご馳走になりながら、じっと彼女が読み終るのを待っていた……。

＊

鮎川哲也と五十円玉二十枚の謎　解答編

書店の新刊書コーナーで、ふと目に留まったその本を手に取り、ページをめくったとたん、私は、あまりの事に愕然としてしまいました。

その本自体は、ミステリ雑誌の何号か分を一冊にまとめたといった感じの物で、確かに面白い試みだとは思いましたが、私を驚かせたのは、その目次の中の一行です。目次の中程に、一際《ひときわ》目立つ太字で『鮎川哲也と五十円玉二十枚の謎』と書かれているではありませんか！『五十円玉二十枚』という文字が、私の胸に突き刺さりました。これは、もしや、もしや私の……。

ページを繰る手ももどかしく、そのコーナーを開いた私は、そこに書かれた文章を貪るように読み始めました。

まず、若手女流作家の書いた問題編が載っています。十年あまり前。池袋にある大きな書店。レジの女の子。そして、土曜日毎に、二十枚の五十円玉を千円札に両替しに来る男……。もう間違いはありません。この本には、私の事が書かれているのです。

これ以上は、とても人前では読む事が出来ません。私は慌ただしく本を閉じると、それを手に、レジに向かいました。レジには、丁度あの時と同じように、若い女の子が立っています。女の子が、必要以上に私の事をジロジロ見てはいないだろうか。奥の方で、店員たちが、コソコソ私の噂をしてはいないだろうか。そんな事が気になって、私は、釣銭と本を受け取るやいなや、逃げるようにその本屋を飛び出しました。


自宅に戻ると、私は、問題のページを何度も何度も読み返し、その内容を検討しました。

女流作家の書いた問題編には、十年も前の事が、まるで昨日の事のように書かれており、その記憶力には驚くばかりです。過去の細かい事をいつまでもよく覚えているという女性の特性もありますが、彼女が作家であるという事が、それを可能にしたのだろうと思いました。

その問題編の後ろには、二人の若手作家による解答編が、競作という形式で書かれています。二人とも、若手ながら、本格推理を得意とする才能溢れる作家です。

私のした事の真相が、そして五十円玉の秘密が、総て明らかにされているのではないだろうか？　もしかすると、私の名前までが……。私は、裁判の判決を言い渡される被告のような気持ちで、解答編を読んだのです……。

……解答編を読み終ると、私は、ホッと安堵のため息を漏らしました。それらは、小説としてはよく出来ているのかもしれませんが、私の秘めた真相とは、懸け離れた物だったからです。

依頼を受けた他の作家が、原稿を書かなかった、あるいは書けなかったという事実も、私を力付けました。これでもう、私の秘密が暴かれる事はあるまいと、ミステリ作家諸氏に感謝の気持ちを覚えた程です。

ところが……。特集の最後を読んで、私は再び愕然としました。出版社が、謎の真相を読者に暴かせるべく、原稿の公募までしているではありませんか！

私は頭を抱えてしまいました。全国の読者の中には、真相にたどり着く者がいるかもしれません……。一体私はどうすればいいのか。どうすれば……。

……考えに考える私の脳裏に、一つの思案が浮かびました。私は、引出しの奥に仕舞い込んでいた原稿用紙を引っ張り出すと、この原稿を書き始めたのです。

……あれは、今からもう二十年も前になりますか、私は、長かった独身時代に終止符を打ち、妻を迎える事になりました。

それまでの私は、仕事一筋といった生活を送っていました。毎日毎日夜遅くまで働き、たまの休みも、外に出ることもせず、唯一の趣味である模型作りに没頭しているという有様です。模型といっても、子供っぽいプラモデルとかではなく、ビンの蓋や、硬貨を使って、五重の塔やら東京タワーを作るというもので、ボトルシップのように高尚な趣味だと自負していたのですが、如何せん部屋に籠りっきりなもので、女性と知り合う機会を失ってしまう結果となりました。

ですから、何度目かの見合いで結婚したときには、新郎の私はすでに三十八。妻も晩婚で、三十二になっておりましたから、世間一般の、いわゆる新婚時代といったものではありませんでした。二人ともなんだか気恥ずかしかったのでしょう、ずっと以前から夫婦であったかのように、自然と暮らし始めたものでした。

というのは、私のいわゆる照れ隠しでして、妻の為に、これだけは言っておかなければなりませんが、結婚当初の数年の間、妻は、本当にやさしく、ほがらかで、甲斐甲斐しく私の面倒を見てくれたりしたものでした。思えば、あの頃が、私の人生で一番幸せな時でした……。

妻の様子がおかしくなったのは、結婚してから六年近くたった頃のことでした。

その当時、私たちは、やっと授かった初めての子供を、流産で亡くしていました。妻が、誤って階段を踏み外し、転落したのが原因です。

幸い、妻の命に別状はありませんでしたが、お腹の中の子供は死に、妻も、二度と子供の生めない体になってしまったのです。

私たちは、悲嘆にくれました。部屋いっぱいに用意したオモチャや産着を、見ては泣き、抱き締めては泣きました。そして泣き続けている間は、間違いなく、二人の気持ちは一つになっていたのです。

……ですが、いつまでも泣き暮らしているわけにはいきません。何日かが過ぎた後、私は、男の私がしっかりせねばと自らを叱咤し、なんとか妻を励まそうとしました。子供を亡くした事は辛いが、いつまでも嘆いてばかりはいられない。これからの人生は、二人で、子供の分まで精いっぱい生きていかなくては、と私は言って聞かせました。

それを聞いた瞬間、妻は、びくっと体を震わせたかと思うと、顔を覆った両手の指の隙間から、泣きはらした、ぞっとする程真っ赤な目で、私を睨み付けました。

「あなたは悲しくないのね。私たちの赤ちゃんが可愛くないのね」

血の出るような声でそう言うと、その後は、怨みを込めた目で、じっと私を睨み続けています。まるで、私が、あの子を殺した犯人ででもあるかのように……。

それが、その後に訪れた、あの悪夢のような日々の始まりでした。


その日から、妻の様子が変りました。隣近所や、親戚、友達の目から見ると、彼女が悲しみから立派に立ち直ったかのように見えた事でしょう。一緒に暮らしている私でさえ、その彼女の様子を見て、ホッと胸を撫で下ろしたりしたものでした。

ところが、しばらくして、それが大きな間違いであった事に気付かされました。妻は、悲しみを忘れる事も、乗り越える事もできてはいなかったのです。

その悲しみや、苦しみ、怨みが、周囲に向けられる事がなくなっただけでした。そして、それらは、夫である私一人に向けられるようになっていたのです。

妻は、私と会話というものをしなくなりました。出てくる言葉は「はい」とか「いいえ」だけといった有様で、その後は、無言でじっと私を睨み付けるばかりです。

夫婦生活どころか、私がちょっとでも触れようとすると、ぶるっと身震いして拒否を示します。まるで、妻が見知らぬ別人になってしまったかのようでした。

私は、これに対して、宥《なだ》めて見せたり、怒って見せたりの毎日でした。最初は、妻の事が気がかりなばかりで、腫れ物に触るように接していた私も、これが度重なる内に、つい我慢ができず怒鳴ってしまうようになりました。そしてその事が、なおさら妻を刺激してしまう結果となったのです。

私たち夫婦は、この恐ろしい悪循環の中で、互いの神経をすり減らしていきました……。

私が、五十円玉をせっせと両替しだしたのは、それから一年近く経った頃の事でした。

その頃には、二人の間には、愛情どころか、情と呼べるものさえなくなってしまっていました。あるとすれば、それは、相手への憎悪だけといった有様です。

それでも、私は会社や世間の手前、妻は両親を早くに亡くし頼れる身よりがいないため、離婚をしないできていました。

妻は、話すことや態度が完全に尋常ではなくなっていましたし、私も、いまや正気を失っていました。そしてついに、二人は、互いに相手が自分を殺そうとしていると思い込むようになったのです。

そうなって、妻が最初に考え至ったのは、生命保険の事でした。原因は、二人の間の憎悪であったのに、妻の頭の中では、保険に入っていると殺されるという図式が出来上がってしまったのでしょう……。

私たちは、結婚に際して、互いに相手を受取人にした生命保険に加入していました。いずれやってくる満期の日まで、毎月給料天引きで、掛金を支払っているのです。妻は、これを解約するように私に迫りました。この保険が、私の会社を通じて契約したものだったからです。

以前の私なら、妻の気持ちを落ち着かせるためならと、喜んで解約したことでしょう。ですが、私の心は、私自身でも良く分からない理由で、これを拒みました。

私は、保険会社には行きましたが、保険を解約する事はせず、保険料の引き落としをする口座と、連絡先を変更したのです。口座は、妻には内緒で新しく開設し、保険会社からの連絡は、会社の方に来るようにしました。そして、その後は、毎月自分の小遣いの一部を新しい口座に入れ、保険料の支払いに当てるようになりました。

……妻が、どうしてそのことに気付いたのか、未だに分かりません。異常に研ぎ澄まされた女の勘といったものでしょうか……。

妻は、私が、自分の小遣いで保険料を払っていると目星を付けたらしく、私の小遣いを大幅に減らしてしまったのです。昼食代を入れて一日千円ということになってしまいました。それだけでなく、妻は、私名義の銀行口座のお金を全部引出し、自分の口座に入れてしまったのです。

妻に抗議をしてみても無駄な事は分かっています。私には、自由にできるお金が、一銭もなくなってしまったのです。その月の保険料は、既に口座に入れてありましたが、来月からの入金が出来ないことになります。誰かから借りるにしても、そう度々というわけにはいきません し、第一、返せる当てがないのです。私は、頭を抱えてしまいました。

何か金を得る方法はないか、金に換えられる物はないか……。私は頭を絞りました。

その時、脳裏に閃くものがありました。私には、まだ金に換えられるものが、いや、金そのものが残っていたのです。

それは、私が、趣味で作ってきた、硬貨でできた五重の塔や東京タワーなのでした。

模型の制作には、穴の開いた硬貨が都合が良かったので、五円玉や五十円玉が使われていました。穴に針金を通して形を作ったりするためです。

この趣味は、学生時代から長い間続けてきたので、作品の数もかなりのものになっています。五円玉はともかく、使ってある五十円玉は、お金としての価値が充分にあります。しかも、その枚数たるや、何千枚あるか、自分でも見当がつかない程なのです。

私は、作品の保管場所にしてある、自分の部屋の押し入れを開けました。そこには、建物をかたどったものから、動物に見立てたものまで、数々の私の愛すべき作品たちが並んでいます。

私は、しばしそれらに見入っていましたが、やがて、その中の一つに手を伸ばしました……。

作品に使っていた五十円玉を、お金として使うに当り、私が最初に考えたのが、両替の問題です。

保険料が引き落とされる口座に入金をするには、どうしても銀行に持って行く必要があります。その時、いくらなんでも何十枚もの、それも五十円玉ばかりを、ジャラジャラと持って行くわけにはいきません。一度だけなら未だしも、毎月となると余計です。

それに、私は、入金するのは行員のいないキャッシュコーナーで、カードを使ってと考えていました。仕事が事務職のため、銀行が開いている時間帯に外出する事は出来ませんでしたから、自然とそうなってしまうという事もありますが、なにより、そのほうが目立たないですむからです。

ところが、このキャッシュコーナーの機械というのが、やはり紙幣を必要とするのです。硬貨は受け付けてくれませんから……。私は、今度は、いかに紙幣を手に入れるかで悩む事となりました。

私が、最初に考えたのが、毎日妻から貰う一枚の千円札でした。ところが、その千円札を使ってしまうと、会社で出前を取った時の支払いなどが、五十円玉ばかりという事になってしまい、今度は、会社で評判になってしまうでしょう。やはり、なんとか五十円玉を紙幣に換えるしかありません。

……こうして、私の奇妙な両替の日々が始まりました……。

それからの私の毎日というのは、こんな具合でした……。

まず、毎朝コレクションの一部を壊し、二十枚の五十円玉を手にします。二十枚にしたのは、千円札を得る事ができる最低の枚数だからです。それに、それ以上の枚数を一時に持ち出そうとすれば、妻に気付かれてしまうでしょう。

そして、普段通りに会社での勤めを終え、その帰り道に両替をするのです。両替には、いろいろ考えた末に、書店を利用する事にしました。煙草屋とか、スーパーとかも考えましたが、いずれも、何か買物をしないことには、両替どころか、中に入ることさえ覚つかない。書店だけが、何も買わない者も自由に出入りできる店舗なのです。それに、あの本の中にもありましたが、書店の客というのは、やれカバーを掛けろだの、本を取り寄せろだの、いろいろ要求する事が多く、店の側も、それに慣れているという所がありますから……。

そうやって、毎日店を変えては両替を繰り返しました。そう、あの書店だけではありません。さすがに毎日同じ書店では目立ち過ぎますから、私の通勤ルートにある書店の中から六軒を選び、日々違う店になるようにしました。あの池袋の書店は、私の土曜日のコースに当っていたという訳です。

そう言えば、あの書店のレジに居た若い女の子の事も、ぼんやりと覚えています。あまり色気はない代わり、かしこそうな顔をした娘でしたっけ……。しかし、その娘が作家になっていようとは……。作家になるような娘でなければ、あんな昔の事をいつまでも覚えてはいないでしょうに……。運命とは不思議なものです。

しかし、作家というのは、周囲の出来事をよく観察しているものです。お蔭で、当時の私が、人にどんなふうに思われていたか、よく判りました。

急いでいたのは、いつもの電車に間に合わせるためでした。いらついていたのは、自分の大事なコレクションを壊して得たものを握り締めていたのですから、当然でしょう。本を一度も買うことがなかったのは、単純に、そんなお金がなかったから……。私にとってはごく当り前の事だったのですが、あんなに目立ってしまっていたとは……。

……それも遠い昔の事。私も、今では勤めを辞め、悠々自適の毎日です。まだまだそんな年ではありませんから、それには勿論訳があります。つまり、妻の予感通りに彼女は死に、その保険金のお蔭といった次第で……。私も、苦労して保険料を払い続けた甲斐があったというものです。

長年掛け続けた保険ですから、自殺でもちゃんと保険金は下りました。私もミステリファンの端くれですから、しっかりアリバイを用意してありましたし、その辺に抜かりはありません。世間は、警察も含めて、私に大変同情してくれました。私自身は、つい笑顔になってしまうのを、必死で堪《こら》えてさえいればよかったのです……。

……ついこの間までは、なんの心配もなかったのです。あの本を開くまでは……。

いやあ、あの特集を見た時は驚きました。私だけしか知らないと思っていた大切な秘密が、世間に公表されてしまったんですから……。正直、途方にくれました。

ですが、窮すれば通ずとは良く言ったもので、突然ある考えが閃きました。何かのコマーシャルじゃありませんが、こんな時は、元から絶たなきゃだめだとね……。なにしろ、作家で、この一件の火付け役で、おまけに私の顔さえ覚えているかもしれないときては、もう他に仕様がないでしょう。生きてられちゃ迷惑です。

作家とはいえ、若い娘の事です。編集長の名前を出して、偽物の名刺でも見せてやれば、きっと油断することでしょう。私の容貌も、この十年余りの苦労のお蔭で、随分と変りましたから、伊達《だて》メガネでも掛ければ、見分けは付かないでしょうし……。そうやって元さえ絶てば、あの企画も潰れるかもしれませんし、それに……。

＊

バサッという音がして、彼女の手から原稿が滑り落ちた。睡眠薬で薄れていく意識の中で、どこまで原稿を読む事が出来ただろうか……。できるだけ終りの方まで読めたのならいいのだが。なにしろ、彼女が言っていたように、謎が解けずに墓の下でうめき続けるのでは可哀相だから……。

私は、床に散らばった原稿を拾い集めながら、先ほどの自分の手際を思い出し、思わずにやりとしてしまった。彼女のコーヒーに睡眠薬を投げ入れた、あの手際の良さ……。

もっとも、彼女は原稿に夢中だし、私は、模型作りの趣味からも判るように、手先がとても器用だから、さほど難しい事ではなかったが……。それより、睡眠薬を飲ませるタイミングの方が難しかった。出来るだけ原稿を読ませてやりたかったが、なにしろ相手はミステリ作家だから、どこで気付いて騒ぎ出すかもしれないのだ……。

「さて……」

いつまでも物思いに耽ってはいられない。私は忙しいのだ。これから彼女に自殺してもらわなくてはならないのだから。それも、ミステリ作家にふさわしく、これ以上はないといった完璧な密室の中で……。

＊

……今、私は、小説を書いています。私の二作目の小説という事になります。今回は、どうしても書かなくてはならないわけではないのですが、小説を書くというのは麻薬みたいなものなのかもしれません。私も、すっかり病みつきになってしまったようでして……。

それに、あの出版社の、あの編集長のことですから、この原稿も、きっと無駄にはならないと思います。しばらくの間は自粛しているかもしれませんが、ほとぼりがさめれば、必ず特集を組むことでしょう。タイトルは、そう、『鮎川哲也と若竹七海密室の謎』とでもして、また競作の企画を組むはずです。

その時、出題者となる方の為に、私は小説を書いているのです。なにしろ慣れないもので、私の小説は時間が掛かりますから……。

今度は、何方《どなた》が出題者になるのでしょうか……。出来上がった原稿を手に、お会いするのが今から楽しみです。

というのも、小説を書くという事と同じように、人様に上手に死んでいただくという事も、やはり病みつきになるもののようでして……

なお、この物語はフィクションであり、作中に登場するいかなる人物、いかなる団体も、実在のものとは無関係であることを、お断りさせて戴きます。

最優秀賞

高橋謙一（剣持鷹士）

「高橋《たかはし》検事、厄介な窃盗事件が回りそうですよ」私がF県警中央署の刑事課に入るや、窃盗犯係の服部《はっとり》巡査部長がそう声を掛けてきた。

その短い言葉は、検察官として何らかの法的判断をするに必要な情報こそほとんど含んでいなかったが、しかし、私の顔を曇らせるに十分な情報は有していた。弱ったなあ、私は思わずつぶやいた。

私はF検察庁の財産犯係の検事である。「財産犯」とは主に、窃盗、単純横領、恐喝、強盗など知能を使わずに財産を奪う犯罪である。知能を使う詐欺や業務上横領、背任は「知能犯」係が担当する。従ってF県警中央署が送付する窃盗犯は私の担当となり、私が取り調べ、調書を作成し、起訴するかどうかの判断を下すことになる。もっとも、私は「検事」であるので、私が扱う事件はF地方裁判所に係属する、あるいはすべきものだけである。通常の窃盗は、簡易裁判所に起訴されるので、副検事（司法試験に合格していない叩き上げの検察官である）の担当となる。地裁に起訴されるのは、常習累犯窃盗や、あるいは事件が複雑とか社会的影響が大きい場合くらいであり、財産犯係の私が普段処理しているのは、強盗事件や、暴力団が絡まない恐喝事件（暴力団が絡めば、暴力犯係の検事が担当することが多い）などで、窃盗事件はあまりない。これは、逆にいえば、私のところに回ってくる窃盗事件は常に労力を多大に費やさねばならない事件ということを意味する。これらの事件は、被害者が延《のべ》にして多数いるのが普通で、被害者や個々の被害金額をきちんと調べると、捜査に莫大な時間を取られ、調書も膨大なものを作成せざるを得ない。しかも、こういう事件は面白くない。検事が事件を面白いとか面白くないとか評するのは不謹慎と言う人もあろう。しかし我々は安月給で過密労働を強いられている（もちろん、安月給と言っても、そこらの会社員や公務員よりは高いが、根を同じにする弁護士や裁判官に比べたらはるかに安い）。我々を支え、動かしている原動力は、社会正義を実現しているという自負心と、仕事自体にやりがいがあるという満足感だけである。窃盗事件には、残念ながら、少なくとも私にとっては、そのどちらも希薄である。

そのようなわけだから、「窃盗事件を回す」という言葉を聞いただけで私が顔を曇らせたとて、無理のないことである。もっとも、私だって、安月給とは言え、検事で飯を食っている。通常の場合であれば顔を曇らせるだけで、決して弱音は吐かない。「弱ったなあ」とつぶやいたのにはわけがある。実は私は二か月ほど前から、薬物犯係の応援検事として、覚醒剤摘発捜査の一線に立たされているのである。

今、F市を中心にその近郊では、覚醒剤が大量に出回り、使用者を逮捕しても逮捕しても一向に収まる気配がなく、まさしくいたちごっことなっている。新興百万都市のF市は、他の新興都市の例に漏れず、金はあるがモラルはなく、人が集中する以上に犯罪が集中するといった類の街であり、覚醒剤密売人の格好のターゲットである。今F市でもっとも多くの覚醒剤嗜好者を酔わせているのは、三年ほど前から出回っている「競艇パケ」と言われるものである。覚醒剤は通常、一万円パケ、五千円パケなどの金額を単位とするものと、〇・五グラムパケ、一グラムパケ（単に「グラムパケ」と呼ばれる）、五グラムパケなどの重量を単位とするものとがある。ちなみに「パケ」というのは、覚醒剤の入った袋をさす。おそらく、「パッケージ」の略であろう。質や仕入量、あるいはバイニンの組織力の差によって変わるが、一万円パケ＝〇・五グラムパケと思えば間違いない。普通流通しているのは、重量よりも、一万円パケのような金銭を単位とした方である。五千円パケ、一万円パケ、グラムパケなどは、自分で使う人が購入する（通常一回の使用量は〇・〇二六グラム程度であるため、一グラムもあれば十分である）。他方、五グラムパケは、それを更にグラムパケなどに「小分け」して売却利益を企む者が購入する。従って、一万円パケなどは五グラムパケを購入したものから購入できるが、五グラムパケだけは、覚醒剤を密輸入又は密造しているものからしか購入できず、普通、市場に流通するものではない。五グラムパケを売り捌いている者（組織）こそガンなのである。「競艇パケ」（競艇場で売られていたことから、この隠語がついたらしい）は四グラム入りである。従って、バイニン用のものだ。この手の物は、五グラムが通常であるが、「競艇パケ」はなぜか四グラムである。この「競艇パケ」は純度が高く、良質であり、しかも正確に四グラムはいっている（往々にしてバイニンは重量をごまかす）上に、常に豊富に供給されることからバイニン間では引っ張りだこであるらしい。「四」グラムということも人気の一因である。というのは、バイニンは買ったパケを一グラム見当に小分けするのであるが、目分量でそれをするとき、五等分よりも四等分の方がより正確に小分けできるからである。買う方にとっても、「競艇パケ」を小分けしたグラムパケは、それ以外のグラムパケより重量が正確という利点がある。ここまで見込んで四グラムにしているとすれば大したものである。

覚醒剤事犯では、使用者を捕まえるのは容易である。しかしバイニンはなかなか捕まらない。ましてやバイニンに品物を卸す者はなおさらである。この「競艇パケ」をどこで誰がどのように製造・卸売しているか、確固たる情報はない。

だが、日本の警察は優秀である。目星を付けている組織はある。暴力団百道一家である。百道一家はF県の地場暴力団である。十年ほど前から、全国組織の岡山組傘下の新興暴力団甲賀会に押されだしたため、「栄光ある孤独」を捨て、岡山組に対抗する全国組織半井組の盃を受け、半井組内百道一家を名乗った。それでもぱっとしなかったのであるが、四年ほど前、当時の親分百道廣毅の養子百道豪毅が四代目を襲名し、三十歳そこそこの百道一家内四宮組組長四宮圓を一家の若頭に抜擢して以来、めきめき勢力を伸ばし出した。

「競艇パケ」が出回り始めた時期と百道一家が伸びだした時期が一致すること、その巧妙な販売手口からして、やくざ多しといえども四宮以外に差配できそうな者がいない事、そして何よりも、百道一家に覚醒剤事犯で捕まる者が極めて少ないこと（覚醒剤で身を立てようとする組織は、身内の者が覚醒剤を使用する事に極めて厳しい。「商品に手を出すな」という商売の鉄則は暗黒社会にも汎用している）などから、県警及びF地方検察庁は百道一家に狙いを付けているのであった。理由はもう一つある。この四宮という男は、妙に縁起を担ぐ癖がある。例えば、自分の名前にちなんで、何か事を起こす際には必ず「四」を絡ませる。「競艇パケ」が四グラムであることから、暴力犯は、即座に四宮を連想したのである。ちなみに四宮は、「名前が一致して縁起がいい」と言って、百道組本部を、高級マンションが立ち並ぶF市の新興住宅地百道浜に移転させようと企てたほどである。さすがに、激しい住民の抵抗があってこの無謀としか評せない移転計画は頓挫したが、ともかく、そういう男である。

さて、狙いを付けたは良いが、なかなか証拠が挙がらない。そこで、三月ほど前に検察庁と県警が一体となって、重点的に百道一家を捜査するチームが結成された。検察庁からは、通常は、暴力犯係か、薬物犯係が選ばれるのであるが、両係とも忙しく、比較的暇な（あくまでも両係と「比較して」である）財産犯係の私がそのチームの主任に抜擢されたのである。今や、私の仕事は、百道一家の裏取り捜査であり、今日、この中央署に来たのも、その進行状態を担当に聞くためである。そんな時に、厄介な窃盗事件など回されたらたまらない。

「『厄介な窃盗事件』って、一体どんな事件ですか」事件によっては簡裁事件と主張して、副検事に押し付けることもできる。

「私の娘は、大学生で、黒坂の『リーブル黒坂』でバイトしとるんです」

黒坂はF市の中心である天王町の西南部に位置する準商業地域であり、高級マンションも多く立ち並んでいる。F地裁もF地検もこの黒坂にあるので、「リーブル黒坂」のことは私も良く知っている。高級マンションの一つである「パールパレス黒坂」の一階の一部を使っている四十坪ほどのごく一般的な書店である。

「で、娘が、先々週くらいですか、私に、バイト先に怪しい男が来とると相談したとです。『怪しいって、どこがや』と聞きますと、娘が言うには、その男は、毎週毎週、レジにいる娘んところん来て、五十円玉ば二十枚持って来て、千円札に両替してくれって言うて、娘が両替すっと、そのまま売り場も見らんでまっすぐ帰るらしかとです。『そげん何度も五十円玉ば両替してもらいにくるって変やろ』と娘が言うんですたい。『近くに銀行とかもあるとに、なんであたしん店にこないかんとやろか。五十円玉ばそげんどうしたとやろか』と言うもんやから、私も気になりだしたとです」

服部巡査部長は、必要以上にしゃちこ張って、まっすぐ私を凝視した。彼の額には大粒の汗が浮かぶが、全く頓着せずに、仰々しい口調で報告を続けた。

「そやから、私は娘に、今度そん男が来たら、跡ばつけて、私を呼ぶように言っとったとです。そしたら昨日の三時頃ですか、娘から電話がありまして、今、そん男の跡をつけて家を確かめたから、来てくれって電話があったとです。そん男は、『リーブル黒坂』の前にある『黒坂タイガーズマンション』の管理人室に入ったってことでした。

で、私は、たまたま仕事が空いていましたので、制服のまま娘が教えたマンションに直行しまして、そこの管理人室ば訪ねて、そん男に職務質問をしたとです」

職務質問!? それはまずいんじゃないか。私は服部に分からない程度に顔をしかめた。「職務質問」は法律上の根拠も要件も曖昧であるため、その行使には気を配らなくてはいけない。私が今まで聞いた話では、服部巡査部長がその男に「職務質問」できる状況下ではなかったはずである。私には、五十円玉を毎週毎週両替に来ることが異常とは思えないし、少なくとも、違法のはずはない。この程度で職務質問することは出来ない。もっとも警察はいつもこうだ。だからこそ警察は常にうさん臭い目で見られるのである。「信頼される警察」にはまだまだなれそうにもない。われわれ検察官は、司法試験に合格し、司法修習を経て、任官する。その間、法理論はもとより、弁護士や裁判官の研鑽も積む。そのため、警察に比べ、はるかに人権感覚が研ぎ澄まされている。検察官が警察の片棒を担いで人権侵害を後押ししているという意見は誤りである。私はこのような警察官には軽蔑しか感じない。

そういう私の気持ちも知らずに、服部は得意げに話し続けた。

「顔見た瞬間から、こいつは怪しかと思ったとです。うさん臭か顔しとるとですよ。で、私の制服ば見てちょっと動揺したんです。ますます怪しいって思って、『あんた今、五十円玉ば二十枚、千円札に両替したやろが。ちょっとその点について聞きたかことがあるったい』って言ったとです。したらますます動揺するとですよ。これは、もう、絶対に怪しいと思って、『詳しい話ば聞きたかけん署まで来てもらえんね』って言いました。そんたらなんて言ったと思いますか」

彼が何と言ったかは知らない。しかし私だったら、「あなたに対して答える義務はありませんよ。そもそもどういう権限で私に質問しているのですか」と答えてやるんだが。

「楯岡《たておか》はですね、ああ、言い忘れとったですが、名前は『楯岡善夫《よしお》』って言います。楯岡が『警察は関係なかですよ、時効ですよ』って急に言うとです。そげん言い方はおかしかです。何もない人間は『時効』とか言いません。だけん、私も、こいつはなんかしたと確信しまして、署に連れていく前にそん場でいろいろ質問したとですが、意外なことが分かったとです」

警察官は、犯人を挙げさえすれば良い。そこで警察の役目は終わりだ。しかし検察官は、犯人を裁判にかけて処断しなければならない。処断するためには、証拠がいる。しかも、適正な手続で入手した証拠でなくてはならない。拷問の末の自白は、適正な手続ではないので、証拠価値がない。違法な捜査の結果手に入れた証拠もそうである。服部巡査部長の一連の捜査は、違法くさいところがある。とはいえどんな話が飛び出すことやら、私も興味を引かれて、服部を促した。

「このタイガーズマンションは七年くらい前に建てられとって、そんときからずっと、楯岡はマンションの管理人ばしとったんですが、ついでに、各部屋の掃除とかも有料でしとるそうです。あそこは、中洲のホステスとかが多くて、自分で掃除するような人はあんまりおらんそうですね。あそこは九階建てで、一階は喫茶店とかの店になっとって、人が住める部屋は二階から九階までで各階とも二十部屋で、全部で、えーと、にくの、じゃなくて、にはちの百六十部屋あるんですが、内三十七部屋を現在楯岡は掃除をするように頼まれとるそうです。掃除は週に一回です。

「楯岡の話ですと、掃除しに部屋に行くでしょう。そんとき、部屋にはよく、百円玉とかの小銭が落ちとるそうで、最初の頃はそれば拾って、ちゃんとテーブルの上とかに置いとってやっとったそうですが、殆どの人がずっと置きっ放しにしとったもんで、そのうち、拾ったものをそのまま猫ババするようになったらしかです。はじめは、何枚かに一枚くらいごまかしよって、たばこ銭にあてよったんですが、全然ばれんもんやから、後は全部とっとったそうです。結構これがいっぱい集まるそうで、やっぱあんなとこに住んで掃除を他人に任せる連中はいい加減なんでしょうね、かなりの額になっとります。

「で、楯岡は人から、拾ったもんば猫ババした場合は三年で時効になるって聞いとったそうで、三年間はずっと保管ばしとって、三年以上経ったもんば使うようにして、小銭で使いにくいときは近所の店に両替しに行きよったわけです。それをうちん娘が捕らえたっちゅうわけです」

服部は照れ笑いを浮かべ、私の反応を待った。

「しかしこれは窃盗だから、時効は七年でしょう」

確かに拾ったものを猫ババする罪、占有離脱物横領罪の公訴時効は三年である。しかし、それはあくまでも「占有離脱」物が対象である。「占有」とは「事実的支配力」である。デパートや駅、道路など不特定多数の人々が行き交う場所では、落した人も、その場所を管理している人も、落ちた物に対して事実的支配力を及ぼせないと解されているため、そこに落ちている物は「占有離脱物」となる。しかし他人の家や部屋の中にある物は、たとえ住んでいる人がその物の存在を意識していなかったとしても（例えば箪笥の裏に落ちていたとしても）、それでもなおその住人が事実的支配力を有しているとして、その占有下にあるものとされる。従ってその物は占有「離脱」物ではなく、それを収得する行為は窃盗罪である。そして窃盗の公訴時効は七年である。

「それが素人のあさはかさってやつですな。楯岡はとにかく三年と信じこんどったそうです。だから、全然罪の意識もなく、『リーブル黒坂』とかの、管理人室の近所の店とかで、簡単に両替ばしてもらっとったようです。今までも何度も、五十円玉とか百円玉とかを頻繁に両替してもらっとったんです。どうも私の娘だけが奇妙に思ったみたいですね。そんなことを楯岡に言ったら、びっくりしてましたよ。今までだれにも怪しまれたことはなかったのにって。もっとも、五十円玉ば両替するようになったのは、最近のことだそうですがね。でそのまま任意出頭を求めて、昨日のうちに裁判官から令状ばもろて逮捕して、取調中です」

「そうですか」私はうなずいた。おおよその事件の輪郭は分かった。被害金額によっては私に回ってきてもおかしくはない。しかし何とか簡裁に回したい。「それで被害金額とかはどうなってますか」

「それですが、掃除に行った先はみんな被害者ですので、途中、出て行ったものもおるんで、被害者の実数だけで四十人以上になりますし、期間が六年くらいありますので、延の被害は確実に三千件を超えとります。金額の方は、一件当たり平均して二百円あるかなしかてとこですかね。それでも百万にはなるんじゃなかですか」

「そんなに！」さすがに私も呆れた。「そんなにみんなお金を落しますかね」

「そうですよ。楯岡は全部落ちとったと言っとりますが、私は『置いてあった』やつも含んどるとにらんどります」

「そうでしょうね」これを担当させられるとなると、たまったもんじゃない。「でもそれ全部立証はできんでしょう」私は一縷《いちる》の望みを託して聞いた。立証できるのが少なければ、被害金額も被害者数も減るので、簡裁事件となる。

「それができるとですよ」服部が目線を落とし、表情を暗くして、溜息交じりに言った。私に同情してくれているのであろう。「さっき言ったでしょうが、素人のあさはかな法律知識のせいですよ。三年で時効になると思っとったもんやから、楯岡んやつは拾った部屋と日時と金額を御丁寧にも全部克明にノートに付けとったんですよ。で三年以上経ったやつは時効ということで、どんどん使いよったんです。もう、こんノートはほんとにきちんと付けられとるとです。そんノートば任提（任意提出のことである）させました。これで被害はすべて立証できるとです。そうそう、ついでに現在楯岡が持っとった金も任提させました。大体五十万円くらいありそうです」

そう言うと、服部巡査部長は第二取調室へ行き、七冊のノートを持って戻ってきた。第二取調室に今楯岡がいるのであろう。

「これがそんノートです。これは昭和六十年から平成三年まで、毎年一冊ずつ、全部で七冊あります」

七冊とも同じコクヨの大学ノートである。違いは、表紙にマジックで、昭和六十年とか平成二年とか書いてあることくらいである。平成元年のものは、「昭和六十四年」を消して書き直してある。細かい性格である。

一冊目の昭和六十年版を手にとって開いて見た。六月十三日から始まり、十二月二十三日で終っていた。各ページが定規できちんと縦に引かれたボールペンの線四本で五つの欄に区切られていた。左から、月日、部屋の番号、硬貨の種類、その枚数、合計金額、と標題が付いている。これを見れば確かに、いつ、どこで、どれだけ猫ババしたかが分かる。硬貨はほとんど百円玉で、たまに五十円玉や五百円玉があった。

「十円玉とかはないんですかね」私が聞いた。

「当人の話ですと、十円玉とかはほっといたそうです。百枚ためてやっと千円ですからね」

私は、手中のノートをぽんとそばの机にほうり投げた。それから服部を横目で見ながらややなげやりな口調で言った。こんな事件は取るに足りないという様子を精一杯示しているつもりだった。

「これ見ますと、金額とか被害者の数は確かに多いんですが、事件としては簡単なもんですね。証拠も揃ってますし、自白もあるわけでしょう。ですから、わざわざ地裁に起訴する必要はないでしょう。簡裁事件として副検事に回して下さい」

「はあ、そうですか」服部巡査部長はちょっと不満そうであった。自分が見つけた事件を私が相手にしなかったことに不満なのかなと思ったが、そうではなかった。

「これ、全部起訴するとですかね」服部巡査部長はしんどそうに言った。なるほど。私だけ

「逃げる」のが不満だったのだ。私にこの話を持ち出したり、先ほど、溜息交じりにノートの話をしたりしたのは、そのせいか。私に対する同情と思っていたが、何のことはない、自分のためだったのだ。

そりゃ、溜息もつきたくなるであろう。これ全部起訴するとなると、実際に捜査をする警察官が一番大変である。調書を「巻く」（調書作成のことを検察官はこう言う）だけでも膨大である。しかも簡裁判事や副検事の中には妙にデテイルにこだわる人がいる。彼らはわれわれのように司法試験合格→司法修習生→任官というコースではなく、書記官や事務官からの叩き上げである。そのため、自分たちの法的感覚に負い目があるらしく、それに対する虚勢として（こういう表現は気の毒であるが）自分たちの得意分野である法律事務精通能力を誇示したがる。その結果、形式面にばかりこだわるため、それに合わせて細かく捜査せねばならなくなるのであるが、それでは時間がいくらあっても足らない。しかも、瑣末《さまつ》な事項に注意しすぎて、木を見て森を見ずという観で、かえって、本道を見失う。全く労多くして益少なしだ。

「ちぇっ、迷惑なやつだな」私は舌打ちした。楯岡に対してだ。本当に迷惑で、馬鹿なやつである。窃盗で起訴するためには、被害者及び被害金額を特定しなければならない。それも証拠によって特定する必要があり、しかもその証拠は被告人の自白以外のものでなければだめなのである。この種の事件の場合、被害者は、自分が窃盗の被害者だとは思ってもいない。ましてや被害金額など分かるはずがない。従って、通常であれば、被告人がいかに「何月何日だれだれの部屋から何円盗みました」と自白しても、それを裏付ける証拠がないため、起訴できないにくい。

被告人を除けば、まさしく神のみぞ知る。金額の特定ができず、現行犯でない限りは、起訴し

のである。お寺の賽銭《さいせん》泥棒を考えてもらえば分かるであろう。賽銭がいくら入っていたかは、

今回の事件も、被害者に「何月何日にこれだけの金を盗《と》られてますね」と教えてあげても、その裏付けをしてくれる可能性は低い。逮捕された一週間前まで遡《さかのぼ》って、被害者の供述が取れれば御の字である。裏付けの取れたものだけ起訴する（正確に言えば「それしか起訴できない」）。それ以前の被害は、いわゆる情状として、つまり、被告人はほかにもいっぱい取ってますよというイメージを裁判所に掻き立てるために、裁判所に提出するくらいである。

ところが、今回の場合は、この大学ノートがある。これは「被告人の自白以外の証拠」である。しかも、すべての犯罪が記載されている。全く立派な証拠だ。これがある以上、私たちは全事件を起訴でき、起訴しなければ世間が許すまい。となれば、被害者だけで四十人くらい、最低四十頁の別紙を付けた起訴状（別紙には各人の被害の一覧が記載される）と、それに対応する調書を作成しなければならない。たかがこれくらいの事件なのに、である。この事件の場合、被告人に前科がない限り、一件やろうが一万件やろうが、執行猶予が付くのはほぼ確実である。全く無駄な手間暇をかけさせるだけだ。逆にいえば楯岡も気の毒ではある。見咎められても罪にならないと信じていたため、不用心にも同じところで何回も五十円玉を両替したのであろう。捕まる可能性があると思えば、そのようなことはしなかっただろうに。

「わかりました」私は覚悟を決めた。「これは難事件ということで、私に送致して下さい。最

近の二、三の事件を起訴するだけにして、残りは情状ということで、処理しましょう」

こういう処理には、上司の決裁がいる。このケースの場合、上司が即座にＯＫを出さない可能性がある。副検事の中には上司と喧嘩する根性がない人もいる。私ならできる。上司を説得する自信があるし、上司と争うことを別に気にしない。ここにも検事と副検事の差が露呈する。「起訴する」ということはそれについて被告人を処罰してくれ、ということであり、きちんとした捜査・証拠が要求される。しかし「情状」ということになれば、そこまで厳格な証明は必要でない。捜査も若干手抜きができるというものである。

「そうですか、助かります」服部がうれしそうに言った。警察に便宜をはかることも大切である。しかしそれは威厳を持ってやらねばならない。さもなければ、警察の尻拭屋に成り下がる。だから「いやあ、最近はまた犯罪が多くて……」という服部の自己弁護を私は聞き流して、どの事件を起訴すべきか、大学ノートを見ながら検討し始めた。

七冊目（平成三年版）の最後の頁は逮捕される前日の十二月六日となっていた。被害者は七〇六号室、被害品は五十円玉三枚である。その前日は、四〇三号室及び三一四号室で、それぞれ百円玉一枚、その前日が九二〇号室でやはり百円玉一枚、そのまた前日（十二月三日）がまた七〇六号室で、五十円玉二枚であった。おや、と私は思った。更に調べると、十一月二十九日にも、七〇六号室で五十円玉一枚、十一月二十二日にも五十円玉二枚と記載されている。どうやら、楯岡は、毎週月木に二階から四階、火金に五階から七階、水土に八階九階を掃除しているようである。大概の部屋は、二、三週間に一度の割で、五十円玉や百円玉が見つかる程度である（それでも十分な金額になる）が、この七〇六号室だけは、ほぼ毎週一回、場合によっては二回とも、五十円玉が一枚から多いときは五枚、平均して二、三枚見つかっている。しかも五十円玉以外はない。ほかの部屋を見ると、五十円玉が見つかっている方が珍しい。大概が百円玉である。

一体いつからこのようになっているのか、私は、好奇心から別のノートを取り上げ、調べた。七〇六号室は四冊目の真ん中あたり、昭和六十三年の五月十一日に初めてお目見えし（その時が五十円玉四枚という大型新人のデビューである）、その後、殆ど毎週一回、何枚かの五十円玉だけが記載されているのである。捕まったきっかけになった五十円玉の両替は最近し始めたと楯岡は言っていたが、なるほど時期的に符合する。こんなに多量（単純計算しても三百枚以上はある）の五十円玉がどうして見つかるのか、しかも、それらを「盗まれて」いてどうしてここの住人は頓着しないのか、不思議でもあり、怪しくもある。これこそ変だ。

そう私が服部に言うと、「ああ、検事もお気付きになりましたか。私も変だと思って、楯岡に問い質したんですよ。そしたら、この部屋には、いつも何十枚かの五十円玉がテーブルとか机の上とかに積んであるそうで、そのうちの何枚かが、落ちとるそうです。もっとも、楯岡が自分で落したやつもあるでしょうが」服部がまたにやりと笑った。

「いつも、何十枚も、五十円玉が？　何でそんなに必要なんですかね」

「はあ、楯岡が言うには、そこの住人は五十円玉で実験しているんじゃないかと言っとりました。重さを量ったりしとったそうです。それ以上は聞いておらんですが」

実験？　重さを量る？　何かが引っ掛かる。

「それ、もしかすると、通貨偽造じゃないですか」

「いやその点は私も考えまして、任提させた五十円玉を調べました。新しいやつもあれば古いやつもありましたが、いずれもほんもんです」

それもそうか。五十円玉を偽造してもペイするまい。しかしそれでも私の頭の奥で打ち鳴らされている警鐘は止まらなかった。何かある。重さを量っていたのか……

私は六法を取り出し、通貨の単位及び発行等に関する法律及び同施行令を調べた。施行令別表第一の四に昭和六十三年に発行された五十円玉の素材などが書いてある。その重量が私の注意を引いた。と同時に、私の頭にぱっと一連の言葉が閃いた。そのうちいくつかの漢字が新星の爆発のように強烈な閃光を放ったまま私の脳裏に焼き付き、なかなか消えなかった。

「被疑者は第二取調室ですね」私は大学ノートを両腕に抱えると、何が起こったか分からず、「け、検事」と叫ぶ服部を尻目に、第二取調室へ走った。

取調室の扉を開けた瞬間、目に入ったのは、禿げかかった頭だった。愉快な光景ではない。無機質な取調室の光景はいつもそうであるが、うなだれた禿げ頭はなおさらいただけない。

扉を開ける音に、楯岡は顔をゆっくりと上げた。しょぼくれた五十くらいの男だった。かなりきつい取り調べを受けたのだろう、憔悴し切っており、表情もうつろである。初めて警察で取り調べを受けると大抵こうなる。私は強権的な取り調べは嫌いであり、このような表情をする被疑者には常に同情的である。が、今はそのようなことを考慮する気持ちの余裕もない。挨拶もそこそこに、私は聞きたいことを尋ねた。

「五十円玉ばかりが見付かっていた七〇六号室、ここのことについて聞きたい」

被疑者、被告人に対しては、私はぞんざいな言葉を使うことにしている。彼らに自分が置かれている状況を強く意識させるためである。力関係を相手に認識させれば、それだけで相手はしゃべりだす。それ以上の肉体的精神的に強引な取り調べは不要というのが私の持論だ。

「はあ、何でしょうか」楯岡は、これから何が始まるのかとおっかなげである。

「七〇六号室にはどういう人間が住んでいるのか分かるか」

「いえ会ったことはありません。清掃料は管理費用と一緒に銀行の自動引落しですから」

「お前は、ここの住人が五十円玉の重さを量っていると、服部巡査部長に言ったそうだな。どうしてそう思ったんだ」

「どうしてって、えーと、その……」

下手に答えると罪が重くなるのではと疑っているのであろう、はっきりとは答えない。被疑者に余り強くその立場を意識させるとこうなる。これは失敗だ。

「今私が聞いていることは、あなたの犯罪とは関係ありません。別の捜査のために聞きたいのです。是非協力して下さい」私は少し丁寧な口調で言った。「どうしてそう思ったのですか」

「えーとですね、あの部屋には、何台も秤が置いてあって、たまに、その上に五十円玉が載っていることがあったもんですから、そう思ったんですが」

やはり秤か。そうだと思った。しかもただの秤じゃないはずだ。「その秤というのはどんな秤だ」再び尋問口調に戻る。

「どんなって、えーと、あれが……」楯岡は言葉に詰まって、私の望む答えを言わない。

いらいらして私は尋ねた。「料理用の受皿がある秤か、ばね秤か、体重計か、それとも」私はいったん言葉を切った。「両方に皿がある天秤か」

「あっ、その天秤です」

やっぱり。「何台もあると言ってたが、何台くらいあったのか」

「十台くらいでしょうか、正確に数えたことはありませんが、いっぱいありましたよ」

「それから、その部屋には、セロハン紙か薄手のハトロン紙、あるいはビニール袋の切れ端、とにかく透明なビニール布みたいなものがなかったか」私は楯岡の顔を期待を込めてじっと見つめ、彼の答えを待った。これでノーと言われれば、私の推論は覆る。しかしノーと言うはずがない。

「ありました、ありました。テーブルの上に、よく分かりませんが、ビニールのシートみたいなもんが置いてありましたよ。ビニールの切れ端が掃除のとき見付かったりもしていました」

「あとね、未使用の割箸とかマッチやライターはなかったか」

「そう言われれば、あったような気がしますね。ただ、どこにもあるとは思いますが」楯岡は落ち着きを取り戻してきた。

「それでも普通の部屋より多いとか、思わぬところに置いてあるとかそういうことがあったんじゃないか」

「そうですね、あそこには事務机が何台かあるんですが、その上に何本もの割箸が置いてあるのを見たことがありましたね。事務机に割箸なんて、変な気がしたので、覚えています」

「検事、それはもしかして」後から入ってきた服部が口を入れた。今は財産係とは言え、さすがに服部も警察官の端くれ。私が尋ねていることの意味は分かったようだ。私は目配せで、服部に静かにするように合図をすると、最後の質問をした。

「その部屋には、塩の粒か氷砂糖のかけらみたいな、白い粒が入った袋が置いてあったり、もしくは、床に粉粒が落ちていたりしてなかったかね」

「塩の粉粒ですか。いやあ、そんなものはなかったと思いますが」

うーん、やはりそこまでは無理か。やつらもプロ。商売ものをこぼすような真似はしないか。そこまで確認できれば令状も取れたのだが。仕方がない。私は、口を開きかけた服部の腕を引っ張って、取調室を出た。楯岡に聞かれるとまずいのだ。

服部は取調室を出るや、それでも小さな声で私に言った。「検事さん、あれは覚醒剤のことですか」

覚醒剤のバイニンには七つ道具と呼ばれるものがある。天秤ばかり、重り、スプーン、カッター、セロハン紙、マッチもしくはライター、割箸、などである。

まず、天秤ばかりで必要な覚醒剤を量る(例えば「五グラムパケ」を作ろうとしているならば五グラムの重りを使って、量るのである。この際、覚醒剤を天秤皿に載せるのにスプーンを使う）。量った覚醒剤を、カッターで、十センチ四方くらいに切ったセロハン紙（ハトロン紙のこともある）の中央に載せ、セロハン紙を半分に畳む。そして下辺（元の中央線で、畳まれた結果袋状になっている辺）と、垂直な横の側辺両方を未使用の割箸の隙間に突っ込み、割箸の力で押える。洗濯挟みを利用するやつもいるが、洗濯挟みでは押え口の部分が狭いため、こぼれるおそれがある。割箸の隙間がもっとも便利である。そのとき、押えられた側辺の端を割箸の隙間に沿ってその隙間から外に五ミリくらいはみ出させておく。そして、そのはみ出した部分をマッチもしくはライターであぶって溶かし、融合させるのである。こうして、三辺が閉じた袋ができる。更に、残った最後の上辺も他の二辺と同様に、割箸やマッチを利用してくっつける。これで五グラムの覚醒剤が入ったセロハンの袋、すなわち五グラムパケが出来上がるのである。

「そうです。覚醒剤です。服部さん、どうやら我々は金鉱を掘り当てたようですよ」

「金鉱を？　どういうことですか」

「服部さんも覚醒剤営利目的所持の七つ道具とか呼ばれているものはご存じですよね」

「ええ、先ほど検事さんが楯岡に聞いとったやつでしょう」

「そうです。その中で、私が楯岡に聞かなかったものがあるでしょう」

「聞かんかったもん？　えー、ぱっと言われても分かりませんが」

「重りですよ、重り。私は重りについては聞かなかったでしょう」

「はあ、確かに。でもそれが、何ですかね」

「これを見て下さい」私は、私が先ほど見た「通貨の単位及び貨幣の発行等に関する法律」の施行令の別表第一の四を服部に示した。

「これが、何か」服部は未だ分からないようであった。

「その『量目』の欄を見て下さいよ。五十円玉は何グラムとなっていますか」

「りょうもく、量目っと。四グラムですね」

「そう、四グラム」服部の反応はない。私はじれったくなる。「『競艇パケ』と同じでしょう」

「ああ、なるほど」とは言ったものの、服部はまだ得心していない様子であった。

「百道組の連中は、この七〇六号室で、『競艇パケ』の密造をやっているんですよ。七〇六号室から毎週五十円玉が少なくとも一枚楯岡から盗まれているのを知って、私は二つの点を不思議に思いました。一つは、どうしてそんなに五十円玉が必要なのか。もう一つは、もっと素朴な疑問で、どうしてそんなに盗まれていながら、そこの住人は気付かなかったのか、です。そこから、私は多数の人間がその五十円玉に関わっているのではないか、そのため、管理が杜撰になっているのではないか、つまり、そこにある五十円玉は常に流動しており、五十円玉がそこに何枚あるか全く把握されていないのではないか、と推測しました。

「だからまず偽造を疑ったのですが、これは間違いでした。それで、重さを量っていたということから、五十円玉の重量を調べたところ、四グラムとなっていました。その『四グラム』というのが、『競艇パケ』に占領されている私の頭に引っ掛かりました。楯岡は『五十円玉の重さを量っている』と言ったそうですが、もしかしたら、五十円玉で『競艇パケ』を量っているのではないか、と閃いたのです。しかも七〇六号室から楯岡が五十円玉を盗み始めた時期と『競艇パケ』が出回り始めた時期がほぼ一致します」

もっともこの思い付きには、更にあのとき私の脳裏を駆け抜けたいくつかの言葉や漢字が関係している。

「そこで、楯岡に先ほどの質問を浴びせたわけですが、見事適中」私はにっこりと笑い、服部を見た。「もちろん、今のままでは捜索令状は取れませんが、七〇六号室の所有者もしくは間借人を調べると同時に、あそこに出入りする人間を張っていれば、いずれ証拠はつかめるでしょう。これは暴力班と薬物班でやります。服部さんは、先ほどの楯岡の供述を調書にしといて下さい。いずれ証拠に使えるでしょう。ただ、絶対に」私はここで言葉を切った。喉元まで「都合が良いようにでっちあげないでくれ」という言葉が出かかったが、ぐっと堪《こら》え、呑み込んだ。「出来るだけ、本人の話そのままの調書を作って下さい。お願いしときますよ」

「はい。分かりました」と答え、服部は、いったん第二取調室の方へ向かって歩きかけたが、首を少し振ると、振り返り、不思議そうな顔で私に尋ねた。「一つ聞いてよかですか。やつらはどうしてまた、重りに五十円玉を使ったとですかね。そこんとこがようわからんのですが」

「恐らく、いつ、どこでも『競艇パケ』を作れるように、ということではないでしょうか。例えば、五グラムの分銅を持ち歩いておれば、何かの拍子に職務質問を受けた場合、いやでも疑われる。でも、五十円玉を何枚か持っておっても、だれも疑いませんからね。似たようなアジトがほかにもいくつかあるんではないでしょうか」と私は答えた。しかし、服部は私の答えを聞いても、合点が行かない顔をしている。そうであろう。私自身もこの答えでは満足しない。

「そういう意味ではね、もしかしたら、私の考え過ぎかもしれません。ただ、あそこまで楯岡の供述が符合することから見て、あそこで『競艇パケ』が作られてるのは確実と思います。そうだとすれば、ま、正解は、百道組の幹部連中から聞き出すしかないわけです。もっとも」と私はいったん言葉を切った。私の脳裏に再び、さっき浮かんだ言葉が、密造の首謀者の四宮の肩書きと名前が出現した。半井組内百道一家若頭四宮圓。三つの漢字が光る。

「四宮らしい縁起担ぎかもしれませんね」

老紳士は何故……？

有栖川有栖

1

学生会館二階のラウンジに顔を出すと、推理小説研究会の他の面々の顔が揃っていて、何やら盛り上がっているようだった。こちらを向いている江神《えがみ》さんが煙草を挟んだ右手を上げ、他の三人が振り向く。

「昼飯、すませてきましたよ」

ショルダーバッグをどっかと木製のベンチに置いて僕は言う。二講目が体育だったので、ここに顔を出す前に一人でランチを平らげてきたのだ。

「江神さんたちは食べてきたんですか？」

四人は「ん？」という表情で互いに顔を見合わせた。

「すっかり忘れてたな」江神部長はとぼけたことを言う。「話に没頭してて」

江神二郎《じろう》、文学部哲学科四年、二十七歳の長髪の長老。

食事を忘れて何の話に夢中になっていたのか？　どうせまたつまらないことだろう。

「マリアがとんでもない難問を出して、みんな頭を抱えてるんや。お前も一緒に悩め」

などと言っているずんぐりしたのは織田光次郎《おだこうじろう》で、経済学部三年、二十一歳。

「英都《えいと》大学のエラリー・クイーンと呼ばれる俺にも判らん」

とメタルフレームの眼鏡を掛け直すひょろりとした方は望月周平《もちづきしゅうへい》で、経済学部三年、二十一歳。

子供用ベッドほどの広さがある部厚いテーブルに頬杖を突いたマリアは、「困ったもんだ」と呟いた。

彼女は上から読んでも下から読んでも有馬麻里亜《ありままりあ》、法学部法律学科二年、十九歳。

「何ですか、マリアの難問って？」

そして、一人満腹している僕、法学部法律学科二年、二十歳の有栖川有栖《ありすがわありす》は尋ねた。

「聞かん方がええかもしれんぞ。今晩眠れんようになる」

「止めるなよ、モチ。アリスも泥沼に引きずり込んでしまえ」

織田が望月の二の腕に肘打ちをくらわせた。仲間はずれにされたこっちは気になって仕方がない。

「言わせて。アリスがノイローゼになったとこ見たいから」

マリアがにやにやと笑うので、僕はたまりかねて言った。「早く言え」

「では、他の先輩方には悪いけれど、もう一度問題編を繰り返させてもらいます。聞きながら考え直してください」

テラスから差し込む六月の陽光を浴びながら、赤っぽいセミロング・ヘアを掻き上げて、彼女は世にも奇妙な物語を始めた。

こんな内容だ――


京都河原町《かわらまち》通りに面した大型書店、京林堂《きょうりんどう》。マリアはそこでこの四月からアルバイトをしていた。毎週月曜、水曜の午後四時から七時と、土曜の午後二時から七時。レジと売り場整理が担当だ。

バイトを始めて五日目の土曜日、午後五時過ぎ。レジを打つのにも慣れてきた彼女は、いつものように次々にカウンターに差し出される本にカバーを掛け、「二百円のお返しです。ありがとうございました」とやっていた。なかなか忙しい時間帯だ。来店客の多い店だから入口のアクリルの扉は開け放たれていて、途切れることなく人が出入りしている。

濃い灰色のダブルのスーツを着て、ステッキを突いた男が早足気味に入ってくるのが見えた。――老紳士という感じね。

年の頃は七十前後。目が落ち窪み、眉間に深い皺が刻まれているのが少し気難しそうな印象を与えるが、若い時にはなかなかの二枚目だったであろう。上等そうなスーツ、細いステッキも様になっている。

ちょうどセンダックの絵本を買った中年婦人がカウンターを離れたところだった。ステッキの老紳士はせかせかとした足取りで近づいてくる。左腕にステッキを掛け、空いた両手でポケットから取り出した財布をまさぐりながら。

「両替を頼む」

そう言って彼はカウンターの上に小銭をじゃらりと置いた。五十円玉ばかりだ。

「千円札にしてくれ」

風体に似合わない邪険な口調だった。両替をお願いできますか、とでも言ってくれてもいいのにな、と思いながら彼女は承知した。

「少々お待ちください」

間違いを起こす元になるし、中には隙を窺ってレジの中に手を入れてくる奴、詐欺まがいの奴もいるから両替には気をつけろ、と言われている。彼女は銀色の硬貨をカウンターの縁から落として掌に受け、枚数を注意深く数えていった。老紳士の影が自分の頭にかぶさっているのを感じる。若い男性客が後ろに並び、まるめて持ったカー雑誌でじれったそうに自分の太腿をぽんぽんと軽く叩いていた。

――十七、十八、十九……。

間違いなく二十枚あった。マリアはドロアーから千円札を一枚抜き出し、盆《カルトン》にのせて差し出す。

「お待たせしました。どうぞ」

老紳士は礼も言わずにその紙幣を素早く財布にしまうと、またステッキを突きながら足早に出ていった。その後ろ姿を見送る間もなく、「これ」と雑誌が突き出された。二、三人の客が吸い寄せられるようにやってきて、短い列になる。二人目の客は文庫本を十冊ほど抱えており、次の客はクレジットカードを指の間に挟んでいた。

――溜めちゃいそうだわ。

そう思った時に、同僚がすっとカウンターに入ってきた。

「私が包装するから、打って」

「すみません」

機転の利く応援だ、と感謝した。五分ほどばたばたしたが、列はすぐにやっつけることができた。ほっとして「助かった」と言う。

「この時間は一人はしんどいもんね。うち、もうちょっと入ってるしぃ」

年は同じだがバイトは一年先輩の若貴《わかたか》みなみは、柔らかい京都弁で言ってくれた。

「感謝するわ」

「有馬さん、まだ土曜日は初めてでしょ？」

「そう。やっぱりお客さん、多いわね」

みなみは「うん」と言ってから「ねぇ」と声を低めた。

「さっき、ステッキ突いたお爺さんが五十円玉の両替にきたでしょう？」

「見てた？」

「うん。――あの人、いっつも土曜日の五時頃きて、おんなじこと頼むねん」

「両替してくれって？」

「ううん。ただの両替やのぅて、今日とおんなじように五十円玉二十枚を千円札にしてくれって言うねん。それ、変やと思わへん？」

みなみは真剣な顔で訊く。

「うん。……おかしい」

「釣銭詐欺を狙うてんのやないか、と思うていつもきっちり数えるねんけど、一枚もごまかしたりしてへん。何で毎週決まった日の決まった時間に決まった両替をしにくるんやろう？　有馬さん、推理小説が好きやて言うてたやないの。何かピンとこおへん？」

「さぁ……」

何も思いつかない。

「きっと来週もまたくるしぃ」

そして翌週。

果たしてステッキの老紳士は同じように現れた。彼が入ってきた時、雑誌の整理をしていたみなみはマリアを振り向くと、ほら、というように目配せをした。紳士がカウンターにまっすぐに向かってくるのに、マリアは少し緊張してしまう。

「両替してくれ」

出されたのはやはりたくさんの五十円玉だった。

「はい」

マリアは掌にのせたそれをゆっくりと数えた。数えながら、硬貨そのものに何か普通でない点がないか注意する。特に変わったところはない。

「どうぞ」

千円札を渡すと、彼はくるりと背を向けてやはり足早に立ち去っていった。本を買うつもりなどこれっぽっちもないらしい。

——なら、どうしてここで両替なんか頼むのよ。

通りへ出た老紳士は迷いのない足取りで左へ折れ、すぐに姿を消した。

2

「話はこれだけ。同じことが次の土曜も、その次の土曜も続いたわ。——きっと今週も」

マリアは肩をすくめた。

「変なおっさんやけど、それがどうかしたか？　別に釣銭詐欺でもないんやろ？」

僕の何気ないひと言にたちまち囂々《ごうごう》たる非難が巻き起こった。何故お前はそんなに平静でいられるのだ、と。急先鋒は望月だ。

「どうかしたか、はないやろう、アリス。お前はそのおっさんの行動に納得がいく説明をつけられるか？　こんなに非合理的な現象に直面して涼しい顔をしてる方がどうかしてる」

「僕は直面してません。おっさんに直面したのはマリアです」

「いいや、直面したも同然や。――土曜の午後五時になったら五十円玉二十枚握って現れて千円札に両替してくれと命じる男。この謎をお前も聞いてしもうたんやから、解かずにはおれんやろう？」

「謎ねぇ」

そんなに向きになって言うほどのことかしらと思う。

「何か考えつくことがあれば教えて。さっきから四人で推理合戦をしていたんだけど、行き詰まっちゃったの」

「ポイントはいくつかあるぞ」

「待て」マリアと織田を江神さんが制した。「腹が減ってきた。場所を変えよう」

階下の食堂では騒がしい、ということで、僕たちはラウンジ隣の『ケルン』という学生生協の喫茶室に移動した。江神さんたちはセルフサービスでスパゲティやサンドイッチといった軽食を奥の席に運び、僕はコーヒーを飲む。彼らは食べるのも面倒そうに推理合戦を再開した。

「ポイントはいくつかある」織田がラウンジで言いかけたことを続ける。「その紳士はどうして五十円玉二十枚を溜め込んでは千円札に両替するという行為を繰り返すのか？　どうしていつも京林堂でそれを頼むのか？　どうしていつも土曜の午後五時にやってくるのか？」

「うむ、誰がまとめてもそうなる。今、信長が言うた三つのポイントをすべてクリアする解答を出さんと、気持ちが悪うて仕方がない」

望月はサンドイッチにたっぷり塩をかけながら言った。

「モチさん、あんまりかけると高血圧の元ですよ。——で、どんな仮説がこれまでに出たんですか？」

僕のこの質問も非難を浴びる。

「お前も考えてみぃよ。それから教えてやる」

「頭の軟らかいとこ見せて」

織田とマリアは僕を挑発したいらしい。僕はインスタント丸出しの味のコーヒーを啜《すす》りながら、「そうやなぁ」と想像をしてみた。

「週末になるとレジの美人の顔が見たくなるんかも」

「その説はもう出た」と望月がにべもなく言う。「俺がまっ先に言うて、美人本人が否定した」

「ええ。それは大いにありそうなことなんだけど、紳士は毎回、私の顔なんかろくに見ていないの。むしろ、早くしろって感じで待ってるわ」

自分の口から、何が大いにありそうなこと、だ。僕は第二矢を放つ。

「紳士の狙いは五十円玉を処分することやのうて、レジの中の千円札を手に入れることやないかな」

「出た」と織田。「審判団から物言いがついた。それやったらいつも決まって五十円玉二十枚を出すのがおかしいし、どうしてレジの中の千円札が欲しいのかの説明がいる、ってな」

「そしたら……本屋に対するいやがらせかな」

「違うと思う。忙しい時間にきてレジに列を作らせたいんならもっと遅い時間の方が効果的だし、せかすような素振りをするより、こっちが苛々するほどゆっくりした動作で硬貨を出したりするはずだわ」

看板娘は納得しなかった。

「五十円玉というのがポイントやなぁ。――もしかして、賽銭《さいせん》泥棒やないか？　ステッキを賽銭箱に突っ込んで、穴の開いた硬貨を盗み出しては帰りに両替していくのを日課にしてるご隠居かも。毎日同じ店に行ったら怪しまれるんで、曜日によって店を変えてるんや。京林堂はそれがたまたま土曜日――」

馬鹿なことを言うな、と罵《ののし》られるかと思ったら、「出た」と江神さんが言ったので驚いた。

「さっき俺が言うた」

「こんなしょうもないことを？」

「しょうもないことで悪かったな。マリアに言わすとそれも違うそうや」

「ええ。その人のステッキは、細いといっても賽銭箱の奥まで入りはしないだろうし、そもそも五十円玉の穴の口径よりは太いもの」

加えて望月が、「それに、毎日同じ店で両替するのも怪しいけど、決まった曜日ごとってというのも怪しいのに変わりはないぞ」

ふぅむ、なるほど。この謎の奥深さが次第に判ってきた。しかし、柔軟な頭脳からはまだまだ仮説を絞り出すことができる。僕は少し黙って考えをまとめてから、おもむろに切り出した。

「えーと。五十円玉が彼の手許に溜まる理由としてこういうのはどうかな。――彼は毎週土曜日に二十人の人間から買い物を頼まれ、その代金として二十枚の千円札を預かるとします」

みんな食事をとる手を止めて僕を見ていた。そこまではいい、というように望月がうんうん頷く。

「ところが、彼は何らかの特権をもっていて、その千円の品物を五パーセント引きで購入できるんです。ただし、一度に一個しか買えない、というルールがある」

「凝った設定らしいな」と江神さんが苦笑した。

「特権を行使したら、千円の品物が九百五十円になるわけやから、千円札を出して五十円のお釣りをもらう。また、あらためて千円札を出して五十円をもらう。これを二十回繰り返したら五十円玉が二十枚溜まります。彼はそれを帰り道に千円札に両替してもらい、ほくほくしながら家路につくんですよ。いつも京林堂で両替を頼むのは、嫌がらず親切に替えてくれるから。他の店で迷惑がられたことがあるんでしょう」

反論の余地がないか、四人は少し黙って考えているふうだった。と、同時に駄目だと言い出す。

「おかしい」「あかん」「違うわ」「アホ」

アホ？　真理の探究者に向かってアホはないだろ、と僕は望月を睨んだ。

「何でアホなんですか？」

「推理小説研究会の人間が非論理的なことを言うでない。ええか？　もし爺さんがそんなことをして小遣い稼ぎをしているんやったら、二十個目の品物を買う時に預かってきた千円札を出すか？　その時点で、彼の手の中には十九枚の五十円玉があるんやぞ。それで払うたら、後でまた千円札の両替をよそで頼む必要がないやないか」

畜生、と思った。それもそうだ。

「私もそう思う。それに、お爺さんはいつもステッキ以外は何も持ってないわ。買い物の帰りという様子でもないの」

それは品物がごく小さなものなので、ポケットに収まっているのかもしれないぞ、と思ったが黙っていた。望月の論駁《ろんばく》で抵抗の気力がなくなったから。

「難問やろう？」

僕の困惑を見て、織田は満足そうにスパゲティをすくう作業を再開した。確かにひと筋縄ではいかないようだ。僕はコーヒーをちびりちびり飲みながら考える。

「その紳士はいつからくるようになったんや？」と情報量を増やすために質問してみる。

「若貴さんの話だと今年の二月の初め頃から。もう六月に入ったから、四カ月続いてるわけね」

「四カ月……土曜は十六回ほどあったことになるな」望月が腕組みをする。「その人のことは店でも評判になってるんか？」

「それが、若貴さん以外の人はあんまり関心がないみたい。店長は『お客さんのことをあれこれ穿鑿《せんさく》しないように』って言うくらい。他の友だちに話しても興味持ってもらえなかったわ。やっぱり推理研以外の人は知的好奇心に欠けてる」

もっと大事なことで忙しいだけだろう。

マリアの話を反芻しているうちに、僕はふとひっかかる箇所があることに気づいた。

「マリアが最初に紳士を見たんはバイトを始めてすぐやったな?」

「そうよ、四月の中頃」

「ひと月半も前や。それやのに、紳士の前後の客が何を買うたかまでよう覚えてるな? 前の客が中年の女性でセンダックの絵本を買うた、後の客が若い男で車の雑誌を買うたって言うたやないか。そんな細かいことを何で記憶してるんや? 不自然やないか」

そうか。

僕は真相を見抜いたと思った。

「判ったぞ。それが伏線なんやな? これは実体験やのうて、単なるクイズや。その伏線が何を指してるのかは判らんけど、この謎がマリアの創作やということは確かや。なぁ、そうやろう、マリア? 江神さんたちがぐるなんかどうかは知らんけど、白状したらどうや?」

彼女は、息子が欲しかったのに「五人目のお子さんも女の子です」と産科医に告げられた父親のように、深い吐息をついた。

「信じ合えないというのはつらいわね、アリス」

指先でとんとんとテーブルを叩きながら、安物の恋愛ドラマのような台詞《せりふ》を言う。

「違うんか？」

「違う。私は本当にあったことを言ってるんだから。それを信じてくれないんなら、もういい」

どうやら思い違いだったらしい。推理小説なんか読んでいると、こうして友人を失う危険があるわけか。

「それにしても記憶力がよすぎるんやないか？」

「説明しましょう。私は『老紳士は毎週同じ両替を頼みにくる』と若貴さんに聞くなり、この謎がとても気になったの。それで、彼がきた前後に何かヒントになるような特徴的な出来事は起こらなかったかとか、前後に不審なお客さんはいなかったかとか、色々と思い起こしてみたの。それで覚えていたということよ」

「そうか。……けど」別の疑問が湧いた。「もう一つ聞かせてくれ。四月中頃に初めてこの謎に遭遇した直後から『とても気になった』んやろ？」

「ええ」

「それを六月初めの今まで推理研のメンバーにしゃべらんかったんはなんでや？　もっと早い時期に『ねぇねぇ、バイト先でこんなことがあったんだけど、どういうことだと思う？』って言い出しそうなもんやけどな。マリアが入部したのは四月の末やったんやから」

「その疑問も出た。さっき江神さんに訊かれたわ」

ほぉ、かなり幅広く疑問点の洗い出しがなされたようだ。

「それはね、独力で解明したかったから。うまい解決を思いついたらそれをネタにして、この秋に出す予定の機関誌に短編を書けるじゃない」

去年出すと言っていて出せなかった幻の機関誌創刊号を、今年は必ず出そうと誓い合っている。マリアは「私、書けませんよ。創作なんてしたことないもん」とか言いながら、そんな野望を抱いていたのか。

「信じてもらえる？」

「判った、信じる」僕は素早く態勢を立て直す。「そしたら、こういうのはどうや？」

「お、結構出るな」と織田が感心する。

「ええ、まだまだ」

マリアも「何？」と身を乗り出す。

「紳士が店に現れた後、いつも彼の孫が本を買いにきてるはずや」

「どういうこと？」

「つまり、紳士は孫に『これで本を買いなさい』とか言うて、毎週末に千円を与えてるんやな。その本というのが参考書か学習雑誌か判らんけれど、とにかく定価の端数に五十円がつくと考えて。孫は素直に『はい』と言うけど、それで買い食いをするかもしれんし、ゲームセンターであっという間に使《つこ》うてしまうかもしれん。『どんな本を買った？』と聞いても、元からあった適当な本を『これ』と見せられたら判らない。教育熱心なお爺ちゃんとしては、孫が確かに本を買《こ》うたという証拠が欲しい。そこで奇策を発案した。孫が本屋に行くと覚しい時間に先んじて京林堂へ行く。塾の行き帰りの道なんか家が近いんか知らんけど、孫の行きつけの本屋が京林堂なんや。で、孫がくる少し前に両替を頼む。彼が出すその二十枚の五十円玉には、実はある印がつけてあるんやな」

意外な展開にみんな黙って聞き入っている。

「彼は家に帰ると、その夜、孫の財布をこっそり覗いてみる。その中に自分が印をつけた五十円玉が入ってたら、ああ、本当に本を買ったんだな、と安心するわけや」

う〜ん、と織田が唸った。

「どうですか、信長さん？」

彼はぼりぼりと耳の裏を掻きながら、「変な話やな」とだけ言った。

望月は考えていたが、やがて「あかん」と言う。

「あかん。全然すっきりせんわ。孫がちゃんとためになる本を買うかどうかを爺さんがそんなに心配してるんやったら、違う行動をとるはずや。毎週買うてきた本を厳密にチェックするとかな。それに、帰ってきた孫の財布に印のついた五十円玉が入っていたからというて、爺さんの希望にかなった本を買うたんかどうか判らん。また、孫が元々五十円玉を持っててそれを使うたらお釣りはもらわんし、印のついた五十円玉をお釣りにもらったとしても帰りに別の買い物で使うてしまうこともあり得るやろう。不確かもええとこや。——どう思う、マリア？」

「モチさんの言うとおりだし、それに、印か何かついてるんじゃないかと思って、何度か気をつけて見たこともある。穴の内側もよく見たけれど、変わったところはなかったわ」

三発目の「それに」を江神さんが言う。

「それに、そんなに心配なんやったらお爺さんは自分が本を買うたらええやないか。京林堂まで足を運んでるんやから」

織田が笑った。「そうや、そのとおり。何か変やと思うてたんや」

今度は僕が溜め息をつく番だった。

3

「もう降参です」

が、それもまた許されはしなかった。

「甘い。これしきのことで投げ出すとは、甘すぎる。まるで根性が足りん。そんな部員に育てた覚えはないぞ」

織田に叱責された。推理小説研究会が体育会系だとは知らなかった。

「判りました。逃げませんから、ちょっと休憩させてください」

そこまで言ってようやく認められた。

頭を休めるために、僕はマリアが『ケルン』まで携えてきたルーズリーフ・ノートを引き寄せて開いた。クラブノートと称する落書き帖のようなものだ。最後のページには、マリアの筆蹟で今検討中の謎が『ある問題』という標題の下に簡潔に書いてあった。

「昨日、私がノートを持って帰ったので下宿で書いたの。それを今朝モチさんが読んだところからこの苦悩がクラブ全体に伝わったわけね」

「これは部史に残るな」と望月。そりゃそうだ。クラブノートにはありとあらゆるつまらないことが部史となって残っている。

「英都大学推理研最大の事件ですね」

僕は苦笑しながらペラペラと前のページをめくった。四月末に入部したてのマリアが、北村薫という新人——かどうかも不明——の覆面作家が書いた新刊『空飛ぶ馬』の感想を書いているのが目に留まった。絶賛している。続くページには、僕を含めた他の面々が追いかけるようにその連作短編集への賛辞を綴っていた。

「謎の老紳士の正体は何か？　北村薫の小説もどきやなぁ」

僕は『空飛ぶ馬』に入っていた『砂糖合戦』という作品を思い出して言った。その作品では、カップに何杯もの砂糖を競って入れ続ける三人組の若い女性たちは、一体何が目的でそんな奇矯な行動をとったのか、という謎が鮮やかに解かれる。

「北村薫を呼んだら解いてくれるかもしれんな」

「あら、アリス。呼ぼうにも正体が判らないじゃない」

ここで話は脱線して、北村薫の正体を巡る議論が起こった。鮎川哲也説、都筑道夫説、泡坂妻夫説、阿刀田高説——国会図書館に勤務していたというだけで——、紀田順一郎説、戸川安宣説、宮本和男説、山本七平説、カトリーヌ・アルレー説、トレヴェニアン説、歌川豊国説までいったところでアホらしくなった。やめる。

ノートに目を戻すと、望月が殴り書きをした短編小説『傘』がある。北村薫に触発されて書かれた作品だ。日常の何気ない風景の中から摑み出した謎を論理的に解明する、というモチーフは同じだった。よく晴れた日の夕刻、手に手に青や緑のビニール傘を持って駅に向かう一団は一体何者なのか、という魅力的な謎が提示されるのだが……。北村薫と大違いなのはその結末で、実はヤクルト・スワローズの応援に行く一団だった、というだけのことが真相だった。プロ野球に関心のない方のために補足説明しておくが、スワローズファンは球場でビニール傘を開いて気勢をあげるのをアイデンティティにしている。

末尾の余白に織田が「望月周平氏の作品について。推理の冴えについては敢えてコメントを避けるが、人間というものに対する冷徹なまでの深い洞察力と、それを優しく見つめる目の両方を持った北村作品にある感銘が『傘』にはまるで欠けており、単なる座興のクイズの域を出ていない」などと評している。真面目に批評するあたり、やはり二人はよきコンビだな、と思う。江神さんなどC+といとも冷たく採点しているだけだ。

「北村薫風に解決したいな」

C+をつけられた男が言うのに、マリアが賛同した。

「そう北村薫風にね」

「けどな」と僕は「真相はモチさんの小説以上に他愛もないことかもしれんやないか。期待どおり北村薫風の真実に着地するという保証なんかないぞ」

「水を注《さ》すじゃないの、アリス。でも、そんな他愛もないことが判らなかったのか、という感動を得られるかもしれないわよ」

それなら好きにするがいい。

そこでまた老紳士の不可解な行動についての検討が始まる。

――彼はコインの蒐集家で、特定の年に鋳造《ちゅうぞう》された五十円玉を日夜探している。手許に溜まったはずれの五十円玉を、週に一度吐き出しにやってくるのではないか？

――彼は五十円玉を使って二条城だか大阪城だかを作っていたのだが、それに挫折して少しずつ吐き出しているのではないか？『コインで作る名城』なんていう本を持ってて、それを買ったのが縁と信じて京林堂にくるのかも。

「どれもしっくりいかんなぁ。『それだ！』と全員が叫ぶような答えが出ん」

望月が嘆いている。ここで、長老がおもむろに口を開いた。

「どうやら、この問題は安楽椅子探偵に馴染まんのやないかな」

「安楽椅子探偵に馴染まないって、江神さん、つまり座って考えてても判らんていうことですか？」と織田。

「そう」

「諦めますか？」

「いいや。諦めるんやったらもっと早くするべきやった。俺らはもう深みにはまりすぎてる」

江神さんまで今日は随分と大袈裟なことを言う。ではどうするんですか、と織田が尋ねる。

「こうなったら為すべきことは一つ。今度の土曜日、京林堂に現れた老紳士の跡をつける。そうしたら、彼の正体が何者か判るかもしれへん」

呆れた。そこまでやるか？

「今度の土曜って、明日がそうですよ。よし、やりましょう」

望月が目を輝かせて言った。

「ここまできたら、もう他に方法がないもんな」

織田も無邪気な声をあげる。

「『たったひとつの冴えたやりかた』ね」

マリアは愛読書から引用し、僕が口を挟む間もないままそれは議決された。

4

翌日——
マリアはいつもどおり京林堂にアルバイトに行き、僕たち四人は河原町通りを挟んだ向かい側のビル二階の喫茶店に陣取った。老紳士が出現する時間はいつも午後五時頃と決まっているそうなので、最初は京林堂店内で張り込もうかとも思った。しかし、確実に尾行を成功させるためには面が割れない方がいい。安全策をとって店外で張ることにしたのだ。向かいの喫茶店の窓際に座っていれば、通りを行き来する車に遮られることもなく、京林堂に出入りする人たちを監視できる。捜す相手はステッキを突いているという目立つ特徴があるのだから、四人が揃って見落とす可能性は絶無と言っていいだろう。

「まだ三十分ほどある。本でも読んでてええかな?」

望月が言うのに、僕たちは「どうぞ」と答えた。彼が文庫本を開くと、織田もつられたように鞄から本を取り出した。江神さんは椅子に深く掛けたまま通りを眺めている。

僕も彼に倣って、頬杖を突いて賑やかな週末の河原町を見ていた。おあつらえ向きにBGMの有線は、洋楽のチャンネルに合わせてある。スージー&ザ・バンシーズの『ピープ・ショウ』からの曲が続いていたので、僕は満足だった。曲に合わせてハミングしながら、見降ろしている書店の中ではマリアが「いらっしゃいませ」「ありがとうございます」とけなげに働いていることを思い出して、申し訳ないような気がちらりとする。

しかし、マリアにしても今日のバイトは五時で早上がりなのだ。つまり——五時を若干過ぎるかもしれないが、老紳士がきて両替を頼んでくるまではレジを打つ。老紳士が千円札を受け取って店を出るなり、同僚の若貴みなみにレジを引き継いで上がる。そして、僕たちと合流して尾行を開始する。後になって「尾行してみてどうだった?」と訊くのなど耐えられないのだそうだ。まぁ、好奇心の缶詰のような彼女の性格からすると無理はない。

一人の老紳士をつけるのに若いの五人がかりというのも目立つだけだと思うのだが、僕を含めて誰も降りないのだから仕方があるまい。

こんなことでうまくいくのだろうか？

とか考えているうちに、五時になった。

だんだんと緊張してきた。本を読んでいた二人も顔を上げて通りを注視しだす。釣銭をもらわなくていいようにして、コーヒー代は揃えて伝票の上に置いてあった。相手が京林堂に入るのを見たら、すぐにレジで払って飛び出すことができる。準備万端調《ととの》っているのだ。

「畜生、トイレに行きたくなってきた。ちょっと――」

織田が小走りにトイレに立つのに望月が舌打ちした。「最低の探偵やな」

五時二分。

向かって左手、四条河原町の方からステッキを突いた男が現れた。僕たちは同時にあれだ、と声をあげる。本の中の人物が抜け出してきたような気がした。やはり、マリアの話は嘘ではなかったのだ。

「間違いないな」

江神さんが伝票と勘定を鷲摑みにして立ち上がった。勢いよくドアが開いて織田がトイレから出てくる。

「出たか？」

まるで幽霊扱いだ。

「出ましたよ。早く」

狭くて急な階段を一列になって駆け降りる。老紳士はまだカウンターの前でそわそわしているはずだ。マリアには「いつもより時間をかけて両替すること」と江神さんが指示している。信号はすぐ近く。青が点滅しだしていたので、全力で走って渡った。そこまでするか、と呆れていたくせに、すっかり興奮してきていた。

老紳士はいつも店を出ると左手、つまり北に進路を取るとマリアは言っていた。僕たちは京林堂の二つ南側の土産物《みやげ》屋の前に立ち、外国人向けらしい扇やら般若《はんにゃ》の面やらを見るふりをしながら待機した。

もうそろそろ出てくるな、と思った瞬間にステッキの紳士が姿を現した。なるほど、妙に早足だ。

「アリスはちょっとマリアを待っててやれ」

江神さんに言われた。

「了解」

三人の先輩は僕を置き去りに、紳士の後を追った。マリアが出てくるのが遅くなったら取り残されてゲームセットだな、と少しやきもきする。

と、その時だ。北へ去ったと思ったステッキの老紳士がこちらに向かってくるではないか。敵は早々と僕たちの意図を見抜いたのか、と驚いたが、そんなわけはない。彼は僕の肩をかすめるようにしてすれ違い、そのまま南へ向かった。わけが判らないままその背中を見送っていると、江神さんたちが慌てて引き返してきて僕に声をかけた。

「なんでか判らんけど、突然くるりと方向転換した。びっくりしたぞ」

それだけ囁いて行こうとする望月の肘を摑む。

「どうして方向転換したんですか？」

「判らん。ただ、尾行に気がつかれたはずはない」

織田が「おい、モチ！」と小声で呼んで手招きし、彼は僕を振り払って大股に去る。老紳士の姿も、先輩たちの姿も、すぐに人の波に呑まれて見えなくなった。

「あ、アリス。待っててくれたの？」

嬉しそうに言いながらマリアが出てきた。

「早く。ゲームはもう始まってる」

彼女を促し、僕は走りだした。四条河原町の交差点まできたところで、長身、長髪の江神さんの頭が人波から突き出ているのが見えた。

「あれ、江神さんよ」

「判ってる」

江神さんは信号を渡るところだった。老紳士、望月、織田の姿は見えないが、まだそのあたりにいるのだろう。信号が赤に変わりかけている。人ごみを歩く達人のマリアに後れをとりそうになって、僕は焦った。

「行くよ」

そう叫びながら、マリアはすべての信号が赤になった交差点に飛び出した。もちろん、僕も続く。京都一賑やかな交差点のただ中に、二人だけ。けたたましい警笛が湧き起こった次の瞬間、僕たちは群衆の冷ややかな視線を浴びながら歩道に到達していた。——こんな派手な尾行ってあるだろうか？

「おぅ、兄ちゃん姐ちゃん、危ないやないか」

織田だ。

「お爺さんは？」

マリアが訊くと、彼は親指を立てて背後の高島屋を指した。

「デパートに入ったんですか？」

「そう。まるで尾行をまこうとしてるみたいや」

出入口が多いデパートに入るというのは、追手を振り切る常套手段ではないか。

「ばれたんですか？」とマリアが心配げに言う。

「そんなはずはないんやけどな……」

僕は「江神さんとモチさんはどうしました？」

「中について入った。俺らは三人で出入口を見張ろう。アリスは東、マリアは北の出入口を頼む。俺は地下を固める」

てきぱきと指示され、マリアと僕はそれぞれに従ってそれぞれの持ち場に立った。織田は地下への階段を駈け降りていく。地上の僕たちは時折、角から顔を覗かせて「まだね」「まだやな」

と目で確認し合った。

五時三十一分。

僕の立つ河原町通り側に老紳士が出てきて、傍らを通り過ぎた。四条通り側のマリアをまず呼ぶ。二人で老紳士に続こう、と踏み出したところで江神さんが出てきた。真剣そのものという表情をしている。

「モチとはぐれた」

「アウト」とマリアが言う。一人脱落だ。

「信長さんを呼んできます」

僕は地下の歩哨《ほしょう》を呼びに行こうとしたが、部長に止められた。

「爺さん、タクシーに乗るぞ」

振り返って見ると、老紳士は手を上げて止めた小型車に乗り込むところだった。

「信長を呼ぶか?」

江神さんに訊かれて僕は首を振った。そんなことをしていては、僕もゲームから降りなくてはならなくなる。彼は見捨てよう。探偵の世界は非情だ。これで二人脱落。

「江神さん、アリス、早く早く!」

マリアがドアの開いた空車の前で、西洋人のように掌を上にして手招きしている。老紳士を乗せた車は、もうスタートしていた。大慌てでタクシーに飛び乗る。

「前のタクシーを追いかけてください」

助手席に滑り込んだ江神さんが、遠ざかりつつある黄色い車を指差しながら言った。若い運転手がちょっと迷惑そうな顔になる。

「お知り合い？」

ぶっきらぼうに言いながらも、急いで発車させてくれた。

「祖父です」などと江神さんは言う。

「ふぅん、おたくら三人とも兄弟？」

「ええ。弟のアリスと妹のマリア。私は長男でポールといいます」

江神さんという人は忙しい時につまらない冗談を言う癖がある。無茶苦茶なことを口走るので──アリスとマリアという名は真実なのだけど──運転手は何も言わなくなった。

老紳士を乗せた車は河原町通りをまっすぐ北上していく。京林堂の前を通り過ぎ、ＢＡＬビルを過ぎ、御池《おいけ》通りを過ぎた。狭い京都の町だが、市外へ出て遠くまで行かれると懐に響く。まだメーターが一回変わっただけなのに、僕はもうそんなことを心配しだしていた。

「高島屋に入ってお爺さんは何をしたんですか、兄さん？」

わざとらしく妹ぶってマリアが尋ねる。そんな重要なことを聞くのも忘れていた。

「しばらくうろうろしてから二階のトイレに入った」

「トイレに入って、用を足しただけなんですか、兄さん？」マリアもしつこい。

「ああ。個室から出てくるまで時間がかかったんで変装でもするのかと思うたんやけど、違っていた。手を洗う真似をしながら様子を窺うてたんやけど、用を足す以外の何かをしたかどうかは判らん」

「出てきてからは？」

「ほんのちょっと一階の紳士靴を見てから店を出た。土曜日やから、店内は結構人が多くてな。お爺さんがトイレに入る前にモチはもうはぐれてた」

まともな探偵がいないな。それにしても——

「ねぇ、江神、いや兄さん。お爺さんはエレベーターには乗らなかったんですか？」と僕は訊く。

「階段を使うた」

「尾行をまこうとしてデパートに入ったんやったら、エレベーターにさっと乗り込むのが定石やないですか？」

「どうやら俺らをまこうとしたんやないらしい。だいたい、京林堂を出てすぐに尾行に気がついたとは思えんのや。気がつく間もなかったはずやから」

「ますます謎の老紳士ね」とマリアは形のいい顎を撫でた。

前を行く車が次々に丸太町《まるたまち》通りで右折、左折し、黄色いタクシーが見通せるようになった。老紳士の後頭部が見えている。彼の車はさらに河原町通りを直進した。

「モチさんと信長さん、がっくりきてるでしょうね」

マリアが思い出したように言った時、老紳士を乗せたタクシーがウインカーを点滅させ、車線を右に移した。僕たちの車もそれに倣う。二台の車は二十メートルほどの間隔をおいて、京都府立大学の手前で右折した。一度マリアと一緒に入ったことがある鴨川《かもがわ》べりの喫茶店『リバーバンク』を過ぎ、荒神橋《こうじんばし》を渡った。このまま進むと京都大学、吉田山《よしだやま》だ。

「あの人、京大の先生なのかしら。何か心理学の実験をしていたのかも……」

運転手の耳に入ったら不審がられるようなことをマリアが囁いた。

少し走ったところで前を行く車のスピードが落ちたかと思うと、京都大学がある近衛《このえ》通りの近くで停車する。焦茶色の化粧煉瓦で飾られた七階建てのマンションの前だった。

「少し行き過ぎて停めてください」

ポール兄さんが言い、運転手は黙ってそのとおりにしてくれた。彼は「お釣りは結構です」と気前よく言いながら千円札を二枚渡し、素早く助手席から降りる。そして失礼なことに、奥のマリアは僕を車外に押し出すのだった。

振り返ってみると、黄色いタクシーが発車するところだった。老紳士の姿がない。

「きっとこのマンションよ」

マリアは化粧煉瓦の建物を見上げて言い、その『ネオコーポ上京』に向かって駈けだした。僕は彼女に並んで走る。西に向いたエントランスに入ると、エレベーターホールに老紳士の後ろ姿があった。そして、降りてきた一基しかないエレベーターの扉が開き、彼は今、正に乗り込もうとしているところだ。

「すみません!」

マリアが呼びかけた。呼び止めてどうする、などということはおそらく考えていなかっただろう。ただ、ここで置いてきぼりをくっては尾行が終わってしまう、という焦りから反射的に声が出たのだと思う。

エレベーターに入った老紳士はこちらを振り向き、僕たちを見た。彼の顔に、しまった、という表情が浮かぶ。

「すみませ――」

マリアが再び言いかけた時、老紳士はボタンを押した。扉を開いてくれるのかと思ったが違った。扉はすっと閉じ、彼を乗せたエレベーターは上昇していく。

「あ、ひどい!」

マリアが大きな声を出す。彼が悪意をもってボタンを押したことは明らかだった。怒るよりも、何故そんなことをするのだろう、と僕は妙な気がした。

マリアはすぐに上りのボタンを押す。そして僕たちは、老紳士が何階で降りるのかに注目した。4、5、6――7。

「最上階で止まったわ」

デジタル表示を見つめたままマリアが言った。その数字はすぐに6、5、4と下がり始めると思って、僕たちはじっと見たままでいた。が、十秒以上たっても表示は変わらない。

「おかしいわ」

さらに数秒たってから、ようやくエレベーターは下降を始めた。よしよしと思ったのも束の間。六階で止まって僕たちはがくっと膝を折る。人が乗り降りするぐらいの間をおいて、下がりだしたかと思うと、五階でまた停止。

「んもう、何よ、これ」

マリアが身を揺すった。

変だ、と僕はまた思う。

四階でも三階でもエレベーターは停止した。デパートでもあるまいし、各階で人が乗り降りしているとは思えない。これは老紳士の仕業ではないのか？　きっとそうだ。彼は七階で降りる際に、各階で停止するようにすべてのボタンを押したのに違いない。

「エレベーターはまだこんのか？」

今頃になって江神さんが追いついてきた。この先輩もおかしい。何をのんびりしていたのだろう。

「お爺さんは七階で降りたんですけど、全部のボタンを押したみたいなんです。下りは各駅停車になっています」

「なんでそんなことを？」と江神さんは首を捻った。

「マリアと僕を見て『しまった』って顔をしましたよ」

「判らんな」

マリアが「でしょ？」

エレベーターは二階にも一旦停止してから、ようやく降りてきた。中には誰もいない。老紳士は何とか僕たちの追尾を振り切ることに成功したのだ。管理人がいれば「今の方は何号室のは誰もいない。一度七階まで昇ったのは方ですか?」と訊くことができたかもしれないが、土曜日のこの時間ともなると、管理人室に

「疑ってかかると、爺さんが七階で降りたとも限らないわけですね。一度七階まで昇ったのはめくらましかもしれへん」

僕がぽつりと呟くと、江神さんは「いいや」と言う。

「七階で降りた。見てたから」

「見てたって……どうやって見てたんですか?」

マリアが怪訝そうな顔をして尋ねた。

「通りの角に立って見てた。東向きの廊下が見えるんや」

「えっ、お兄さん、ということは……?」

ポール江神はにやりと笑った。

「五十円玉の老紳士がどの部屋に入ったかも、見た」

マリアと僕は声を揃えて言った。

「えらい!」

さて、それからどうするか、だった。彼の部屋のチャイムを鳴らして、「無躾《ぶしつけ》ですが、お聞きしたいことがあるんです」と言うわけにはいかない。そんなことをして驚かすぐらいなら、京林堂の店先で尋ねればよかった。両替の目的を聞くために家まで三人がかりで尾行してきたとなると、相手は気味が悪くて仕方がないだろう。

「とにかくお名前だけでも拝見しましょうよ」

マリアはエレベーターに乗り込む。とりあえずそうするか、と江神さんと僕も乗り、七階のボタンを押した。

「ここや」

江神さんは降りて二番目の部屋のドアを指差した。表札を覗き込むと、『宮田与一』とだけある。家族がいるのかどうかも判らない。

「なるほど、宮田《みやた》与一《よいち》氏か」

「その名前で何か判るの、アリス?」

「いや、何も」

マリアはふくれた。

5

「ところでどうしましょう、江神さん？　帰るしかないかな」と僕は部長の判断を仰ぐ。

「ああ、そうやな。まさか近所で聞き込み調査をするわけにもいかんし。老紳士の名前と住まいが判っても、謎は解けそうもない」

「こうなったら来週の土曜日、私がレジで聞くしかないのかしら。でも、そんなことしてるのを店長に見つかったら怒られそう」

マリアは肩を落としていた。

「辞表を胸に訊いてみたら」

「アリスが次のバイト先探してくれる？」

「俺が紹介できるんは力仕事だけや。モチさんの家庭教師の口を一つ分けてもろたら？」

「駄目よ。モチさんは今、夏休みに免許を取る資金を必死で貯めてるから」

そんなことを言いながらエレベーターに戻りかけた。

背中の後ろでドアが開く音。

僕たちはさっと振り返った。老紳士がびっくりした様子で戸口に立っている。まいたはずの僕たちと顔を合わせてしまって驚いたのか？　いや、三人揃っていきなり振り向くという、僕らの反応の不自然さに驚いただけらしい。

「どうかしましたか？」

張りのある若々しい声で彼は尋ねてきた。

「いえ、あの……」

予期せぬ事態にマリアが狼狽する。

「おや、あなたは京林堂のレジにいたお嬢さんではありませんか？」

老紳士は初めてそのことに気づいたようだ。彼女は覚悟を決め、「はい、そうです」と答える。

「ついさっきまであそこにいた人がどうしてここにいらっしゃるんですか？　まさか、私が忘れ物をしたので追いかけてきたというわけでもないでしょう？」

そんな店員がいるわけない。

「あのぉ、すみません。おうちの前でがやがや騒いでしまって」

老紳士の問いに答えず、マリアはぺこりと頭を下げた。

「いやいや、それで出てきたんではありません。帰りに角の販売機で煙草を買おうとして忘れたんで、買いに降りようとしただけです。——しかし、なんであなたが？」

彼は江神さんと僕に視線を移す。

「お二人はこのお嬢さんのお連れですか？」

はい、と答えるしかない。

「実は、私たち三人は、宮田さんが京林堂をお出になった時から、跡をつけてここまでやってきたんです。気になることがあったものですから」

老紳士が不思議そうな顔をしているものだから、江神さんは率直に事情を話しだした。

「何故、私をつけたりなさったんですか？　それにどうして私の名前を？」

宮田与一氏は警戒したような声になる。

「お名前は表札を拝見して知りました。私は英都大学の学生で江神二郎と申します。こっちは後輩の有馬と有栖川です」

部長に紹介されて一礼する。

「私たちがそんな失礼なことをしたのには理由がありまして――」

江神さんの説明を聞くうちに、宮田氏の目が驚きのためか見開かれていった。秘密を握られた不覚を悔いるといった様子はなく、ただあまりに非常識な話に呆れているふうだった。

「いやぁ、驚きました」

「お客様に失礼なことをして、すみませんでした」

再び詫びるマリアに「いやいや」と手を振り、宮田氏はこう言った。

「そんなに悩ませてしまってこちらこそ申し訳ありませんでした。せっかくここまでおいでになったんですから、わけをお話ししましょう」

マリアは「へ？」と妙な声を発する。老紳士は優しげな笑みを浮かべた。

「一人暮らしでちらかっていますが、どうぞお入りください」

6

「ちらかっていますが」と言ったものの、宮田氏の3ＬＤＫの独居は、江神さんや織田の下宿に比べると竜安寺《りようあんじ》の石庭ほども整然と片付いていた。数々の国内外旅行で買い求めたらしい置物が、廊下やリビングの棚に並んでいる。中国風の飾り皿の隣に、白髪の老婦人の写真が立っているのが目に留まった。

「二年前に死んだ家内です」

僕の視線を辿ったのだろう。リビングのソファに掛けた僕たちにお茶を運んでくれながら、宮田氏が言った。

「お茶で勘弁してください。コーヒーや紅茶は私には刺激が強すぎるんで、置いてないんです」

江神さんがひと口啜って「いいお茶です」と言う。老人は嬉しそうに微笑んだ。

「こんな面白いことになってしまうとはねぇ」

彼は亡き夫人の写真に向かってそんなことを呟いた。それに応えるかのように夫人は白い歯を見せている。老紳士にお似合いの、上品な顔立ちの夫人だった。たくさんの旅の記念品は、彼女との想い出の品なのだろう。

「私は中小企業相手の経営コンサルタントをしています。家内は高校の英語教師をしていました。子供がいませんでしたので、二人であちこちによく旅行したものです」

彼はまたちらりと亡き伴侶の写真に微笑む。

「皆さんを悩ました謎の、そもそもの原因は家内にあります。あれが脳溢血で逝《い》く半年ほど前に、妙なものを手に入れたんです。『おや、あなた、これをご覧なさいよ』と子供がはしゃぐような声を出しながら見せたのは、一枚の五十円玉でした。市場で豆腐を買った釣り銭の中に交じっていたそうなんですが、おかしなものでした。穴が中心からずれていたんです」

「え……ええ……？」マリアが囁くように小さな驚きの声をあげる。

「べそをかいているような、愛嬌のある表情をした五十円玉でした。そんなひどい欠陥硬貨が何の間違いで世に出たんだろう、と驚くやら、珍しいものが手に入って嬉しいやらで、二人で乾杯をしたぐらいです。家内はそれを財布に入れてお守りにしていました。『間違ってうっかり使わないよう注意しなくてはね』と言いながらね」

宮田氏は過ぎた日を回想しながら茶を啜る。

「家内が死んでからは、私がそれをお守りにして財布に入れていました。家内がいつも携えていた形見を、私もいつもポケットに入れておきたかったんですよ。——しかし、そんなことをするんではなかった。充分に注意していたつもりなのに、今年の初め、私はうっかりそれを使ってしまったんです。河原町のあの京林堂でね」

話は問題の核心にきたようだ。僕たちは息を殺して聞き入る。

「その夜、何気なく財布を覗いて気がつくなり、私は自分の不注意をどんなに悔やんだことでしょう。悔しくて涙が出そうでした。こんなオーバーな言い方をしてもご理解いただけないでしょうね」

僕は判るつもりだ。いや、誰にだって判ると思う。——老人は照れたような笑みを浮かべている。

「翌朝早く、無駄だとは思いましたが、私は京林堂に行ってみました。『こういう変わった五十円玉を昨日ここで使ってしまったが、大切な想い出のあるものなので返していただけないか』と言って。店の方は気の毒そうな顔をして、『私が昨夜レジを締めましたが、そんなものはありませんでした。他のお客様に釣銭として使ってしまったようです』とおっしゃいました。私の五十円玉は、どこの誰とも知れない人の手に渡ってしまった。……諦めきれない気分でした。ショックで、しばらくは仕事にも身が入らなかったぐらいです」

判る、と思う。

「しばらくして、ショックから立ち直った私は、万に一つの可能性に望みを託して、失った五十円玉を取り戻す努力を開始しました。しかし、銀行で両替をしてもそんな欠陥硬貨が出てくるはずがありません。ですから、買い物をする時に極力五十円玉の釣り銭をもらうような支払い方をすることにしたんです。無駄を承知の努力ですね。まるで大海の真ん中で逃がした魚を、再び釣り上げようとするのも同然でしょう。いくら集めてもはずればかりで、いまだに再会を果たせていません。——手に入れた誰かが死蔵してしまったのかもしれませんが、その誰かもつい使ってしまうことがあるかもしれない。縁があれば、それにまた巡り合うこともあるかもしれません」

宮田氏は「かもしれません」を繰り返した。その表情は、少し淋しげだった。

「そうそう、京林堂で私が両替を頼むのは何故か、という疑問にお応えしなくてはなりませんね。それはこういうことです。——意図して五十円玉を釣り銭にもらうようにしていると、週に十枚以上たまってしまいます。そのまま使ってもいいんですが、やはり不便なので千円札に両替したくなる。どこで頼んでもいいんですが……」

彼はちょっと言いにくそうにして、頭を掻く。

「意地の悪い私はこんなことを思いつきました。大切な五十円玉を私から奪った京林堂に復讐してやろう、あの店で面倒な両替をさせてやろう、と。両替だけを頼む。決して本は買ってやらない。そんな復讐です」

マリアはぽかんと口を開いていた。江神さんは微かに口許に笑みを浮かべる。

「毎週土曜日の決まった時間に現れるのがご不審だったようですね？　それは不思議でも何でもありません。私がコンサルタントをしている会社が河原町にあって、そこを訪問するのが土曜日の午後なんです。いつもその帰りに京林堂に寄るというだけのことですよ」

「あの……いつもお急ぎのご様子でしたけど……」

マリアはおずおずと尋ねた。老人はまた頭を掻く。

「自分では意識していなかったんですが、そんなことをするのが、どこか後ろめたいからでしょう。意地悪爺さんにしては気が弱いものですから」

謎の両替について残った疑問点はないか、考えてみた。どうやらなさそうだ。僕たちを昨日から苦しめ続けた謎の真相は、やはりこんな他愛もないものだったのだ。僕は溜め息をついて、知らないうちに入っていた体の力を抜いた。

「いつもお手間をかけてすみませんでした」

宮田氏に頭を下げられて「いえ、そんな」とマリアはかぶりを振った。

「私こそお詫びします。おかしな穿鑿をして失礼しました」

そして彼女は宮田氏の顔をまっすぐに見る。

「もしもどこかでそんな五十円玉に出会ったら、きっとお届けにあがります」

「私もそうします」

江神さんが言い、僕も同じ言葉を続けた。

「ありがとう、皆さん」

老紳士は目を細めながら、飾り皿の隣の写真を見た。老婦人はやはりそれに応えるように、優しい笑みを浮かべている。

「こんなおかしなこともあるんだね」

彼はまた、そう妻に話しかけた。

7

その夜——

僕たちは予定どおり西陣《にしじん》の江神さんの下宿に集まった。六畳ひと間はいつもながらのひどいちらかりようだったが、散乱しているのが本とレコード、CDだけなのが幸いだ。ごくごく善意に見れば、学者か芸術家の部屋らしく見える。壁にはヒプノシスがデザインしたLPのジャケットがいくつも飾ってあった。

「晩飯に行く前に、尾行の顚末を話してください」

望月がせがむのも無理はない。織田も「じらさんとお願いしますよ」と釘を刺す。僕たちは適度にもったいぶりながら、順を追ってことの経緯を話した。——タクシーでの追跡。マンションのエントランスで逃げられたものの、江神さんの機転で部屋を突き止めたこと。部屋の前で愚図愚図しているうちに老紳士が出てきて、事情を聞いて部屋に招き入れられたこと。そして、彼自身から聞いた真相。

「似たような話を知ってる」聞き終えるなり望月が言った。「泡坂妻夫のエッセイで読んだ。泡坂さんの場合は穴のずれた五円玉で、うっかり使うてしもたんは銭湯やったけど。泡坂さんはいつの日かの再会を祈って、同じ銭湯で五円玉のお釣りをもらい続けたそうや」

へぇ、それは知らなかった。そのエッセイを読んでいたら、もっと早く真相に気が——つくわけないか。

「これで納得がいったけど、やっぱり何でもないことやったなぁ」

望月はさっぱりした顔になって言った。そこで「待った」をかけたのが織田だ。

「五十円玉両替の秘密は判った。けど、俺はお前みたいに胸の閊《つか》えがすっと降りたりせえへんな」

「何でや、まだ疑問点があるんか？」

「ある」

織田は僕たちを等分に見やった。

「あまりにも何でもない話やった。ささやかな復讐譚ではあったけれど、別に恥じて人に隠すほどのことでもない。——それやのに、何で宮田与一氏は逃げたんやろう？」

望月が「逃げた？」

「ああ、逃げたやないか。突然方向転換してデパートに入ったんは尾行に気がついてまこうとしたからやろうし、マンションのエントランスでも追手を振り切ろうとしてエレベーターを先に出したり、なかなかケージが降りて行かんように全部の階のボタンを押したりしたやないか。おかしい。彼はまだ何か隠してる」

迂闊といえば迂闊だが、僕はそんなことをすっかり失念していた。訥々《とつとつ》と秘密を話してくれた宮田氏に抱いた好印象が、彼を怪しむことを忘れさせてしまったのだろう。

「何を隠してるって言うんですか？」

マリアは不服そうだ。彼女も宮田氏のファンになったのかもしれない。

「何かは判らん。ただ、彼の話を鵜呑みにするのはどうかと思う。真相を隠すために、それらしい話をでっちあげたのかもしれんぞ」

「穴のずれた五十円玉なんて話をとっさにでっちあげられますか？　それこそ不自然ですよ」

マリアの言うことに一理ある。彼女はさらに続ける。

「信長さんは、宮田さんのお話を直接聞いてないからそんな勘繰りができるんですよ。宮田さんが亡くなった奥さんの写真を振り返って見る目を見てないから——」

「まぁまぁ」と分別くさく割って入るのは、よくあることだが僕だ。「俺はマリアに賛成する。けど、信長さんの疑問ももっともなんやなぁ。宮田さんが嘘をぺらぺらしゃべったとは思わんけど、まだ何か隠してるんやないか、という気もする」

「何かって何よ？」

「俺は知らん、って」

マリアと僕のやりとりを聞いていた江神さんが、ここで何か言った。みんな揃って聞き返す。

「宮田さんは尾行に気がついてなかった」

確信に満ちた言い方だった。何故、と訊かなくてはならない。

「京林堂を出て十歩ぐらい歩いただけで、俺らの尾行に気がついたはずがない。この中の誰かが内通してたんでなかったらな」

「江神さん、そんなあるはずのないことは飛ばしてください」と望月。「判った。——彼は尾行に気がつくはずもなかった。それに、尾行をまこうとして高島屋に入ったんやったら、トイレに入って出るだけというのはあまりにも細工がなさすぎる。あれは単に、不意にトイレに行きたくなってデパートに飛び込んだだけやろう。それに、もし彼が尾行をまこうとしたんやったら、一旦、自分の部屋に逃げ帰った後、すぐに廊下に顔を出すはずがないやないか。あれは言葉どおり、煙草を買いに行こうとしてたんやろう」

ここでみんな、しばし黙って考える。

「うん、それは認めてもいいでしょう。けれど、エレベーターでアリスとマリアを振り切ろうとしたのはやっぱり変です。その点はどうなんですか？　二人を見て『しまった』という顔をしてエレベーターをすぐに出したのは、紳士にあるまじき行動です」

織田は、江神さん自身の責任を追及するかのような言い方をした。部長は長い髪を掻き上げるようにして項《うなじ》を掻く。

「宮田さんは、走ってきたのがアリスとマリアやったから逃げようとしたわけやないやろう」

「それはどういうことですか？」

同じように項を掻きながらマリアが訊く。

「マンションのエントランスは西を向いてた。あの時間、エレベーターホールには西日が差し込んでたから、入ってくる人間は逆光になって、顔なんか判らんかったからや」

「うーん、理屈できますね」と望月が嬉しそうに言う。

「ということは、爺さん、いや宮田さんは、ただ急いでただけなんかなぁ」

織田の舌鋒《ぜっぽう》が鈍ると、望月が「それは違う」と立てた人差し指を振った。

「早く部屋に帰ろうと急いでただけやったら、降りる時に全部の階のボタンを押したりするはずがないやないか。これは明らかに、後からきた人間の邪魔をしようとしてのことや」

何故だ？　それはどうして？

謎はその一点に収束するようだ。

「参ったな、謎の第二幕か」

織田が言葉とは裏腹に面白そうに言う横で、江神さんは煙草に火を点けた。僕は、彼が何かを取り繕《つくろ》おうとしているような気がした。

「江神さんには何か考えがあるんやないですか？」

尋ねてみると、彼は「ううん……」と曖昧に唸る。やはり、どうも様子がおかしい。

「江神さんって嘘がつけないいい人だと思いませんか？　何か隠してるのがこんなにはっきり顔に出るんですから」

同じことを察したらしく、マリアが悪戯っぽく言った。他の三人が「うんうん」と頷くと、部長は煙たそうな顔をした。困惑を隠そうとしているのだ。

「俺は何も隠してない。アリスとマリアが見たこと聞いたこと以上は、何も知らんのやから」

それはそうだが、何かに思い当ったのは確かだろう。一緒にいた者と同じ情報しか持っていないのに、ただ一人彼が真実に到達したのならば、これは名探偵という称号を捧げなくてはならない。

「ねぇ、江神さん」織田が猫撫で声で呼びかけてから「教えなさい」「教えるべきです」「吐きなさい」と僕、望月も責めた。マリアは「お願いします」などと哀願する。

「話したくない」

部長は拒んだ。が、理由も判らずそんなことを言われても、うちのサークルの若い者は黙っていない。江神さんは雛《ひな》にやかましく餌をせがまれる親鳥のような境遇に追い込まれ、ついには「判った」と降参した。

「判った。言う」

腰を浮かせていた望月が、それを聞いて座り直した。みんな膝の上に手を置いて部長の謎解きを待つ。江神さんは天井に向かって、やれやれと言うように溜め息をついた。

「小学生の時、学級会で注意されたことを思い出せ。先生に言われたやろ、『人の意見を嗤ってはいけません』って」

織田が拳を握った。

「カム・オン。江神さん、前置きはええから早いとこ始めてください」

江神さんは煙草を揉み消し、覚悟を決めたように話しだした。

「よし、結論を言う。——町の中でくるりと方向転換してデパートのトイレに飛び込んだぐらいやから、宮田さんは多分、腹具合が悪かったんや。これはさらに飛躍した想像やけど、マンションの自分の部屋に戻ってから煙草を買いに行くために出てくるまでに少し間があったんも、また用を足してたからかもしれん」

「トイレに行きたかっただけやったら、わざわざ高島屋まで歩かんでも、そのへんの喫茶店に入った方が手っ取り早かったんやないですか？」

望月が反論を試みるが江神さんは平気だ。

「宮田さんはコーヒーや紅茶は刺激が強すぎるから飲まんって言うてた。腹具合が悪かったら冷たいものも駄目やし、喫茶店には入りにくい状況やったんやろうな」

僕は、ここですでに嫌な予感を覚えた。

「その彼がマンションに帰り着いてエレベーターに乗った時、また下腹部が鳴ったかもしれん」

僕の予感は強まる。

「それで、つい音のないのを漏らしてしまったのではないか？」

江神さんが婉曲に言うのに、織田が確認を求める。

「漏らしたって、それはつまり、もしかして――」

直接的に望月が言った。「放屁《ほうひ》ですか？」

江神さんは憂いをたたえた顔で頷いた。こんなことを言いたくはなかった、という悔恨が窺える。

「そう。狭い個室の中でしくじった彼は、『すみません』と言いながら二人連れが走ってくるのを見て『しまった』と思う。しかも二人のうちの一人は若い女性や。彼は紳士として二者択一を迫られる。紳士らしくエレベーターの扉を開いて待っていてやるべきか、異臭を嗅がれて紳士の体面を失うのを回避すべく扉を閉めて彼女らを振り切るべきか。——彼は後者を選択した」

しまった、という宮田氏の表情が脳裏に甦った。それは、手袋のように江神さんの説明にぴったりだった。

「七階まで上がったエレベーターがなかなか降りてこなかったんは、彼がしばらく扉を開けて空気の入れ替えをしてたからやろう。もうこれで大丈夫、というまでそうしてたかったやろうけど、また腹が鳴りだす。そこで、また紳士にあるまじきことを思いついた。エレベーターが各階で停止するようにしよう。そうしたら、止まる都度扉が開閉するから、一階に着くまでの間に換気が完了するやろう。一階で待ってる二人には申し訳ないが、それしかない——」

身を委《ゆだ》ねるにはあまり心地のよくない沈黙が訪れた。やがて、織田が咳払いをしてから言う。

「江神さんって、恐ろしい人ですねぇ。人が必死で隠した秘密を、そんなにあっさり見破ってしまうんやから」

「俺も気をつけよう」

望月が怯えたふりをする。

「せやから俺はこんなこと、言いとぉなかったんや」

江神さんは苦々しそうに言って、ぷいと横を向いた。紳士にあるまじき行ないをしてしまったことを、後悔しているのだろう。その肩のあたりに名探偵の悲哀を漂わせる。――また人を斬っちまったぜ、というふうに。

「途中まではいいかな、と思ったのよ。でも、この結末って……」

マリアが低く呻いた。

「どこが北村薫風なのよ？」

五十円玉二十個を両替する男
または編集長Y・T氏の陰謀

笠原　卓

1

男たちが脚立《きゃたつ》の踏段か音符のように、背の高い順に行儀よく並んでいた。三人づれである。こちらからつくづく眺めると、それがいささか奇妙な取合わせに見える。

横断歩道で信号待ちをしていた風原《かぜはら》が手をふった。しかし、むこうの三人はいっこうに気づく様子もない。

左はしにいるいちばんの長身が白井全三《しらいぜんぞう》で、齢は四十七、八だろう。二人から一歩さがり、うつむいたまま寒そうに背を丸めている。服装は濃茶のコートに、下がコーデュロイの青いパンツ、いや、彼ならそれもコールテンのズボンと呼ぶほうが似合っていて、一見、ペンキ屋か染物屋の職人という風体である。だが、もう削ぎ落としようがないくらいにこけた頬や、眼鏡の奥の優しそうな眼がなかなかに知的な印象を与えるから、人はひょっとして、研究室で黴《かび》くさい古文書を相手にしている変わり者の学者くらいには見るかもしれない。いつも胃痛をこらえているような暗鬱な表情は、なんとなく隠花植物を連想させた。

まん中の、昂然と顔を上げて暗い空を睨んでいるのは織賀《おりが》隆明《たかあき》で、もう六十代の半ばあたり。色白で、うすい髪の毛もかなり白い。カシミヤらしいコートがグレイだから、上から下まで白っぽくて、全体がなんとなくふっくら見える。実際にやや小太りだから、これは金まわりのいい中小企業の社長という趣きだった。

その右の鞠小路《まりのこうじ》莞《かん》もグレイの厚手のコートを着ている。小柄だが体重はかなりありそうな恰幅で、風原は彼を見ると栄養が充ち足りた栗鼠《りす》を想像する。もっとも、いつか不用意にそう口走ったとき、それならあんたは水気のきれたオットセイだと、にこやかな顔でたちまちいい返されたことがあり、ともかく毒舌では負けるから、以来、風原はよけいなことを口にしない。年齢は風原より少し上だから、あの男も還暦をすぎたはずだ。毒舌家のくせにまわりへの気遣いは人一倍で、今もむっつりした二人を相手に笑顔をふりまいているが、その愛想のいい様子から適職を探せば、コンビニエンスストアの主人あたりがふさわしい。

ともかく、ウィークデーの夜だというのに、三人ともネクタイを締めていない。コートの襟元から覗いているのはニットのシャツやセーターである。

信号が変わった。横断歩道をわたり終えた風原が三人の目の前に立った。それでようやく彼らが風原に気づいた。

「どうしたんです」と訊くと、

「いやあ、まいった」

鞠小路が本物の栗鼠のように口を尖らせた。この男は近郊の市役所を定年退職して以来、悠悠自適を絵にしたような暮らしをつづけていて、二十四時間営業のコンビニの主人どころか毎日二十四時間休業という結構な身分だから、風原などは彼の境遇が羨ましい。

その鞠小路がうしろのビルをちらりと見て、

「店が一杯でね。予約以外の客はお断りといわれた。仕方がないから、ここであんたが来るのを待っていたってわけ」

きょうは十二月もぎりぎりの金曜日。新宿で忘年会をやろうと、この男が招集をかけたのである。

彼がふり返ったビルの六階には、馴染みのシャーロックホームズというクラブ風のパブがある。その店が今夜、百人ほどの団体のパーティで、貸切りなのはわかっていた。が、忘年会の会場は同じビルにある料理屋のはずだから、風原がそう聞き直すと、

「だから、そこも満員。予約を忘れた」

なるほど、暮れも押しつまったこの週末に、新宿駅のまん前の店で、飛び込みの宴会をやろうというのは無謀だろう。だが、そう思っても口に出せない。風原は約束の六時に三十分も遅刻している。先に一杯やっているだろうと安心していたのに、じつは三人が店の外で寒風にさらされたまま自分を待っていたというから、ここはひたすら恐縮するしかなかった。

「じゃあ行きますか」

ペンキ屋でも染物屋でもないが、まあ多少は商売が似ていなくもないグラフィックデザイナーの白井全三がひそかな声で促した。「ゴチャゴチャしてますけど、歌舞伎町に知ってる店がありますから」

この男は酒も呑まないのに、どういうわけか歌舞伎町界隈にやたら詳しい。あのあたりの猥雑な空気が合っている様子だった。

「遠いな。もっと近くにいい所がないかねえ」

こちらも社長ではなく、じつは劇作家の織賀が贅沢をいって風原を見た。社用族なら手ごろな料理屋をいくつも知っているだろうと、当てにしているような口ぶりだった。が、世間は劇作家が考えるほど甘くない。夜の六時半なら書き入れどきで、どの店にしろ立錐の余地もないはずだ。

「一軒だけ、さっき下見をしてきた店が、すぐそこにあるんですがね」

鞠小路が口をはさんだ。思案している風原の様子を見て、たちまち助け船を出すあたりがこの男の気配りだった。

2

「人を殺すのに、刃物で刺したり首を絞めたりするのはもう陳腐ですよ」と白井全三がいった。

「何か変わった殺しかたがありますか」

鞠小路が合いの手をいれる。

その鞠小路が下見をしてきたという天ぷら屋に、うまい具合にひとつだけテーブル席が空いていて、そこに落ちついてから小一時間が過ぎていた。ようやく座が盛り上がってきて、ふだんは寡黙な白井まで饒舌になっている。

「そうですねえ、人を殺すにも、いろいろ工夫はすべきだと思うんです。たとえば、こうやって酒を呑んでいるぶんには、人間、二合や三合で死ぬことはないでしょうが……」

二合どころか一合の酒も呑まない白井が、小さな盃を手にすると、ひと舐めしてからすぐそれをテーブルに戻して、「でも、同じ酒を口からではなく、スポイトか何かで直接アヌスに注入すると、少量でもたいていが急性アルコール中毒になるっていうじゃないですか。じゃあ、アルコールが八十度とか九十度とかいうウォッカでも使ったらどうなります。致死量といってもそう多くはいらないでしょう。これなら手軽に人が殺せて、しかも死因は急性アルコール中毒。学生なんかが一気呑みで中毒死するのと同じ症状を呈するわけだから、こりゃあ事故死か他殺かわからないということになりませんか」

やたらに不謹慎な言葉が飛びかうのを聞き咎めたらしく、まわりの客がちらちらとこちらの席を窺っている。非難するような眼をむける女もいた。

風原は辟易《へきえき》したように視線をそらした。

日ごろから白井は体の裏側に興味があるようで、去年の忘年会でもやはり似たような話題を持ち出したことがある。わが国の男色の元祖は弘法大師だという説を糸口にして、ふいに人体部品についての博学ぶりを披露した。「数えてみると、菊座の襞《ひだ》は四十八あるそうですね。そこで、弘法大師がいろは四十八文字を考えついたのは、この四十八襞からヒントを得たという話がありますが、これ、ひょっとしたら本当かもしれませんねえ」

この問いに答えた者はいなかった。そしてあのときも、近くにいた若い女から睨みつけられたことを、風原は今さらのように思いだした。

しかし鞠小路だけはこんな場合も愛想がいい。

「すると凶器はスポイトですか。うん、そいつはいい」

ひとりで嬉しそうに頷いてから、酒豪の織賀に訊いた。「ではウォッカをじかに直腸へ注入するとして、スポイト何本くらいで人が死にますかねえ」

齢を重ねるにつれ謹厳居士に変身したらしい劇作家は、飛び火を避けるように憮然とした顔をしている。しばしば奇想を披瀝する白井の話を、織賀はいつも喜ぶのだが、それが猥雑にすぎると、とたんに機嫌を損ねる。ところが、どういうわけかこういうときにかぎって、平素は気配りの鬼ともいうべき鞠小路が急に意地悪くなる。

「どうでしょうね。スポイト二、三本で間に合うでしょうか」

あいかわらず気楽な顔を織賀にむけて質問を繰りかえした。

「さあ、私はそんな妙なところで酒を呑んだ経験がないからわかりません」といい放つと、織賀が鞠小路を睨んだ。

「そりゃあ私だってありませんがね」

鞠小路が軽くいなして何かいいかける。それを制するように織賀が言葉をついだ。

「いや、白井さんの着想はなかなか面白い。そこで、ちょっと話を戻すけれども……」

ひと言だけ社交辞令を口にしてからさりげなく話題を変えるのは、織賀が使ういつもの老獪《ろうかい》な手口である。

「このごろはまた密室が復活しているから、さっきの風原さんのトリックなんか、ぜひ生かすべきだねえ。それでどうなの、そいつを長編にするつもりがあるんですか」

「書きはじめたところです」

風原は会社勤めのかたわら、年に一本は長編を書く。ほそぼそとしたペースだから、アイディアのストックはまだ残っている。この中の目玉を今度は使うつもりだと、彼はまたその新作の構想を話しはじめた。

3

この顔ぶれが揃ったのはひと月ぶりだ。

もう二十数年も前に、ある推理小説新人賞に応募して、その年、受賞作はなかったものの、最終選考に残った何人かが編集者の仲介で顔を合わせたのがきっかけになり、それから一、二か月に一度は集まっている。ミステリ好きの変人奇人ばかりだからというわけで推理変奇会《へんきかい》という名までついたが、それにしても二十数年とは長持ちしているものである。

だが今夜、ここに揃ったのは四人だけで、常連の奥田克春《おくだかつはる》、紅一点の杉井絵梨《すぎいえり》はほかの忘年会が重なったといって欠席していた。奥田はもと国営放送のアナウンサーで、退職後はミステリや戦記小説を書いている。杉井のほうは、これも民放ラジオ局からフリーのアナウンサーに転じて、当時は推理小説を書いていたのだが、最近は筆を絶ち、もっぱらノベルティなどアイディア商品の会社経営に精を出していた。

筆を絶つといえば、ずいぶん前にいくつも短編を発表したことがある白井全三も、しばらく推理小説にご無沙汰をしている。だが最近はグラフィックデザイナーの本職を放りだし、初めての長編を書きはじめたという。

織賀隆明のほうは、以前一、二の作品を雑誌に載せたきり小説を書いていない。「私はトリックというやつが思いつかなくてねえ」と悟りきったようにいい、それからは脚本書きに専念している。

鞠小路莞の場合はいくつか習作があるけれども、まだそれを発表したことがない。しかし部長職を最後に役所を退職した一年前から、やっと本気になって書きだしたようだ。再就職はいっさい断ったから、今は気楽な年金生活で時間だけはたっぷりとあるはずだった。

話がとぎれたところで、ふいに新しい謎を提供したのがその鞠小路である。

「ちょっとこの本を見てください」

紙袋から分厚い本を取りだした。東京荘厳社《そうごんしゃ》の『鮎川哲也&十三の謎'91』と題した本の帯に『スーパー・オリジナル・アンソロジー第二弾！』とある。

「ほう、今年も立派な本だねえ」

手渡されたのをまず手ざわりから確かめて織賀がいった。年刊で、彼は去年のアンソロジーを読んでいるらしい。

「そういえば、来年はこの本も題名が変わるそうですよ」

風原が口をはさんだ。彼のところに、たまたま版元の東京荘厳社から挨拶状がとどいている。そこに、つぎからこのアンソロジーを『荘厳推理』に改題するという口上があったのを思いだしたのである。

「ほう、『荘厳推理』かね。なんだか厳《おごそ》かな本になりそうだなあ」

「厳かなくらいでちょうどいいんじゃないですか」と横から白井がいった。「東京荘厳社といえば、今では推理小説界の岩凪《いわなぎ》書店ですからね」

「ふむ、岩凪か。恐れいった」

織賀が嬉しそうに笑う。話がどんどん脇道にそれるから、鞠小路がしぶい顔をした。

「この本に面白い課題小説が載ってましてね」と話をとり戻して、「じつはきょう、この謎解き小説をみんなで勉強しようと思うんですが……」

「どれかね」と織賀が目次を拾っている。

「題は『鮎川哲也&五十円玉二十個の謎』です。出題者が若竹七味《わかたけしちみ》という女流で、中身は小説というよりエッセイに近いかな。彼女はむかし不思議な経験をしたことがあるんですが、そのときの謎がいまだに解けないと、ここにはそんな話が書いてあります」

「しちみというと、七味唐辛子のしちみですか」

唐突に白井が訊いた。

「鞠小路さん、この出題者は女性でしょ」と、わりこんできたのは織賀だ。

「ええ」

「それじゃあ、これはななみと読むんじゃないの。そのほうが女らしいよ。しちみじゃあ、白井さんでなくとも唐辛子と間違える」

「ああ、ななみですかね」

あははと大きく笑って読み違いを帳消しにした鞠小路が、すぐ平然とした口調で、

「そのななみさんの問題編のあとに、若手の推理作家が二人、解答編を載せてます」

「どちらもなかなかの出来でしたね。結末もしゃれていたし……」

風原が賛辞を呈した。

「そうねえ。でも編集長はこの解答編に必ずしも満足していないような気がするなあ」と鞠小路がいう。「その証拠に、この本ではいまだに読者の解答編を募集している。もっと説得力がある答えはないのかといっているみたいだよ」

「どんな謎です」と、白井がもどかしそうに訊いた。

「ええ、そのことですが、とりあえず私が謎の部分だけをまとめてきました。勉強というのは、つまりこの謎解きのことですが……」

あいかわらず手まわしがいい。鞠小路はＡ４の紙に、若竹女史の出題の骨子をワープロで抜き書きしてきたのである。

4

十年ばかり前というから、昭和五十四、五年前後のこととおぼしい。ななみさんは当時、東京池袋の大きな書店でアルバイトをしていた。大学に入りたてのころで、しかし、その夏にはもう店をやめたそうだから、ななみさんがここで働いていたのは春から夏までの間ということになる。

その彼女が不思議な体験をしたのは、ある土曜日の夕方である。

　中年の、顔つきも体つきも、そして身なりもぱっとしない男が店に入ってきた。その様子を見て、ななみさんは、本屋には縁がなさそうなタイプだと感じたらしい。しかし、自分の偏見だとは断っているが、これはたしかにななみさんの偏見である。本に金を使いすぎて、身なりまで手がまわらない中年男はいくらでもいる。そして、ぱっとしない顔かたちは生まれつきということだってあるのである。もっともこの場合にかぎっては、ななみさんの直感が当たった。その後もこの男はしばしば店に現われるのだが、本棚さえ一度も覗いたことがなかったという。はたして中年男の目的はべつのところにあった。

　この最初の日も、あわただしく店に入ると、まっすぐレジに近づいてきて、そこにいたななみさんの前へ、握りしめていた硬貨をずらりと並べた。

「千円札と両替してください」

　いきなりそういったのである。

　ななみさんが手にとると、硬貨は五十円玉ばかり、数は二十個ちょうどだった。それを千円札に両替する。男は札をひったくるようにして受けとると、礼もいわずにまた大急ぎで外へ出ていった。

　ところが、さてそれからも男は土曜のたびに書店のレジに現われたのである。いつも二十個の五十円玉をななみさんの前に並べ、千円札に替える。両替が終わるとたちまち姿を消してしまう。こんなことが、ななみさんのアルバイトの終わりまでつづいた。

それにしても、この男はいったい何者なのか。また、毎週どうして同じことを繰りかえすのか。ななみさんの胸に疑惑がきざし、それがしだいに大きくなったのは当然だ。

が、感情を抑制することに長《た》けたななみさんは、ついに疑わしい素振りひとつ見せなかった。さらにこの書店では、たとえ両替だけの客でも親切に応対するようにと、かねてから教育していたそうで、こんなふうに店の躾《しつけ》もよく、ななみさんの気立てもよかったから、男がここで無愛想な顔に出あうことは一度もなかった。にもかかわらず、その後、男がななみさんの好意にどうしたとかいうかくべつの形跡はない。それどころか、男は彼女が硬貨を数えたり、千円札に両替している間も、常に、心ここにあらずという様子で苛いらしていたそうだから、恐らくは、せっかくのななみさんの美貌も目に入らず、親切な応対も心にとまらなかったのだろう。

だが、ななみさんがそれを残念に思っているわけではない。

あれから十年。ななみさんがいまだに男のことを忘れがたく思うのは、本人のいい分によれば、彼の行動の不可解さの故である。なるほど、あの男はたしかに謎に充ちていた。そして、女はとかく謎めいた男に魅かれるものだ。しかし繰りかえすけれども、ななみさんの場合は、だからあの男に魅かれたというのではなく、ひたすら謎そのものにこだわっているというのである。

その謎をななみさんは二つに大別する。

一、男はなぜ、私がいる本屋で毎週、五十円玉を千円札に両替するのか。

二、その五十円玉はどうして毎週、彼の手元に二十個もたまるのか。

これが五十円玉二十個の謎の全貌である。そしてこの謎が、以来、彼女を悩ませつづけているのだった。

たまたまその悩みを、東京荘厳社の編集部長Y・T氏が聞いた。なるほど、そういえばななみさんが心なしか痩せてきたような気もする。Y・T氏は心配したらしい。このままではいけない。ともかく長年の謎の呪縛から少しも早く彼女を解き放ってやりたい。そして男のことも忘れさせてあげたい。そう考えて、ついに一計を案じた。というわけで、若手の推理作家に謎を解明してくれと依頼する一方、読者にも解答編を寄せるよう原稿募集をはじめたというのが、つまりこれまでの経緯なのである（しちみさんをななみさんと訂正した以外は鞠小路莞の「要約」原文のママ）。

「うむ、なかなかうまくまとめてある」

織賀が本とワープロの要約を見くらべながらいった。

「そうですかねえ」

風原は首をかしげた。「少し深読みじゃないかなあ。それに、鞠小路さんこそいろいろ偏見があるみたいだし……」

「すると、しちみさんが美人だというのも鞠小路さんの偏見ですか」と白井が訊いた。

「いや、それは事実です」

風原があわてて答えた。唐辛子のように、長くて赤い顔でも想像されては困るから、ここは実印を捺すくらいの気持で、断固として強調しておく必要がある。

「風原さんはしちみさんに会ったことがあるんですか」

白井がしつこく追及する。

「ななみさんです」

「失礼。で、そのななみさんは――」

「そりゃ間違いなく美人です」

たしか前年の『鮎川哲也&十三の謎'90』にはこの人の写真などが載っていて、なかなか知的な人だなと感じたことだけは覚えているが、それ以上は思いだせない。その前の、東京荘厳社のパネルディスカッションで、ちらりとだが、じかに拝顔の栄に浴したこともある。いや、あのときは若い女性が何人も固まっていたから、正確にはどの人がななみさんか定かでない。しかしその女性たちが揃って美人だったという記憶はしっかりとあるから、かりに人違いをしているにしろ、彼女が美貌の主であることは間違いないのである。

「そうですか。じゃ、ひと肌ぬぎますか」

これだから中年の男は困る。そもそも外見で人の品定めをするのがよくないと風原は思うのだが、いまさら相手をたしなめても角がたつ。仕方がないから、「ぬぐのは、ひと肌までにしてくださいよ」と品のない冗談をいって調子を合わせた。

和紙を敷いた竹の器に天ぷらが並んでいる。天ぷら屋で天ぷらが出ると、そろそろ料理は終わりである。

5

「これは困ったね。うむ、ななみさん侮るべからずか」

織賀が溜息をついた。彼はまず先陣を切って二つ三つ答えらしいものを出したのだが、そのどれもななみさんが問題編の中で早ばやと否定していると、風原が教えたところだった。たとえば、ひと目惚れの彼女見たさに、男が両替を口実にして書店へ現われたのだという、かなりななみさんびいきの仮説なども、出題者本人が生来の謙虚さで切り捨ててしまうから、この問題編は解答者の出口を次つぎに塞いでしまうのである。

「困ることはなさそうですよ」

それまで天ぷらの片づけに精を出していた白井が、ようやく箸を置いた。「問題の半分くらいなら、なんとか解けたみたいです」

そういい終わらないうちに、鞠小路が笑った。

「半分ですか。その程度なら私にも解けてます」

「ほう、半分ねえ。では、それだけでも伺うか」

織賀が少しばかり面白くなさそうにいった。

「では私から」と、すぐ受けたのは鞠小路で、「解けたのは問題の二、その五十円玉はどうして毎週、彼の手元に二十個もたまるのか——こっちですがね」

Ａ４紙を差しだすと、その個所をぽんと叩いた。

「答えはしごく簡単です。これはむかし、私も見かけたことがありますけど、香具師《やし》が客を呼び寄せるのに、不思議な売り方をしていたことがあるんです」

大道に茣蓙《ござ》を敷き、安い商品を並べたてる。口にする口上は、たとえばこうである。

「さあさ早い者勝ち。どこで買っても千円はするしろ物だ。本革の財布、といっても小銭入れだが、こっちには定期入れに名刺入れもあるよ。それをどうだい、値段を聞いて驚くな。五百円、三百円、ええい、百円といいたいところだが、きょうはどれもたったの五十円玉ひとつで売っちゃう。その代わり、いいかい、釣りはないから五十円玉を持ってる客だけに売る。一円や十円みたいなケチな銭《ぜに》でも売らないよ。五十円玉を持ってる人だけに限定販売だ。さあどうだ、あるだけ売ったら帰っちゃうよ」

これだけをひと息にまくしたて、またはじめから繰りかえす。あわて者の客がつられて財布の中を探す。運よく五十円玉が見つかれば、得をしたような気分になって、つい商品に手を出してしまう。一種の催眠商法で、一時はずいぶん流行《はや》った香具師の手口だ。

「どうです。こうすればたちまち五十円玉が集まる。つまり、謎の男は池袋の駅前あたりでこんな商売をしていた香具師だったとは考えられませんか」

鞠小路が得意そうに笑った。「私が新宿で見たのはビニールの定期入れを売っていた男ですが、あれも五十円玉の限定販売だったはずです。十何年か前ですけど」

「それだ」と、織賀が膝を打つかわりにテーブルをどんと叩いた。「私も見たことがある。たしか包丁の研ぎ器みたいな台所用品を百円玉ひとつで売っていたがね。すると謎の男もそういう香具師か。うむ、これなら五十円玉ばかりの山ができる道理だ。すっかり辻褄が合うじゃないか」

なるほど鞠小路のいう通り、簡単に答えが出てしまった。こうして男の商売が明らかになり、ななみさんを悩ましていた問題の半分はあっさり解決したようだった。

6

「すると、その催眠商法のおかげで、たまたま五十円玉が集まったというわけですか」

首をかしげたのは白井である。

「おかしいところがありますか」

鞠小路が用心深く訊いた。相手の口調に何か魂胆があると感じたらしい。

「そのことですが、もう少しうがった答えもあるんじゃないですか」

はたして白井が自信ありげに一座を見まわした。

「催眠商法でたまたま五十円玉が集まったというだけでは、答えとして少し弱いような気がするんです。それより、男は、じつは五十円玉を集めていたんじゃないですかねえ」

「わざわざですか」

「ええ」

「それはないでしょう。かりにそうだとすると、男の行動が矛盾しますよ。だって、この男は集まった五十円玉をすぐ千円札に両替してしまうんですから」

「その矛盾も解決します。ここが私の話のミソです。いいですか。男は五十円玉を集めていた。ところが、彼はその五十円玉をすぐまた紙幣に両替してしまった。それはなぜか」

思わせぶりに言葉を切ってから、

「ここをよく聞いてください。私が思うに、男が集めたかったのはただの五十円玉ではない。彼の狙いは恐らく、昭和三十三年発行の五十円硬貨だけだったに違いないんです」

「三十三年……」

「ええ。そのために鞠小路さんのいう香具師の手口を応用したと、こう考えたほうが、もっと辻褄が合ってくるし、解答の深みもぐんと増します」

「どういうことかね」

織賀が訊いた。白井は眼鏡の奥の眼を細めた。

「これはコイン商に聞けばわかりますが、三十三年発行の大判の五十円玉というのは大変に稀少価値があるんです。これがなかなか見つからない。当然、値段も目が飛びでるくらいに高い。

発行枚数が少なかったからです」

「大判の五十円玉……」と、つぶやくように織賀がいう。

風原も思いだした。むかしの五十円玉は、今の十円玉と同じ大きさで、だがそれよりも貫禄がある白銅貨だったような気がする。

「そうです。ところで、ななみさんの不思議な体験は、たしか昭和五十五年ごろでしたね」と、ふいに白井が念を押して、「でも大判の五十円玉が今の小型硬貨に変わったのは昭和四十五年ごろだと記憶していますから……」

それなら五十五年ごろはもう、流通している五十円玉はどれも小さくなっていて、ただの大判もめったに出まわっていない。まずお目にかかることがないのは今と同じだろう。

「まして、その大判の中でも飛びぬけて数が少ない三十三年発行硬貨です。当時だってこれが簡単に手に入るはずはありません。だからこそコイン商もこいつを欲しがる。とくに、いろいろ珍しいコインを揃えてセット売りにするときなんか、これがないと画竜点睛を欠くくらいです。となると、どうしてもこの五十円玉をまとめて仕入れたい。そこで、この仕入れを、男がコイン商から請け負ったとしたらどうですか」

「ああそうか。だから男は――」

「そうなんです。もうご想像の通り、男はそこで、鞠小路さんのいう香具師の手口を思いついたんじゃないですか。その方法で五十円玉をかき集めたら、ひょっとして、中には三十三年発行の硬貨がまじっている可能性もあると考えた。つまり――」

ここで白井がまわりの顔を睨《ね》めまわした。「男の狙いは三十三年発行の五十円硬貨の収集だった、というのがこの事件の真相だったのです」

名探偵が真犯人を指摘するときとそっくりに断定したのだった。その毒気に当てられて、一座の者はしばらく声がない。

「恐れいった」と、少したってからようやく織賀がいい、またテーブルを叩いた。「まあ二人の合作になったけれども、いや、ご両人ともさすがだなあ」

きょうはめずらしく素直である。その様子に気をよくしたのか、白井が蛇足を加えた。

「収集を請け負った男は思案のあげく、なんとか五十円玉は集めたのでしょうが、でも、そう思惑通りにことが運ぶわけはありません。集まった五十円玉の大部分はごく当たり前の小型硬貨だったはずですから……」

むろん、そんなしろ物は要らない。それどころか、つぎの仕入れに使うにも小銭ばかりはみっともない。こんな見栄も手伝って、男がななみさんの店へ両替に行く。これはごく自然な成り行きで、つまりこう考えれば謎のおおよそは解けてしまうと、白井が重ねていうのである。

7

ちょうど料理はなくなったし、残ったのは瑣末な謎ばかりだから、このあとの解明はとんとん拍子だった。

たとえばそのひとつ、毎週、五十円玉を千円札に両替するのに、男はどうして、ななみさんのいる本屋を選んだのか――という謎などは、すでに鞠小路の問題編要約の中に答えがあるといって、しごく簡単に片づけられた。

当節、どこもせちがらくなって、駅のキョスクでさえ両替お断りなどという札を下げたところがある。だがななみさんの店では、両替だけの客にも親切に応対するように教育していたというのである。男が気分のいいこの書店に通いつめたとしても当然だが、あるいはひょっとして、ほかの店に両替を断られたあげくのことだったかもしれない。いずれにしろ、男がななみさんの店を選んだことについて、かくべつの謎はないのだった。

さらに男の出現が毎週土曜だったとか、五十円玉が四十個でも六十個でもなく、いつも二十個だったのはなぜかという疑問にも即座に答えが出た。

男はたぶん勤め人で、硬貨の収集はコイン商に頼まれたアルバイトだったに違いない。週休二日制がまだ普及していなかった当時、彼のところも土曜は午前の半日出勤、日曜が休みというごく当たり前の勤務だったはずで、するとそのときしかアルバイトができない。そのうち日曜は新宿か渋谷にいたとして、ななみさんの地元の池袋では、毎週土曜の午後だけ店をひらいたと想像するのは妥当だろう。昼すぎから夕刻までの四、五時間。だが素人が大道で精を出しても、この間に商品が売れるのは二、三十個が目安ではないか。この売上げは千円か千五百円。両替にまわすのが二十個で、ちょうど千円札一枚はいいところだと、これは企業戦士の風原が計算して全員が納得した。ほかの者にはこういう商売の試算ができないのである。

ここで、さてあとひとつ、重大な疑問が残っていると鞠小路がいった。

あの男は両替の間も苛だっていたし、店の出入りのときも、ひどくあわただしい様子だったとななみさんは不審がっている。だから自分の容姿に目もくれず、優しい応対にも気づいてくれなかったと、暗に不満をぶちまけていたような気がする。ぱっとしない男だったという、決して好意的とはいえない感想も、そんな不満の爆発だろう。だが、ここでの問題は彼女の不満についてではなく、男の不審な態度のほうだ。

これを説明する鍵は問題編の中に隠れていると鞠小路がいう。

ななみさんは、男が何か荷物らしい物を持っていたとはどこにも書いていない。とすると、硬貨のほか、彼は手ぶらだったと考えていい。では、夕方になってもう店じまいをしたにしろ、その男は大道に敷いた茣蓙や商品をどうしたのか。

こう演説してから、鞠小路はまた自分の見聞を披露した。

夕刻、道端によく、ひと包みにした荷が置いてあることがある。あれは商品などを茣蓙に包んだ大道商人の荷物一式である。とするとたぶん、ななみさんが忘れがたく思っているあの男も、店じまいのあと、ほかの大道商人と同様に荷物を路上に置いてきたのに違いない。だが両替の間に盗まれたりしたらと、素人らしい不安はあったはずで、そのためについ出入りもあわただしく、店にいても苛いらした様子を見せたのではあるまいか。

「いかがです」と、そこまで一気にしゃべりまくって、鞠小路が破顔した。十年来の女敵《めがたき》を一刀のもとに斬り捨てたような会心の微笑だった。

「これで、男の不審な態度も説明がつきました。さて、相手の事情さえ呑みこめてくれれば、今度こそななみさんもご不満を解消してくれると思いますよ」

自信たっぷりにそういいきると、ようやく口をつぐんだのである。

「うむ、なかなかいいぞ。どこもあげつらうところがないな」

演説を聞き終わった織賀が本当に膝を叩いた。こうしてついに、すべての謎は解明されたように思われた。

ちょうどフルーツが出たところだった。これがSサイズのみかん一個。その、みかんの皮をむき終わらないうちである。突然、白井が奇声をあげた。

8

「どうしました」

びっくりして風原が訊いた。

「ああ、失礼しました」

『鮎川哲也&十三の謎'91』という本が織賀から白井にまわっている。それを広げていた白井があわてて眼をあげた。

「風原さんはさっき、この本が来年から『荘厳推理』に改題されるといいましたね」

「ええ、いいましたが……、それが」

「すると、ちょっと変ですよ」と、白井が広げたページを差しだした。

百六十一頁、原稿募集のお知らせ――これは『五十円玉二十個の謎』の解答編の募集要項である。

「それがどうかしましたか」

今度は鞠小路が訊いた。そもそもきょうの謎解きは、彼がこのお知らせを見て、合作の解答編を応募しようと考えたのが発端なのである。

「わかりませんか」と白井がもどかしそうにいい、「ここをよく読んでください」

彼が指したのは要項の末尾近くで、応募作品のうち優秀作は来年刊行の『鮎川哲也&十三の謎'92』に掲載する――と書かれた部分である。

「おかしいでしょう」

白井が同意を促すように言葉をついで、「来年は『荘厳推理』が出る代わりに、『鮎川哲也&十三の謎'92』のほうはなくなるわけですね。そうなると、優秀作を掲載するといいますが、肝腎の本がないんですから、優秀作を発表する舞台も架空のものだってことになります。これ、ずいぶん妙な話でしょ。そのへんをよくよく考えてみると、こりゃあ、もしかしたら募集そのものが編集部のジョークだったなんてことはありませんかね」

「ジョークはないだろ。これはただのミスじゃないかね」

「いや、東京荘厳社の本にミスや誤植はありませんよ。なにしろここは推理小説界の岩凪書店ですから」

「岩凪の本だって誤植はあるけどなあ」と織賀がつぶやくようにいって、「ミスでなければ、これは本ができたあとで、来年からの改題が決まったということじゃないかねえ。だから、訂正が間に合わなくて……」

「違います。訂正する気なら、ちゃんと間に合ったという証拠もあります」

こうなると白井は執拗である。つぎに彼がひらいたのは本の末尾にある東京荘厳社の大看板、鮎川哲也大賞の第三回募集要項だ。なるほどこちらには、大賞の選考発表は来年刊行のオリジナル・アンソロジー『荘厳推理』で行なうとある。

「つまり鮎川大賞は本物ですが、五十円玉のほうは架空の募集で……」といいかけて、白井が急に声をひそめた。「いや、推理小説界の岩凪というくらいだから、ただのジョークとも思えないなあ」

「ジョークでもない、ミスでもないとすると、どうなるのかね」

「ジョークにしてもブラックジョーク。どうも、これにはミステリアスな裏がありそうですね」

「どんな……」

「だから、それが謎です」と白井がいう。

それからいくらもたたないうちに、彼はいくつかの謎を一枚のメモにすると、その紙きれをテーブルにさらした。

一、東京荘厳社の編集長Y・T氏はなぜ、存在しない本を舞台にしてまで、架空の原稿募集をするのか。集まった解答編をどうしようというのか。
二、どうして五十円玉の謎にかくもこだわるのか。
三、編集長に何か目的があるとして、では、そもそも謎の提起者である若竹七味さんは、最初から編集長の共犯だったのか。原稿募集が架空なら、その発端の五十円玉事件も架空だったということはないか。

「ひとつの謎を解き明かすと、それがまた、つぎなる新しい謎を生む。これこそ推理小説の醍醐味ですねえ」と白井がうそぶいて、「どうです。この編集長が何を企んでいるのか、ひきつづきその謎も解明してみますか」

「これからでは徹夜になりますよ」と、風原があくびを嚙み殺しながらいった。

「大丈夫です。歌舞伎町に二十四時間営業の店がありますから」

この痩軀のどこに、そんなスタミナが残っているのかというほうが謎だろう。颯爽と立ちあがった白井のあとに、しぶしぶ三人の男がつづいた。そう、つぎなる新しい謎への挑戦という、推理小説の醍醐味を満喫するために。

五十円玉二十枚両替男の冒険

阿部陽一

1

「こんにちは川本先生、お久しぶりです」

土砂降りの雨を逃れて目的の店にたどりつくと、欧風カレーの匂いと秋葉ひとみの明るい声が出迎えた。隣席で兄の伸一がスプーンを振る。

「やあ、こんにちは――にしても、兄妹そろってどうしたんだ？　重要な用事があると聞いたから、小論文テストの採点を放り出してきたんだぞ」

「テストなんぞ馬に喰われろだ。よく受験なんてものに、いつまでも関わっているな」

「お前だって昇進試験を通ってきたじゃないか。それとも二度と、試験なんて受けないつもりなのか、巡査部長殿」

ひとみは笑いをこらえた。中学校時代から十数年間、兄たちが会う度に聞かされてきた会話であるが、いつまでも飽きない漫才のようだ。

川本がチーズカレーの大盛りを注文すると、伸一はすかさず口を挟んだ。

「ダイエットを考えろよ。これ以上肥《ふと》ったら、自己管理能力に欠けると見なされて予備校もクビになってしまう」

「大きなお世話だ。俺にやせろと言うために呼びだしたのか?」

「先生――」

ずっと手で口を押さえていたひとみが、肩をすくめながら言った。

「兄と私と、どうしても会いたかったんです。ぜひ聞いていただきたい話が起こったものですから」

料理が運ばれてきた。兄はビーフで妹はあさりカレーだ。とりあえず三人とも食べることに専念してから、おもむろに伸一が切り出した。

「なあ川本。大学時代に例の〝ミステリクラブのミステリ〟と言われた殺人事件を解決したお前だ。わけのわからん謎を解くのは得意だろうから知恵を貸してくれ」

「専門家はそちらだろう。一体どうした?」

「俺が担当している殺人事件に、ひとみが関わってたんだ」

頬張ったカレーを嚙まずに呑みこんだ川本は、目を白黒させた。テーブルの下では、ひとみが思い切り伸一の足を蹴とばす。

「こいつ、何をするんだ？」

「兄さんこそ、先生に誤解されるようなこと言わないで！」

「下手に冗談も言えんな、全く」

伸一は足をさすりながら、

「真面目な話、ひとみの知り合いが殺されたのさ。ところが被害者の殺される理由は見当たらないが、生前に奇妙な行動をしていたのが判明した。そのつながりがわからないんだ」

川本はひとみに視線を移した。

「知り合いって誰だい？」

「前に先生にも話した人です。ほら、例の五十円玉両替男。あの人がおとといの晩、上野で殺されて……」

「何と、S書店の名物男がね」

秋葉ひとみはこの春、大学合格と同時にアルバイトを始めた。全国にいくつも店を持つ業界大手のS書店高田馬場店でレジ係として勤めるようになったのだ。

週四日から五日、夕方五時から八時まで一階のレジを受け持っている。客から金をもらって本を包み、「ありがとうございました」の言葉と共に手渡す。ごく単調な仕事ながら結構楽しんでいた。

レジで立っていると、実に様々な人間に会える。立派な身なりの中年紳士が図書券でアイドルタレントの写真集を買ったり、茶髪で化粧の濃い若い女性が太宰治を何冊も購入する。ペラペラの雑誌にまでカバーをつけるよう求める青年もいれば、できるだけサラピンを探そうと平積みされた本の底から引っぱり出す姿も珍しくない。ナンパされたことも二、三回あるが、「少しはいい女になれたかな」と嬉しくなってしまう。レジに並ぶ人たちは多様な人間の縮図であり、腹が立ったり嫌になる出来事よりも面白さがまさった。学園生活では経験できない、絶好の観察機会であった。

人手不足のため時給は千円近く、毎月のバイト代もかなり出たが、受け取るのはいつも半分か三分の一程度だった。新刊書を二割引きで買える店員価格制を利用して多くの本を買っていたためだが、大学教授の父や川本に頼まれて注文するのも日常化していた(二人とも後で必ず購入費用分は返してくれたが)。

すっかり仕事にも慣れた二カ月前の五月半ば、ひとみはこれまでにない奇妙な体験をすることになった。

三時頃から働いていた土曜日の午後四時過ぎ、客の列も片付いて通りを眺めていると、一人の男が急ぎ足で店へ入ってきた。書棚には目もくれず、まっすぐレジへ来ると鷲掴みにした硬貨をカウンターに並べた。

「千円札に両替して下さい」

「はあ……」

ひとみは呆気にとられて、男の顔と硬貨をかわるがわる見た。くたびれた上着に膝の抜けたズボン姿の、五十年輩らしい男。少し大きく赤らんだ鼻と、ようやく頭を覆う半白の髪を除けば目立つ特徴はない。どこにでもいる冴えないサラリーマンタイプだ。

他店はどうか知らないが、S書店高田馬場店は親切であった。ひとみがバイトするようになって間もなく着任した店長の石沢が、両替客にもきちんと応対するよう指示していたのだ。

しかし、実際に両替を求められたのは初めてである。しかも、ぱっとしない顔つきと身なりは、実話系週刊誌かスポーツ紙しか活字に縁のなさそうな男ときた。生温かさの残った硬貨を数えると五十円玉が二十枚ちょうどある。

ちらりと見ると、男は今にも爪を嚙みそうに苛立っている。何となく「かわいそうなオジサン」（と一方的に決めつけた）に同情を覚えて、ひとみは特上の営業用スマイルを作った。

「千円札です。どうぞ」

ひったくるように紙幣を取った男は、無言で出て行った。かなり失礼な言動だが、これほどの変人を身近で体験したのは初めてのひとみは感心した。

（あなたは何でこんなことをしているの、バーコード頭の両替オジサン）

少なくとも休憩時間の話題を仕入れられたのは確かだった。事実、この話題は控室の人気をさらった。

「秋葉さんの話だと、典型的な窓際族ってイメージね。社内の女の子からも無視されてる中年男性の、ささやかな楽しみじゃないの？」

「〝ささやかな〟でなくて〝隠微な〟楽しみと思うな。精神的な傷口を埋めるための代償行為でしょう、きっと」

「もしかして秋葉さんに一目惚れして、何とか近づこうって狙いじゃあ……」

「よして下さいよ、これでも面食いのつもりなんだから。それにあの人、一刻も早く立ち去りたい様子だったもの」

「その五十円玉が贋物《にせもの》だったりして。ちゃんと調べてみた？」

「五十円硬貨を偽造するなんて、そんな人がいたら馬鹿よ。作れば作るほど赤字になるだけじゃないの」

「秋葉さん見たさってのも考えものだな。その気になれば、本棚の隙間からいくらでも観察できるだろうに」

「それより問題は五十円玉よ。どこでそんなに集めたのかしら。買い物していても、そんなにたまる硬貨でもないのに」

「に、しても相当な奇人変人だな。俺なんか五年間に三つの店で勤めたけれど、そんな男は初耳だよ」

「誰のことが初耳だって？」

　誰もが口々に勝手な意見を述べあっていた控室は、たちまち静まり返った。戸口に三つ揃いをきちんと着て、胸のプレートに「店長・石沢」と書かれた男が立っていた。定時の店内巡察中に立ちよったらしい。

　石沢はS書店のプロパー社員ではなく、取引先銀行の行員だったのをS書店専務に見込まれて婿養子となり、一年前に転職してきた。同族会社であるS書店で、社長の弟である専務は次期社長と目される。その婿の石沢は次の次の社長の有力候補だ。十日ほど前に前の店長が病気で休職し、石沢が実務見習いを兼ねて送り込まれていた。

石沢は重ねて問うた。話を持ち込んだひとみが先輩店員につつかれて、仕方なく両替男の一件を説明する。眉をひそめて聞いていた店長は、やがて神経質そうに細い銀縁眼鏡にさわった。

「まあ、そんなことがあれば無理もないが、お客様についてあれこれ詮索するのは客商売の名にもとる行為だよ。もしまた来たら黙って両替してさしあげればいい」

この立派な態度の正論でその日は幕を下ろしたが、劇が終わったわけではなかった。中年男はそれから毎週土曜日の午後四時過ぎ頃、必ずS書店高田馬場店に現われては、一度も本を買わず五十円玉二十枚を千円札に両替するようになった。

たちまち、「両替オジサン」の綽名《あだな》は、全店員及びアルバイトに定着した。詮索する者こそなかったが、土曜日の話題を一身に集めることは石沢でも禁止できなかった。一度だけ土曜なのに来なかった日など、逆になぜ来ないのか議論される始末だ。他の日は姿を見せず、土曜日の夕方にのみ現われる「両替オジサン」は、二カ月をへた現在は店のひそかな名物的存在であり、ひとみも川本と会った席で話の種にしていた。

2

「そうか、彼が殺されたか。なるほどね」

すっかり興味をそそられた表情で川本は身を乗り出した。

「で、両替男の本名は何だった？」

「武藤浩介、四十三歳。上野の安アパートに住む無職の男さ」

伸一は手帳から写真を取り出した。薄くなった頭と大きな鼻は、ひとみの描写通りだ。いかにも慣れぬふうなネクタイと背広姿で、素人目にも緊張しているのがわかる。

「彼は今年の初めまで、都内でタクシーの運転手として働いていた。これは勤め先に提出した履歴書に貼付されてたやつだ」

「なるほど、しかし……」

川本は穴が開くほど写真を眺めながら、

「これで四十三歳とは信じられんな。十歳はごまかしていたんじゃないのか？」

「苦労の多い人生を送ってきた顔さ。実は上野署に彼を知っていた刑事がいてな、おかげでいろいろわかったんだが」

「なるほど。それでは死体発見の経緯から頼む」

笑いを噛み殺しながら、伸一は手帳をめくった。

「死体は上野公園にあった。発見者は何と、あそこにいっぱい野宿しているイラン人のひとりだった」

上野公園が不法就労を目的とする外国人の溜まり場と化して以来、上野警察署は地元の要望を受けてパトロールを増やした。昨晩も午後九時過ぎ、国立西洋美術館へ通じる道を制服警官二人が巡察していると、イラン人青年が植え込みから悲鳴をあげてまろび出る場に遭遇したのだ。

ひとりが青年を取り押さえ、もうひとりが植え込みに倒れていた死体を発見し、本署に無線連絡した。間もなく制服私服の警官が一連隊到着し、周囲は蜂の巣をついたような騒ぎとなった。早々と野宿を決め込んでいたイラン人は片端から叩き起こされ、尋問のため警察へ連れて行かれた。

「まだ宵の口だったから人数は少なかったが、実質的には不法就労者の抜き打ち捜査になったよ。逃亡者もいたようだが、三十人近い不法滞在者を検挙した。今でも警視庁のペルシア語通訳を総動員して調べにあたっているが、おかげで上野署だけでは人手が足りなくなって、俺も応援に出されたんだ」

「そういえば朝刊各紙の社会面に、〝上野の山は大騒動〟と派手に出ていたな。他殺死体が見つかったとは書いてあったが名前はなかった……そうか、あの騒ぎか」

新ジャガの薄皮をむいてバターをつけながら、川本はしきりに頷いた。

「彼を知ってる警官がいたそうだが」

「刑事課の古参がね、死体を見て思い出したのさ。武藤は五年前、夫婦喧嘩のあげく内縁の妻の腕を折って傷害の現行犯で逮捕された。別の詐欺容疑で起訴猶予の身だったんで、一年ほど実刑判決でくらいこんだ。そのとき調べた刑事が居合わせたので、身元はすぐわかった」

武藤浩介の過去は、ごく平凡なものであった。新潟県から集団就職で上京後、鉄工所や製パン工場、建築現場を転々とした後、三十歳以降はもっぱらタクシーやトラックの運転手として稼ぐようになっていた。

「運転の腕はいいが、武藤はどこでも長続きしなかった。競輪競馬にのめりこんで同僚から借金したり、勤務先の備品を質屋に持ち込むのを重ねては退職せざるを得ない有様だ。傷害事件の調書だと、過去十年の転職回数は両手の指でも足らないんだ」

「先生もそうならないで下さい」

ひとみがいたずらっぽく付け加えると、川本は渋い顔で唇をへの字に曲げた。

「俺は賭け事は一切やっとらんぞ。新聞社を辞めたのも事情があればこそだ……武藤は出所後、またタクシーの運転手になったわけか」

「ああ、現在どのタクシー会社も深刻な人手不足だから前科をとやかく言ってられなかったらしい。武藤もさすがに懲りたのか、勤務態度は良好だったと責任者は話してた。この一月までは な」

「何かやらかしたのか?」

「またぞろ賭博の虫がうずき出したのさ。同僚を中山競馬場に誘ったんだが、自分は負けて彼は勝った。そうしたら、自分が誘ってやったから勝てたんだと言い張って、賞金を半分よこせと言いがかりをつけたんだ」

川本は処置なしと言わんばかりに天井を仰いだ。

「救いがないとはこれだな。後は推測がつくよ。また大喧嘩になって会社を放り出されたんだろう」

「正にその通り」秋葉も吐き捨てるように、「その後は働きもせず、上野の安アパートで失業保険を受けながら暮らしてた。内妻は服役中にいなくなって子供もなく、実家からは義絶を申し渡されて帰ることもできん。そんな男さ」

「こう言っては何だが、いつ喧嘩に巻き込まれたり、酔って道端で寝込んだまま死んでもおかしくない男じゃないか」

「警察官として公然とは口にできんが、全く同感だよ。上野署でも当初こそ緊張したが、死体《ホトケ》の身元が判明すると途端に空気がゆるんでしまった。こんな奴のために大騒ぎする必要がどこにあるってな。

で、俺は午前四時頃くたくたになって帰宅すると、そのままバタンキューさ。ところが被害者の写真をテーブルに置きっ放しにしたものだから、起きてきたひとみが〝両替オジサンだ〟と叫ぶことになってしまった」

「兄さん」ひとみの声が、一オクターブ高まった。「私がせっかく貴重な情報を提供したのが

「不服だったの?」

「あたりまえだ。おかげで二、三時間しか寝てないのに叩き起こされ、すぐ出勤せにゃならん破目になった。昔から兄の睡眠時間を奪うのが生きがいだったんだから――」

蛙が潰れたような声と同時に言葉が宙に消えた。また、ひとみに足を蹴られたらしい。気付かないふりをして川本は咳払いした。

「――それで武藤氏の死因は?」

「絞殺だ。ビニールの紐が首に巻きついていた。近くのゴミ箱から似たような紐でくくった弁当の空き箱が発見されたんで、たぶんそれが使われたと思われるがね。発見時に死後硬直が始まってなかったから、殺害時刻はほんの少し前なのは間違いない」

隣のテーブルに坐ったカップルが振り向いたので、伸一はあわてて声を低めた。

「あらかじめ言っとくと、発見者のイラン人青年はすぐに無関係だとわかった。現場に犯人のものと思われる革靴の足跡が残されてたが、青年のはスポーツシューズでサイズも違っていた。犯人と推定される方が小さかったのが判明してね」

「加えて、武藤を殺す動機もないし」

「そうなんだ。被害者の内ポケットには十万円の現金が裸で突っ込んであったが、手をつけられていなかった……」

「ちょっと待ってくれ」

飲みかけた水を置くと、川本は眉を寄せた。

「失業保険で生活してた男が十万円も持ち歩いてたって？　裏で犯罪か暴力団と関係あったんじゃないのか。もしそうなら、対立抗争のあおりを食って殺された可能性もあるわけだろう」

伸一は剃り残しの目立つ顎をひねりながら首を振った。

「捜査本部もその可能性を探ってた。武藤のアパートはゴミ箱も同然だったが、背広や時計など高価な品が僅かながらあったりしたからな。ここ二ヵ月近く、それまでより頻繁に酒場や競馬場に通ってたようだ。

けれど、この線も薄いんじゃないかと思う。例の傷害事件で武藤を調べた刑事が、ヤバイ仕事に手を出せる男じゃないと主張してるのが正しい感じがするよ」

「その根拠は？」

「内妻の腕を折ったとき、武藤は酔っていた。警察で酔いがさめるや、見逃してくれと刑事に泣いてとりすがったそうだよ」

「――情けない奴だ。で、彼は高田馬場には両替目的だけで来てたのか？」

「いや、懇意にしている競馬のノミ屋があって、顔を出してたらしい。そいつの証言を聞いたばかりだが、この一年余はほとんど毎月一度は来ていた。それが、ここ二ヵ月は毎週土曜には必ず訪ねてきてたそうだ。両替と競馬両方が目当てだったらしいな」

「謎のパフォーマンスと殺人事件か。こいつに論理的な解決を与えられるなら、奇人変人に属する方かも知れんな」

「そんなことというなよ。俺はお前に、その奇人変人たるを期待してるんだからな」

「あのな……」

窓を打つ雨音が弱まった。いつの間にか霧雨になっている景色を眺めながら組んだ指に顎を載せて思案顔となった川本へ、ひとみが遠慮がちに声をかけた。

「あの、先生。兄を怒らないで下さい。私は止めたんですけど、こんな事件はあいつにぴったりだって聞かないんですから」

「それは事実なんだ。お前こそ、いつまで和彦を先生なんて呼んでるんだ？　妹が友人をそんなふうに呼ぶのは、はっきり言って気味が悪い。いくら予備校の夏期講習で担当になったとはいえだな——」

テーブル下でサッカーが始まる寸前、川本が長い吐息をついた。

「わからないことだらけだが、二点ほど明らかな事実があるな」

「武藤はアルコール中毒患者に違いないってか？　だから奴が、あんなおかしな真似をしたと言いたいんだろう」

「いや、武藤が両替男を演じた理由と、彼を殺した犯人の名前さ」

3

しばらく沈黙が続いた。秋葉兄妹は呆気にとられて、川本は考えにふけるかのように。ウェイトレスがコップに冷水を注ぎ足して行くと、ひとみは一口飲んでやっと声を発した。

「あの、もうわかったんですか？　兄も私も、自分で話していて雲を摑むような感じだったのに」

「わかったのかって、だからこそ部外者の僕に事件の一部始終を話したんだろう？」

「そ、そりゃそうだが」

妹と同じように喉を湿らそうとして、伸一はコップに歯を立てた。

「誰が犯人だと？　どうして殺した――」

「興奮せずに落ち着けよ。どうも二人を驚かせたようだな。僕が言いたいのは、武藤のパフォーマンスと殺害動機をうまく説明できるやり方はひとつしかないってことだ。そうなれば、犯人の名前も自然に導き出される」

すっかり冷えてしまったカレーの残りを片付けると、川本は頭から疑問符を噴き出し続ける伸一たちに指を立てた。

「謎を整理すると、まず第一に上野に住んでいる武藤がなぜ、わざわざ土曜日ごとに高田馬場まで足を運んで両替男を演じたかだ。一、二ヵ月に一度のノミ屋行きでなく、両替こそが高田馬場行きの目的となったのは明らかだな。規則正しく毎週パフォーマンスを演じていたのは、武藤にとってそれが必要だったからとの推測が成り立つ。もし単に両替で遊びたいだけなら、一度やった書店には二度と来ないで、あちこち場所を変えてやっていた筈だ。つまり、一般人が通勤通学するのと同じく、武藤はS書店高田馬場店に来なければならなかったことになる。

この点はわかるな？」

兄妹は同時に強く頷いた。

「では第二の謎は、そこであんなに目立つパフォーマンスを繰り返しやった理由だ。第一の謎と同じ論理から、武藤はS書店高田馬場店で両替するのが目的で、土曜日になると出かけて行ったことになる。S書店はここから歩いて十分の場所に本店があり、上野からはずっと近い。だが、武藤が両替男となるのは高田馬場である必要があったんだ。

以上の点から、武藤は高田馬場店で両替男を演じることで何らかの利益が得られるとわかっていたと推理できる。生活力も、真面目に働く意欲も乏しい武藤がそこまで勤勉にやるのは、相当おいしい話だったのを示してる」

「……待って下さい」

ひとみが首をかしげた。

「両替男をやって何のメリットがあると？　彼のことは店内の者しか知らなかったし、それも文字通り変人扱いで、害はないけど頭がどこかおかしな人という点で一致してたんですよ。店員から馬鹿にされるだけなのは、あの人にだってわかる筈です。それが何の利益になるんです？」

「その通り」

川本は大きく頷いた。

「武藤の頭で考えても、そのくらいわかるだろう。となると、彼の目的についての推理はさらに狭められる。彼はS書店高田馬場店内部で話題にされるため、毎週のように山手線に乗ったんだ」

伸一とひとみは、川本の推理を吟味した。自身の常識や考え方に則してみても、納得のいく筋書きではある。しかし……。

「それじゃまだ説明できてないぞ。そんな馬鹿な真似をして、武藤に何のメリットがあるんだ」

「その答えはもう出ているよ。金だ……死んだとき、武藤は現金十万円を持っていたんだろう。高価な背広や時計はどうやって手に入れた？　酒と馬に注ぎこむ金と回数が増えたのは、いつごろからだった？」

「……二カ月前だ」

伸一は口を半開きにしたまま頷く。

「そうなると、第三の謎が生まれる。武藤が自分の存在をS書店高田馬場店内でアピールしたのはなぜか？　店内に〝自分はここにいる〟と知ってほしい人物がいたからだ。その人物は誰なのか。

誰か好意を持っている人がいて——という可能性は否定される。彼が得ていた金の説明がつかないからだ。とすれば、残る可能性は〝脅迫〟だな」

「脅迫？」

ひとみの双眸が大きく見開かれた。伸一は爪を噛みながら、真剣な表情で聞き入っている。

「類推してみるか。君が例えば、どうしても他人に知られたくない秘密を抱えているとする。ところが、ある男がなぜか秘密を知って脅迫してきた。そいつは毎週土曜日になると、定期的に君の前に姿を現わす。しかも、五十円玉二十枚を千円札に両替するという奇行を繰り返し、店中の話題となる。君の立場なら、どんな気分だい？」

ひとみはテーブルに視線を落とした。

「……怖くてたまらないでしょうね。脅迫者は今日もまた来た。姿を見るのも苦痛なのに、店ではしばしば話の種となって否応なく耳へ入ってくる。下手するとノイローゼになってしまうわ、きっと」

「なるほど」伸一が割って入った。「武藤は毎週、S書店高田馬場店の誰かを脅迫するため現われていたわけか。脅迫されている者にすれば、たまらなかったろうな」

「そして第四の謎だ。脅されていたのは誰なのか——そして、この人物が武藤浩介殺害犯である可能性が高い」

ひとみは帯電したように身体を震わせた。

「私の……私と一緒に働いてる人の中に、殺人犯人がいるんですか？　みんな親切な、いい人ばかりなのに、人を殺したなんて」

「残念ながらな。武藤のやり方は脅迫方法としては実に効果的だったが、いささかききすぎてしまったんだ。この二ヵ月間、脅迫されていた人物は心理的に追いつめられ、君が言ったようにノイローゼ寸前にまでなった。この状況を打破するには、武藤を殺すしかないと思いつめてもおかしくないほどにね」

　伸一が喉を鳴らして尋ねた。

「誰なんだ、そいつは」

「一足飛びに答えを求めるなよ。昔から数学が苦手だったときの癖が全く直ってないな。解答を得るには方程式を立てて、数字をあてはめなくてはだめだ」

「もったいぶるな。それこそ、お前の悪い癖だろうが……まあいい。で、そちらの立てた方程式はどうなるんだい？」

「広い意味での容疑者は、S書店高田馬場店に働く全員だ。警察の立場からすれば、ひとみさんすら捜査の対象になる」

　ひとみは蹴とばしもせず真剣に聞いている。

「ところで、脅迫される者の必要条件は何か？　脅されるだけの秘密を持っているのはもちろんだが、屈するにせよ反撃するにせよ守らねばならぬもの――社会的な地位、名誉、財産、名声、将来などを抱えていなければならない。どんなに知られたくない秘密があろうと、無一文の貧乏人を脅そうなんて誰も思わないからな。

　しかも、その人物は武藤の脅迫に対し、ある程度応じていたのは明白だ。だが武藤は、とても足りんと言わんばかりに、しつこくパフォーマンスを演じ続けた。ということは脅されていた者から、かなりの金を取れると武藤が踏んでいたと推定できるだろう。結論としては、S書店内で財産家と思われた者が脅迫相手に選ばれたことになる」

「でも……」

ひとみが異議を申し立てた。

「株で儲けたと噂されてる社員もいますよ。一階の売り場主任も、お父さんが先月に亡くなって多額の遺産を相続したそうですし、そのほか家族が所有してた土地の値段が上がって、ちょっとした資産家になった人も三、四人います。財産家といわれても、誰がどのくらい持ってるかわかりませんよ」

「言いたいことはわかる。そこで聞くけど、そうした情報を君はどこで入手した？」

いたずらっぽい口調で川本が尋ねると、ひとみは鼻に小じわを作った。

「どこって……何となくですよ。休憩室や暇な時間に雑談したり話を聞いているうちに、自然と——」

「つまり、社内にいたから知り得たわけだ。じゃあ、S書店と全く関係ない武藤は、どこで財産家であると知ったんだろうな？　彼はそんなことを調べるような人間じゃない。となると——」

伸一が言葉を引き取った。「金がある家の人間だと、武藤のような者でも知ることのできた人物だな」

「最後にもうひとつ条件がある。武藤は二カ月前から両替男を演じはじめた。つまりそのとき、脅迫相手を発見したんだ。おそらく、たまたま恒例のノミ屋巡礼で高田馬場に来て見つけたと思うな。

金になると踏んだ武藤は、脅迫計画を練った。度胸もない小悪党だから、両替男のパフォーマンスが精一杯だったろう。けれどもこいつが、さっき言ったように薬がききすぎて自らの死を招いてしまったんだ。

それで、二ヵ月前に脅迫相手を見つけたなら、三ヵ月前には見つからなかったことになる。これで脅されていた人物を特定する条件がそろったわけだ。S書店高田馬場店の人間で二ヵ月前に現われた財産家の一員で守るべきものを持つ人物は――」

ひとみが凍えた声でつぶやいた。

「店長の石沢さん、ですか」

4

「石沢か……」

伸一が指でテーブルを叩きながら唸ると、川本は軽く頷いて目を閉じた。

「論理だけで突きつめていくと、結論はそうなる。物的証拠はゼロだが、殺人と五十円玉両替を結びつけるのは、ほかに考えられないんだ。他に説明できるのなら別だが」

「そんなことはない。全く見事な推理だと思う。けれど……」伸一は少しためらった。「重要な点がいくつか抜けてるな。いくら大手でも、書店の店長人事なんて経済紙にも報道されない。

お前の台詞《せりふ》じゃないが、そいつも会社内でしかわからん事態だろう？」

「もっともな疑問だ。僕としても、その点は推測するしかないが……武藤は一年ほど臭い飯を食った期間を除き、ずっとタクシーの運転手をしていた。おそらくその当時、石沢を乗せたことがあるんじゃないかな。そして、車内で不注意にも、脅迫の種になるようなことを話すかするかしてしまった。そいつは毎日何人も客を乗せる武藤にも、忘れられぬ印象を残したのだろう。

この段階で武藤は石沢の弱みを握ったが、すぐには脅迫しなかった。根が臆病な小悪党だし、曲りなりにもタクシー運転手の正業にもついていたからね。だが二ヵ月前、高田馬場で気紛れにもS書店に入り、石沢に気付いたときの武藤はどん底に転落した失業者でしかない。失うものを持たぬ男が脅迫者となるには、思い切って一歩踏み出せばよかった」

話し続けてきた川本は、ひと区切りつけるように水を飲んだ。

「さっき言った通り、これは僕の論理で組み立てたいわば創作だ。警察からすれば三文ミステリの値打ちもないだろう。けれど、最初から容疑者と思われてなかった石沢のアリバイを確認し、犯行当時似た男が付近にいたか、ここ二ヵ月の間に不審な金の動きがあれば、そして——これが脅迫の理由だと思うけど、婿養子の立場で愛人がいたなら、石沢から話を聞けるんじゃないかな」

「すぐ調べよう」伸一は立ち上がった。「それにしても川本、お前はやっぱり偉大なる奇人変人だったな。俺が見込んだだけのことはある」

「……それはほめてるつもりか？」

「当然だ。すぐ上野署へ行って、捜査責任者に話してみる。善は急げだ——」

「ちょっと兄さん、カレー代は？」

「後で利子つけて返す」

小雨の中を傘なしで駅へ走って行く伸一を見送ると、ひとみは川本に頭を下げた。

「すみません。いくら長いつき合いだからって、ずうずうしい兄で……」

「構わないさ」

川本はウエイトレスにエスプレッソ二杯を頼むと、愉快そうに笑った。中学以来、彼が考えついたミステリやSFめいたストーリーを面白がって聞いてくれたのは伸一だけであった。こみ入った話を論理立てたりするのは、十年来の聞き役へのささやかな謝礼でしかない。それに……。

「形だけは立派な推理を展開したけれどね、正直なところ僕としては、彼に与えられた条件を満足させるだけの物語を創作したようなものさ。もし今のが全部間違っていても責任はとりかねるよ」

「でも、先生は大学時代の殺人事件を見事に解決したそうじゃありませんか」

「あれは偶然そうなっただけさ。〝ミステリクラブのミステリ〟とは、事件自体じゃなくて僕の創作が現実と合致したのかもな」

「じゃあ、その物語に書かれてなかった部分を書いてくれます？　武藤がどうやって、毎週五十円玉を二十枚も集められたのか、説明できるんですか」

「それはあまり話したくないな」川本はエスプレッソのカップを置いた。「何となく夢みたいな話が、一気に現実へ戻ってしまうから。つまり彼は、銀行で千円分を両替してたんだろうね」

ひとみはぽかんと川本を眺めた。

「銀行で？」

「そうさ。僕の勤めてる予備校の近くには、都銀や地銀など六つの銀行支店があるけど、うち二つには現金自動支払機の脇に両替専用機が備えてあるよ。おそらくそれを利用したのさ。窓口で両替を頼むと、妙なやつと思われて記憶に残るからな」

「――私は使ったことないもの。けれど武藤さん、そんなのよく知ってたわね」

「彼はタクシーの運転手をしてたじゃないか。釣り銭用に小銭を用意しておくのは常識だろう？　君だってS書店で釣り銭の硬貨を両替してくるよう言われなかったかい？」

「私はいつも銀行が閉まってからの勤務だったし、高田馬場の銀行には機械がなかったから……でも少しがっかりしたわ。そこが面白かったら傑作になっていたかも」

「残念だけど僕の創作は、必ずこんな部分があるのさ。だから僕は小説を書けないんだ。一体どこでひねくれてしまったのかな」

ひとみは思わず含み笑いした。一緒に話していてあきない男だ。

ひとみの父から大学院進学を勧められたのを断って新聞社に就職したかと思うと、四年足らずで退職して予備校の講師に転じた。予想もつかぬ行動をとる部分に魅かれているのに、本人は少しも気付いてくれない。本当なら兄でなく、川本の方を蹴とばしたい気分だ。

「まったく、鈍いんだから……」

「え、どうしたんだい？」

「何でもございません！」伝票を摑むと、ひとみは肩を怒らせて立ち上がった。「先生、カレーとコーヒー代、計千九百五十円です」

翌日の夜、山と積まれた小論文模擬試験の採点に悪戦苦闘中の川本に、秋葉伸一から電話がかかってきた。

「お前の推理に間違いなかったよ。ついさっき任意同行を求めて調べていた石沢がおちた。石沢の家へ婿養子に入ってからも、銀行時代からつき合いのあったクラブ勤めの女性と関係を続けてたらしい。偶然ふたりで乗ったタクシーの運転手が武藤で、養子の立場の不満や愚痴をこぼしたのを聞かれたそうだ」

「そいつは気の毒だったな」

疲労気味の川本は、いささか突慳貪《つっけんどん》な言葉を返したが興奮した伸一は気付かなかった。

「白状した途端、やつは取り調べ室の机に突っ伏して大声で泣きはじめたよ。二ヵ月前に突然、武藤が電話をかけてきて愛人の件を婿入り先にバラすと脅しつけ、金を要求してきたらしい。武藤の脅迫にどれだけ苦しんでたか、涙ながらに訴えるんだ。最初に両替事件があったとき相手がわかったけど、まさか毎週来ようとは想像もしてなかったそうだ。それからというものは土曜の午後が怖くて、金曜の夜は寝つけないのが続いてたというのさ。この点も、お前の考えた通りノイローゼ寸前まで追いこまれてたらしい」

「あまり的中しても嬉しくないな。本当の悪人じゃなかったのに、心ならずも犯罪者となってしまった人間の内面を覗いたようなものだ」

「そう言うなよ。おかげで俺も署長からほめられた。お前の名前を出さなかったのは悪いんだが」

「冗談じゃない。そんなことをすれば、中学以来の友情も終わりだぞ！」

「わかったよ。ところで……」伸一は急に口調を改めると、「ひとみのやつ、昨日はひどく不機嫌になって帰ってきたらしい。俺が出た後に何かあったのか？」

「別に。雑談してただけだよ。そういえば、いきなり伝票持って立ってしまったけれど一体どうしたんだろうな」

「――ったく、ひとみも悪趣味な女だな。それじゃまたな」

伸一はあわただしく電話を切った。

「彼女の趣味が何だっていうんだ。服装も髪形もいいと思うけど。ときどき訳のわからんことをいう兄妹だな」

首をひねりながら受話器を置いた川本は、再び模試の採点に向かった。犯罪よりも訳のわからない汚い文字の羅列。これが彼にとって唯一最大の現実なのだから。

消失騒動

黒崎　緑

「いらっしゃい。お二人さんですか。ちょっと待っててください。すぐにそこの席を片付けますから」

「かまへんよ、ゆっくりしてや、おっちゃん……。木智《きち》君、ここのおでん、なかなかいけるんや。まあ、一服してから帰ろうやないか」

「はあ……」

「元気ないなあ、しっかりせえよ。失敗のたびにそんなにしょげこんでたら、身がもたんぞ」

「はあ、それはわかってますけど……」

「すぐに帰らんでも、ええんやろう」

「僕はかまいません。どうせ家に帰っても、誰もいないんですから。しかし、ハセさんは、いいんですか。たまには早く帰らないと、奥さんに叱られるんじゃないですか。このところずっと、遅くなってるんでしょう」

「かまへんよ。いつものことで、カミさんも心得てる。気分転換に飲んで帰ろう。わしが奢《おご》ってやるから。と、言うても、給料日前やから、こんな屋台くらいしか無理やけどな」

「はい、お待ちどおさま。こんな屋台の席の準備ができましたよ」

「すまん、聞こえたか、おっちゃん、言葉のアヤや……。あれっ、おっちゃんやないな。えらい若い兄ちゃんやないか。いつもここにいるおっちゃんは、どうしたんや」

「今日は僕が代わりに来てるんです」

「へえぇ……。兄ちゃんは、いつものおっちゃんの息子さんか何かか？」

「その何かのほうです。息子じゃなくて、僕はアルバイトなんです」

「アルバイト？　こんな屋台で、あのおっちゃん、アルバイトなんか雇ってるんか。えらい儲かってるんやなあ」

「違います。儲かってるんじゃなくて、僕が頼み込んで、しばらくバイトしてるだけなんです。社会勉強のためにね」

「社会勉強？　へえぇ、あんた、変わってるな。けど、兄ちゃん、未成年やないやろうな。それやったら、こんな遅い時間に働いてたら、あかんぞ」

「僕、そんなに若く見えますか。二十歳は過ぎてるんですよ。大学生です。学生証は持ってます、ええっと……」

「いやいや、そんなもん、見せてくれんでもええ。からかっただけや。東淀川大学？　ふうん……、兄ちゃんも変わったバイトをしてるんやな。大学生やったら、もっとましなバイト口もあるやろうに。バイト代が、ええわけでもないやろう?」

「もちろん、違います。屋台のおでん屋のバイトなんて、わずかな額しかもらえません。大学の研究課題なんです。『屋台の歴史における人間の形而上的行動学』というてね、僕の卒業論文のテーマなんです。ここで、その研究をしてるんですわ」

「卒業論文! ほんまかいな。そんなけったいな卒論が、あるんかいな。信じられん……。で、兄ちゃんは、どんなことを研究してるんや?」

「つまりですね、人間の歴史において集団的飲食というのは重要な意味があって、古代バビロニアにおいては――」

「ハセさん、こんなところで、そんな難しい話を聞かなくても、いいじゃないですか。それでなくても、僕は今度の事件のことで、頭が痛いんですから」

「ああ、そうか、『消えた女の謎』やったな。はっ、はっ、は。君はそれで頭を悩ませてるんやったな」

「ハセさん、人の事件に、おかしなタイトルをつけないでください」

「いやいや、悪かった、木智君。確かに、兄ちゃんの難しい研究課題を聞いたって、わしらにはチンプンカンプンや。飲み物をまずうする話を、これ以上増やすことはない」

「それで、お二人さん、まずい飲み物は、何にしましょう」

「いや、そういう意味ではないんや、兄ちゃん。言葉のアヤや。ええっと……そうやな、とりあえず、ビールをもらおうか。木智君も、かなり飲めるほうやったな」

「はい、まあ」

「そしたら、ビールを、二本。それから……、このおでんは、あのおっちゃんが仕込んだんやろうな」

「あれ？　失礼な。僕が仕込んだんやったら、食べられん、という意味ですか」

「いや、そういうわけやない。けど、ここのおっちゃんの作るおでんは、天下一品やからな。わしらは、それが食べたくて来たんやから……」

「僕だって、しっかりしたものを作りますよ。何しろ、辻調理師専門学校フランス校を卒業してますからね。パリの『ミキ』で三年間修業したし……」

「パリの『ミキ』？　それは眼鏡屋やないか！」

「よくわかりましたね」

「おいおい」

「おでんは、ちゃんとおじさんが作ってくれました。味は間違いありません。はい、ビール。お待たせしました」

「けったいな兄ちゃんやなあ」

＊

「ハセさん、ところで土曜日の事件なんですけど……」

「またその話をむしかえすのか。う〜ん、『便所から消えた女の謎』か。確かに、おかしな事件ではあるけど……」

「僕にとっては、そんなテレビドラマのタイトルになるような話じゃないんですよ」

「わかってる、わかってる。しかし、もう、気にするな。言い訳なら、わしにせんでもええよ。わしかて、似たような失敗は、いくつも経験してきたんや」

「いいえ、言い訳じゃないんです」

「それなら、なおさらや。木智君、事件のことは、今晩くらい忘れたらどうや。こだわってたら、食い物がまずうなってしまう。ほい、ビール」

「はあ、ありがとうございます。だけど、今、一つ、思いついたことがあるんです。それだけでも、聞いていただきたいと思いまして……」

「こんなところでする話かいな。屋台のけったいな兄ちゃんが、聞いてるかもしれんぞ」

「いえ、小声で言うから、大丈夫です。彼は向こうのお客さんの相手で、忙しそうですよ。それに、今回の事件の関係者じゃないんだから、話をしていても、何のことだかさっぱりわからないと思います」

「推理小説の中だけやないか、よう喋る探偵というのは」

「ハセさん、冗談じゃなくて、ぜひ聞いてください。それで、僕に助言してほしいんです」

「熱心やなあ。君は事件のことが、頭から離れんのかいな。まあ、無理もないか。わしも、最初のころはそうやった。一つの失敗が、いつまでも頭から離れんかったもんな」

「ハセさんの担当じゃない事件で、煩わせるのは申し訳ないと思ってます。でも、お願いします。ハセさんの意見を聞きたいんです」

「そこまで頼られたら、うれしいな。よし、話を聞いてやろうか。けど、ちょっと待ってくれ。おでんの注文だけはしてしまおう……。おい、兄ちゃん、こっちにも、適当に見つくろって入れてくれ。それからビール、もう二本、追加を頼む」

「はい、わかりました」

「おおきに。ほれ、来た。よう煮えて、うまそうやろう。まずは、食べようやないか。玉子に、大根に、牛筋に……、あれえ、このうどんみたいなのは、なんや？」

「これ、僕が入れたんです。スパゲティです。結構、いけるんですよ」

「うっへえ！　気持ち悪ぅ。ほんまかいな。おっ、向こうでお客さんが呼んでるで。相手をしてやってくれ……。よし、行ったぞ。で、木智君、食べながら、話を聞こうか。どんなことを思いついたんや」

＊

「僕は、掃除をしていた女が、消えた女と関係があったんじゃないか、と思うんです」

「掃除をしていた女？」

「はい。話したでしょう。トイレのまわりでうろうろしている中年の女性の清掃業者がいた、って……。その中年女性があの女の知り合いで、女が逃げる手引きをしたんじゃないか、と思いついたんです」

「ちょっと待て。順を追って、話を聞こう。トイレというのは、君が問題の女を見失った、つまり、女が忽然と姿を消してしまった、梅田《うめだ》駅の公衆便所のことやな」

「はい。阪神電鉄梅田駅の改札口を出た右手にあるトイレです」

「その公衆便所は知ってる。手前に売店があって、その横に公衆電話が五台ばかり並んでるところやろう。改札口に近いほうには、駅長室があり、その上に電光掲示板がある。そこでいつも阪神タイガースの試合結果を発表してて、わしはそれを見るのを楽しみにしてるんや。今年も相変わらずの調子やけど――」

「ハセさん、今はタイガースの話じゃないです」

「わかってる、わかってる。ちょっと今日のナイターの結果が気になったんや。確かに、梅田駅の改札を出た右手の奥に、男女に分かれた公衆便所があった」

「問題の女が姿を消した時間に、そのトイレのまわりをうろうろしている中年女性の清掃業者がいたんです」

「そりゃ、掃除してたんやろう」

「ハセさん、真面目に聞いてください」

「聞いてるよ。当たり前のことを言うたまでやで。で、その掃除のおばさんが、どうしたんや？」

「今から思えば、その中年の女は、どうも態度がおかしかったんです。掃除道具を持っていたけど、掃除をしていた様子はなかった。トイレの周囲をうろうろしていただけでした。入口に置いてあったティッシュペーパーの自動販売機を触っていたし……、やたらきょろきょろとまわりを見回していた。かなり怪しい態度だったんです」

「待て、待て。君は、その掃除のおばさんを、ずっと見張ってたわけではあるまい。尾行してた問題の女のほうを、注視してたんやろう」

「ええ、それはそうです。しかし、あの中年の女は、どこかおかしな様子でした」

「君が見た時は、たまたまそのおばさんは、手を休めてぶらぶらしてただけかもしれんぞ。さぼってただけやろう。わしには怪しい態度とは思えんけどな」

「しかし、あの掃除のおばさんが絡んでないとすると、女が忽然とトイレから消えてしまった理由が、説明できません」

「おばさんが絡んでたら、問題の女が便所から姿を消した理由が、説明できるんか」

「いや、まだ、具体的には考えてはいませんけど……」

「いわゆる、直感というやつか。まあ、君が尾行をまかれた原因を、ほかに求めたがるのはわかるけど……」

「失敗の責任転嫁をしているわけじゃないんです。確かに、尾行をまかれたのは悔しいです。でも、今までずっと状況を考えていて、掃除のおばさんが怪しい、と思い到ったんです」

「どういうことや」

「あの時は、尾行していた女のほうに注目していたんで、おばさんの態度は気にとめていませんでした。しかし、女が消えたあと、あの掃除のおばさんの態度が不自然だったと思い出したんです。それで、女がトイレから忽然と姿を消してしまったことと結びつくんじゃないか、と思ってるんです」

「う〜ん。わしには、こじつけのような気がするけどな」

「しかし、思い出すほどに、あの掃除のおばさんの態度は変に思えてくるんです」

「たとえば、どんなところが？　もう一度具体的に、説明してみぃな」

「たとえば……、そう、あのおばさんは、男子トイレに入っていました！」

「いや、待て、そう勢い込んで乗り出すことかいな。まあ、ビールを飲め……」

「はあ」

「考えてみぃ。掃除のおばさんやったら、男子便所に入ってきても、おかしくはないやろう」

「ええ、そりゃ、まあ、そうです」

「おばさんが男子便所を使用してたわけやないやろう」

「ええ、それは違いました」

「女子便所が満員やったら、平気で男子便所を使うずうずうしいおばさんもおる。けど、今回は、そんな場合とは違うぞ。そのおばさんは、男子便所だけじゃなくて女子便所にも、入っていったんやろう？」

「はい。そうです」

「掃除をしてたんやったら、両方に入っていって、当然や」

「でも、あの時、トイレの入口には清掃中の立て札が、出ていませんでした。掃除をしていたのなら、清掃中の札を立てて、立入禁止にするんじゃないですか」

「うん。まあ、そういう場合もあるな。わしも、そんな時にぶち当たって、便所に入れんと、おうじょうしたことがあった。もう、膀胱《ぼうこう》がパンパンになって――」

「ハセさん！　それは関係ない話でしょう」

「いや、わかってるって……。けど、立入禁止にするのは朝早い時刻とか、夜遅い時刻の時が多い。人が使わなくなった時刻を見計らって、清掃中の札を出して、立入禁止にするのと違うかな。簡単な掃除やったら、必ずしも清掃中の札を出すとはかぎらんよ」

「そうでしょうか」

「その問題の便所は、駅の公衆便所やから、夜遅うなったら、入口を閉めてしまうんやないか？」

「ええ。最終電車が出たあとに、トイレの入口のシャッターを下ろすそうです。駅員から聞きました。それがどうかしましたか」

「わしも経験したことがあるんやけどな。駅の公衆便所は、そうしてるところが多い。清掃中の立て札から、シャッターを下ろすんや。便所の中で酔っ払いや浮浪者が泊まり込んだら困るを出して立入禁止にするのやったら、そんな時刻を見計らってするんと違うか。人が使う時刻に立入禁止にすることは、少ないと思うよ」

「う～ん、それは、そうかもしれませんが……」

「君が問題の女を尾行して、梅田駅の便所に着いたのは、土曜日の午前中やったんやろう」

「ええ。朝の十時三十五分でした。時計を見たので、間違いありません」

「そんな時刻やったら、立入禁止にすることのほうが、不自然やないかな。朝の早いうちに、掃除は済ませてしまってるやろう。昼すぎなら、もう一度掃除をすることもあるやろうから、考えられんこともないが」

「う〜ん、そうかもしれません……」

「君が見た時におばさんがしてたのは、さっきも言うたように、掃除といっても大がかりな掃除ではなかったんやろう。ちょっとした片付け程度のことやと思う」

「そうでしょうか」

「うん。それなら、君の目に、そのおばさんが男子便所や女子便所をうろついていただけ、と映ったとしても、おかしくはないやろう」

「う〜ん……。それじゃあ、彼女がティッシュペーパーの自動販売機を触っていたのも……」

「ティッシュペーパーの自動販売機？　十円を入れたら、束になった便所紙が出てくる機械やな」

「いつの時代の話ですか。最近は、十円じゃ買えませんよ。安くても五十円か、百円はしますよ」

「知ってるよ、それくらい。で、そのトイレにあったのは、いくらや」

「確か五十円でした」

「安いほうやな。駅の公衆便所は、トイレットペーパーが備え付けてなくて、便所紙の販売機を置いてることが多い。高いところは、二百円もする。二百円で便所紙が二束出てくる。二束も使い切ることはないのにな。よっぽど大きなのをせんと……」

「ハセさん、食べてる最中に、汚い話はやめてください」

「すまん、すまん。けど、そんなところで儲けようという、便所ならではの臭い商法やろうな」

「ハセさん！」

「わかってる、冗談や。そのおばさんは、自動販売機の便所紙を、補充してただけと違うのかな」

「掃除のおばさんがそんなことをしますか。それは自動販売機の業者の仕事でしょう。あるいは、トイレの前の売店の仕事か、駅員か……」

「自動販売機の管轄がどこかは、ここではわからんな。掃除のおばさんは、自動販売機をみがいてただけと違うか。掃除をしてるんやから、それも別におかしな行動ではない」

「う～ん。そうかもしれません」

「不自然なことはないぞ」

「ハセさんにそう言われると、そのおばさんが女が消える手引きをした、というのは、僕の考え過ぎのような気がしてきました……」

「その掃除のおばさんのことは、今回の事件から除外してもええと思う。普段通りの仕事をしていただけやろう」

「そうですか。やっぱり、女が消えた謎とは関係ないですか」

「便所の話だけに、そこはかとなく臭うように思えるが――」

「もう、いいですよ、そのシャレは！」

＊

「その掃除のおばさんと問題の女が接触した様子は、まったくなかったんやろう」

「ありませんでした。もっとも、僕はトイレの前で見張っていただけで、中には入りませんでしたから、女子トイレの中でのことはわかりませんけど。でも、そんな時間はなかったです。掃除のおばさんは、トイレの入口をうろうろしていただけだった。女子トイレの中には、女と話をするほど長くはいませんでした」

「君が女子便所に入ることは、できなかったわけやし」

「ええ。売店の横の公衆電話で、電話をかける振りをして、女が出てくるのを待っていたんです」

「問題の女は、君の尾行に気がついてたんやな」

「ええ。気がついてないと思ってました。でも、まかれた結果を見ると、気がついていたんです」

「何日間、その女を尾行してたんや」

「里見《さとみ》さんと交替で、十三日です。もう凸川《とつかわ》からの連絡はないかもしれないと思って、ちょっと手薄になってしまった時でした。それがいけなかったんでしょう。僕の失敗です」

「おいおい、そうしょげこむな」

「しかし、所長にたっぷりと皮肉を言われてしまいました。里見さんにも申し訳なかったし、つくづく、自分が情けなくなりました」

「大きな失敗であることは事実やけどな。しかし、取り返したらええんや。くよくよするより、もう一度その女の行動を考えてみよう。何か思いつくかもしれん。まあ、ビールでも飲め」

「ありがとうございます。あ、ハセさんも、どうぞ……」

「おっとっと、おおきに」

「掃除のおばさんの行動を勘繰るよりも、女の行動を考え直すほうが、確かに、役に立ちそうですね」

「えぇっと……、木智君、問題の女は、凸川の愛人という話やったな」

「はい。だからきっと、凸川が接触を図ってくるに違いない、と踏んだんです」

「実際、凸川は接触できたんやろうな。女が君の尾行をまいて逃げたところを見ると」

「ええ、そうでしょうね」

「彼女は、その土曜日以来、自分のマンションには帰ってないのか」

「ええ。荷物もなしに、着の身着のままで出ていったはずなのに、まだ帰っていません。今思えば、それも、凸川の指示だったかもしれません」

「大きな荷物を持って出ると、高飛びするとすぐにわかるからな。監視も厳しくなる。土曜日の時点で、尾行されてることがわかってたかどうかは別にして、かなり用心したんやろうな」

「僕らはまんまと、彼女にだまされたわけです」

「その女、ちらりと写真で見たよ。ええ女やな。若いんやろう」

「二十一です」

「うっひょ〜。凸川の野郎め。女房がいるのに、そんな女を相手にしてたら、そりゃ金がかかるやろうな。大金を横領したのも、無理はない」

「愛人に金を使ったんでしょうね。彼女はいつも、高そうなデザイナーズブランドの服を着ていました。でも、似合ってました。背が高くて、胸がでかくて、スタイルが良くて、モデルみたいな女でした」

「モデルではないんやろ」

「アルバイトでコンパニオンをしていたようです。それで凸川と知り合ったらしいですよ。凸川の勤めていた会社のパーティで手伝ったのが、二人のなれそめのようです」

「そんな美人が、二十歳以上年の離れた凸川と付合うてたんやからな。金目当てというのが、まるわかりやな」

「いえ、そうとも限らないようです。『貼雑《はりまぜ》年譜の復刻版』とかをもらったのが縁のようなことを、聞きました」

「『ハリマオ年譜』? 何や、それは?」

「歴史書みたいなものだと思います」

「なるほど、歴史ねえ。ふうん……。二人の趣味が、一致したというわけか。そんなもんで美人がひっかかるやなんて、うらやましい話や」

「高い歴史書なんだと思いますよ。そのために、凸川が会社の金を横領するまでになってしまったんですから」

「なるほど。人生、どこに落とし穴があるか、わからんな。女のほうも、君をまいて逃げた様子から考えると、金だけじゃなくて、凸川に愛情を抱いてたんやろう。横領した金を持って、二人で海外にでも逃避するつもりなんやろうけど……」

「僕のミスで、こんなことになるなんて……。所長は依頼主に、どう言い訳するんだろう」

「まあまあ、頭を抱えんと、落ち着け、落ち着け。ほれ、ビールでも飲め」

「はい、すみません」

「しかし、その女、どうやって便所から忽然と消えたんやろう。おかしな話や」

「その謎に戻りますけど、僕にはさっぱり見当がつかないんです。彼女から目を離した覚えはないんです」

「梅田駅の便所に入ったっきり、出てこなかった、ということやったな」

「はい」

「君は、どれくらい、便所の前で見張ってたんや」

「三十分ほどです。電話をかける振りをしたり、売店で新聞を買ったりしていました。あんまり遅いんで、逃げられた、と気がついたんです。その時は、すっかり慌ててしまいました」

「女子便所に、飛びこんだんやて？　聞いたで、その話。事務所でえらいうけてたぞ。女子便所の扉を一つずつ、どんどんと叩いて回ったらしいな。これからずっと、語り継がれるエピソードやろうな」

「笑わないでください。僕、その時は必死だったんですから。教えられた心得なんか、すっかり忘れてしまってたんです」

「まあ、無理はない。君はまだ一年目やもんな。ほれ、ビール」

「はっ、ありがとうございます……。しかし、女が出ていったところを、見逃すはずはないんです。その女、かなり目立つ容姿だったんですから。いまだに、信じられない話なんです。彼女、本当に、トイレの中から、忽然と消えてしまったんです」

「美人で、スタイルが良かったんやもんな」

「ええ。背もかなり高かったです」

「確かに、そんな女なら、見逃すことは少ないやろうな」

「僕はかなり注意を払って見てました」

「その女、便所に入った時は、どんな服装をしてたんや」

「白いセーターに、紺色のジャケット・スーツを着ていました。黒いバッグを肩から下げて、黒いハイヒールを履いてましたから、身長も百七十センチ近くになっていたでしょう」

「背は、確かに高いな。しかし、服装は平凡やな。紺色のジャケット・スーツに白いセーターなら、似たような服装の女は、ほかにもたくさんいたのと違うか」

「しかし、彼女は目立つ容姿でした。ほかの女と間違えることはありません」

「もしかすると、便所の中で、服を着替えたのかもしれん。いわゆる、変装というやつや。便所に入った時と出た時の服が違ってたんで、君にわからんかったのかもしれん」

「いいえ。服を着替えることは、絶対に不可能です。女は小さなショルダー・バッグを一つ、持っていただけでした。着替えの服を入れる余裕は、ありませんでした。マンションを出た時からずっと見張っていたから、間違いありません。買物もしませんでしたし、荷物は増えていなかったです」

「前の日に、あらかじめその便所の中に服を隠しておく、というのは、できなかったんか」

「無理です。彼女がその土曜日以前に、梅田駅のトイレに行かなかったのは、絶対に確実です。交替で、ずっと尾行していたんですから。そもそも、彼女が梅田駅に行ったのは、あの日が初めてでした。梅田近辺に行った、ということもありません。それに、トイレのどこに服を隠しておくんですか。下手をすると、忘れ物として、届けられてしまう可能性もあるでしょう」

「なるほど。共犯者がいたとしても、あらかじめ隠すことは無理やな。土曜日の午前中、女は誰とも接触してなかったんか」

「ええ。朝九時にマンションを出てから、ずっと一人で大阪の地下街をうろついてました」

「ふうん……。で、十時過ぎに問題の便所に入ったわけやな。三十分たって、君が便所に飛び込んだ時は、紺色の服を着た女の姿は、忽然と消えてしまっていた……」

「ええ。間違いないです」

「その便所の中に、隠れるような場所はなかったんか」

「ありません。掃除用具入れがありましたが、そこにはモップや雑巾、バケツが乱雑に入っていて、人が入れるようなスペースはなかったです」

「使用中の便所の中にも、いなかったわけやな」

「ええ。恥ずかしい話ですが、ハセさんがおっしゃっていたように、扉を叩いて、入っている人、みんなに出てきてもらいました。しかし、彼女はいませんでした」

「くくっ……。その時の君の様子、見てみたかったな。普段はダンディな君が、慌てふためいて——」

「笑わないでください。今でも、顔から火が出るくらい、恥ずかしいんですから。はい、ビールをどうぞ」

「あ、おおきに。で、その便所には、外に通じる窓はなかったんか」

「ありません。あそこは地下二階になるんです。出入口は一ケ所だけで、僕が見張っていたところだけです」

「女子便所から男子用便所に移ることは、不可能なんか。壁を乗り越えるかして」

「無理です。分厚い壁で仕切ってあります。蟻が通る隙間もありません。壁を破らないかぎり、不可能です」

「もちろん、壁に穴はなかったんやな」

「当然でしょう」

「昔の城みたいに、秘密の通路があった、とか」

「大阪の地下街の公衆トイレですよ！」

「男子便所のほうも、一応は覗いてみたんやろうな」

「もちろんです。男子トイレのほうは、男性しかいませんでした。男子トイレは、扉の閉まっている個室はありませんでしたから、隠れていたとは考えられません」

「すると、その女、ほんまに消えてしまったわけか」

「そうです」

「まさか、水に流れて行ったんやないやろうな。それなら失敗も水に流して――」

「冗談じゃないですよ。僕は真剣に悩んでるんですから！」

＊

「君が女子便所に飛び込んだ時、何人、人がおった？」

「ええっと……、五人でした。若い女が二人と、中年の女が三人です」

「その五人とも、問題の女とは似ても似つかん女やったんか」

「ええ。若い女たち二人は、彼女よりもずっと背が低かったです。顔も全然、違っていました。中年の女たち三人のほうは、化けようにも化けられないでしょう。みんな、彼女よりもずっと年上で、太っていました」

「なるほど……。そしたら、それ以前に、便所から出ていった女たちについて考えてみようか」

「その中に、あの女はいませんでしたよ」

「しかし、君が見逃したとしか考えられん状況やぞ」

「いなかったことは確実です」

「ちょっと目を離した隙に、出ていったのかもしれん。たとえば……さっき言うた掃除のおばさんに気を取られてた時とか……」

「あのおばさんのことは、あとで思い出したんです。その時は、女を追うことに必死でしたから、おばさんに目を奪われはしませんでした」

「うん、まあ、そうやろうな……。若いコンパニオンと掃除のおばさんでは、ほっといても、視線はコンパニオンを追うやろうな」

「清掃業者なんて、普通、目につきませんからね。あ、ビールをどうぞ」

「うん。おおきに……。で、便所の出入りは、多かったんか。君は、三十分ほど便所の前で、見張りをしてたようなことを言うてたけど」

「それほど多くはなかったです。むしろ女子トイレよりも、男子トイレのほうが出入りは多かったと思います」

「ほう、それは珍しいな。普通は、女子便所のほうが混雑するんやろう？」

「ええ。でも、あそこのトイレは、無理ないと思います。女性は、駅のトイレにはあまり入りたがらないでしょう。きれいじゃなさそうだし、トイレットペーパーも備え付けてないですからね」

「便所紙の自動販売機が、置いてあるくらいやもんな」

「それに、近くにデパートがあるんだから、少し我慢して、そこのトイレを使えばすみます」

「ああ、なるほど……。あそこなら、便所と反対側の方角に百貨店の入口があるな。確かに、百貨店の便所のほうが、駅よりはきれいやろうな」

「最近のデパートは、トイレをきれいに改造していますからね。ゆっくり化粧直しできるスペースがあるらしいし。女性はそちらに行くと思います」

「ほう、木智君、詳しいな。覗いたことがあるんか」

「冗談じゃないですよ！　新聞でそんな記事を読んだだけです」

「なんや、そうか、それは残念や……。いや、別に、わしが覗きたいわけやない。そんな目で見るなよ。ほれ、ビール」

「は、どうも……」

「けど、君が見張っていた三十分の間、少ないとは言うても、女子便所にまったく出入りがなかったわけではないんやろう」

「それはそうです。十何人か……、女性の出入りはありました」

「その中に、おかしな人物は、おらんかったんか」

「その女が変装していた、とおっしゃるんですか。いいえ、いませんでした。それに、さっきも言ったように、変装するにしても、彼女は何も持っていなかったんです」

「そうかもしれん。けど、何でもええ。思いついたことを、言うてみ。ヒントになることがあるかもしれん。どんな連中が出入りしてた？」

「はい……。ええっと、中年の女の一団、五人でしたが、出ていきました。友達どうしでしょう、三人が大声で喋って、うるさかったんです」

「そのおばさんたちの服装は、覚えてるか」

「二人はやや派手目の明るい花柄のワンピースを着て、ほかの三人は似たような地味な色合い、グレーや紺のスーツ姿だったと思います。でも、その中に、背が高くて目立った女はいませんでしたよ。ほかに、若い女の子たちが三人出て行きました。派手な色合いの服装でしたが、みんな身長がかなり低かったし、顔も違ってました」

「それから？」

「中年の足を引きずっていた女が一人……。足が不自由だったのか、歩き方が少々おかしかったんです。小太りで、はちきれそうな紺色のスカートをはいて、白いセーターを着て、重そうな大きな紙袋を持っていました。仕事がなければ、よっぽど手伝おうかと思ったくらいです」

「ほほお、なかなか親切やな。感心なことや」

「それから、子連れの三十代後半の女が一人。でも、子供は男の子でした」

「男の子でも、母親について女子便所に入るからな。それは、不思議ではない」

「ほかにも数人いたかもしれませんが、今、はっきりとは思い出せません。問題の女と明らかに違っていたことは間違いないです」

「それだけ覚えてるのは、大したもんや。しかしそれでは、八方塞がりやな」

「だから、トイレの中で消えてしまった、としか思えないんです」

＊

「しかし、何らかの方法で、女は便所から抜け出したに違いない。尾行されてることに気がついて、うまいことまいたんやろう」

「きっと、そうなんでしょう。しかし、どういった方法でまいたのか、ハセさんにはわかりますか」

「う〜ん。わしにもわからん。君から聞いた話だけでは、確かに忽然と消えてしまったように思える。しかし、手品じゃあるまいし、女を消すなんてこと、できるはずがない。うまいこと人込みに隠れて逃げた、としか考えられん」

「人込みというほどの人込みは、なかったんです。ハセさんなら、何か思いついてくださるかと思ったんですけど」

「わしにもわからんな」

「考えれば考えるほど、やっぱり、あの掃除のおばさんが怪しく見えるんです。でも、おばさんは、この消失事件にまったく関係していなかったんでしょうか」

「わしは関係してなかったと思うよ。そのおばさんに不自然なところはない」

「僕の考えすぎですか」

「そう思う。まあ、がっかりするな。愛人の女は逃がしたけれど、空港や港は、気をつけて見張ってるんやろう」

「はい、それは所長が手を回してくれています」

「凸川の女房にも、見張りがついているんやろう」

「ええ。しかし、愛人の女と連絡を取ったと思える今、彼が奥さんに連絡するとは思えませんけど」

「そりゃ、そうやろうな。二十一の若い愛人のほうが、古女房よりはええやろうからな。ハリマオの歴史趣味も、一致してるらしいし……」

「凸川は、このまま逃げきってしまうんじゃないでしょうか。それが心配です」

「いや、大丈夫やろう。どこかでボロを出すと思うよ。世の中、そううまいこと行くもんやない。いずれは、警察も出てくるやろうしな」

「凸川が捕まらないようなら、依頼主も警察に知らせざるをえないでしょうね。醜聞になるだろうけど」

「まあ、がっかりするな。また、どこかで点数を稼ぐチャンスはあるやろう」

「はい……」

「役に立たなくて、すまんかった」

「いえ、とんでもないです。話を聞いていただいただけで、少しはすっきりしました。ありがとうございました」

「うん、それなら、ええんやけどな……。さて、そろそろ、行こか」

「ご馳走様でした」

「お〜い、兄ちゃん、こっちの勘定を頼むぞ」

「あ、はあい、もうよろしいんですか。ええっと……、おでん二皿に、ビール四本に……、しめて、二万二千四百円です」

「えっ」

「二万二千四百円です」

「おい、冗談やないぞ。そんな高いはずはない！」

「ええっと……、消費税と解決代も含まれてるんですけど」

「えっ、何やて！」

「事件の解決代です。お客さんたちが話してらっしゃった事件の」

「待て、どういうことやねん！」

「えっ、兄さん、僕らの話を聞いてたんですか」

「ええ、ちらちらと、小耳に挟みましたからね。で、消失事件の謎は、もう解決しましたよ」

「えっ、何ですって！」

「どういうことやねん！」

＊

「おい、兄ちゃん、事件は解決した、と言うたのか」

「そう聞こえんかったら、耳が悪いですよ」

「へらず口をたたくな！　消失事件って、今、わしらが話をしてた『便所から消えた女の謎』か」

「そうです。おたくらの食い逃げ事件じゃないですよ」

「まだ食い逃げしてないぞ！」

「これからするつもりやったんでしょう」

「うん。……アホ、何を言わすねん！」

「ちょっと待ってください。兄さん、どういうことなんですか、僕に説明してください」

「待て待て、木智君。このアホな兄ちゃんの冗談に決まってるやないか」

「いいえ、冗談じゃないです。だいたいのところは、わかりました」

「本当ですか！　どういうことなんですか」

「兄ちゃん、あんたは、わしらの話を聞いただけで、この謎が解けたと言うのか」

「そうです」

「ほほう。ほなら、説明してくれ」

「だから、二万二千四百円……」

「ああ、ああ、ほんまにわかったんやったら、払うてやろうやないか！」

「毎度、おおきに。はい」

「手ぇ出すな！　話を聞いてから、払うてやる」

「聞き逃げは許しませんよ」

「アホ言え！　早う話せ」

「しゃあないな。そしたら、説明しましょうか。けど、その前に、確認のために、木智さん……、でしたっけ、おたくに質問したいことがあるんです」

「そうやって、純粋な木智君をだますんやないやろうな」

「違います、違います。推理を確認するだけですよ」

「推理やて？　そんなもんがあるんか」

「何ですか。僕にわかることなら、何でも答えます」

「木智さん、おたく、問題の梅田駅の公衆トイレには、ティッシュペーパーの自動販売機があった、とおっしゃってましたよね」

「えっ？　自動販売機ですか。ええ、ありましたけど」

「その自動販売機の位置は、どのあたりですか」

「公衆トイレの入口あたりでした」

「駅の売店から、見える位置ですか」

「えっ、売店ですか」

「ええ。トイレの近くに売店があるって、おっしゃってたでしょう」

「ええ、ありました。ええっと……、いや、見える位置ではなかったです」

「公衆電話の位置からは、自動販売機は見えましたか」

「ううんと……、ああ、一番端の電話台から身を乗り出したら、かろうじて見えました。僕はそうやって、トイレの入口を観察していたんです。しかし、身を乗り出さないと無理な位置でした」

「なるほど……。自動販売機が見えにくい位置やったのが、好都合やったんやろうな……。犯人にとっては、そこが狙い目やったんやろう。トイレだけに、ウンがええ……」

「下ネタのシャレかい！」

「ちょ、ちょっと、待ってください。ティッシュペーパーの自動販売機の位置が、この事件に関係してくるんですか」

「たぶんね。紙一重のところでね」

「やっぱりシャレかいな！　まあ、今度はきれいに決まったか」

「ハセさん、ちょっと黙ってください。一々評論しないでくださいよ。兄さん、一体どういうことなんですか。それに、犯人って、誰のことなんですか」

「ちょっと、待ってください、木智さん。もう一つ、質問です。次にトイレの掃除をしてたおばさんのことを、思い出してください。そのおばさんは、どんな服装をしてましたか」

「掃除のおばさんですか。掃除をする人の普通の格好でしたよ」

「普通の格好って？」

「ええっと……、ありふれた格好です。清掃業者の制服っていうんですか、そんなスタイルです。態度は怪しい気がしたけど、おかしな格好じゃなかったです。ほかの清掃業の人たちと、特に変わりなかったと思います」

「もっと詳しく話してくれませんかね」

「そう言われても、掃除をしている人の格好なんて、じっくり観察しませんからね……」

「なるほど。やっぱり、『見えない人』というわけやな」

「どういうことですか。おばさんは、見えてましたよ」

「いえいえ、たとえなんです。つまり、郵便配達人とか、駅員とか、店員とか、ちんどん屋とか、いるべき場所にいるべき人がいたら、人は気にとめない、ということです」

「ちんどん屋に気がつかんヤツがおるかい！」

「つまり、よっぽど不自然じゃないかぎり、制服を着たそんな人たちを、細かく観察するということはしないということなんです」

「ああ、なるほど……。そういう意味の『見えない人』ですか。確かに、その通りですね。あのおばさんが怪しいと思ったのは、問題の女が姿を消してしまってからのことで、トイレを見張っていた時は、おばさんをじっくりと見ていませんでした。掃除をしている人がいるな、と目の端でとらえていただけです」

「おいおい、兄ちゃん。掃除をしてたおばさんが、この事件に関係してたと言うんか？」

「消えた女との、ちょっとした相似なんですよ」

「またシャレかい！」

「いえいえ、シャレだけじゃないです」

「どういうことやねん」

「それはあとで説明します。木智さん、そのおばさんのことを、もっとよく思い出してください。彼女は、どんな色の服装をしてましたか」

「どんな色って……、グレーっぽい色の上っぱりを着て、同じ色のズボンをはいていたんじゃないかな。頭は、同じようなグレーの色をしたスカーフを巻いていたような気がします。そう、エプロンもつけていたかもしれない。同じグレーのね。掃除をする人って、たいていそんな格好でしょう」

「靴は、どんな靴を履いていましたか」

「靴ですか……。ああ、思い出した。ゴムの黒い長靴でした」

「おばさんの顔は、見ましたか」

「いや、じっくりとは見ていません。頭にスカーフを巻いていましたから、それをちらっと目に留めただけで、顔はよく見ていません」

「中年の女性であったことは、間違いないんですね。若い美人ではなかった」

「それは確かです。五十代末から、六十代初めくらいだったろうと思います」

「太っていましたか、痩せていましたか」

「う〜ん……。中肉中背だったと思います。目立つほど太ってはいなかったし、痩せてもいなかった。でも、ああいった服は、ゆったりめですからね。断言はできません」

「背は高かった、低かった？」

「普通の女性の身長くらいでしょう」

「二メートル七十ほど？」

「それのどこが普通やねん！」

「一メートル五十くらいだと思います。もう少し低いかもしれない」

「もう一度会っても、顔はわかりませんよね」

「ええ。まったくわかりませんよ」

「そうでしょうね。見えない人なんだから……」

「見えてましたよ」

「たとえですよ！　つまり、そのあとすぐに、彼女が普通の服に着替えてトイレから出てきても、掃除をしていた人だとは、わからないだろう、という意味です」

「ああ、なるほど。たぶんそうでしょうね。考えてみれば、彼女の服装しか、覚えていません。それすら、そういった仕事をする人の格好と変わりはなかった、という程度です」

「頼りないなあ。木智君、もう少し観察力を養わんとあかんぞ」

「はあ、すみません……」

「叱るのは、あとからにしてください！」

「はあ、すみません。アホ、なんでわしが兄ちゃんに謝るんや」

「話をもとに戻しますよ。木智さん、太った中年のおばさんが、トイレから出てきた、とおっしゃってましたね」

「ええっと、どの中年の女性ですか？　何人かいましたけれど」

「あなたがトイレに飛び込んだ時に、中にいた人たちじゃなくて、先に出て行った人です。足を引きずって歩いてた、という女性がいたでしょう」

「ああ、あの女性ですか。ええ、その人のことは、覚えてます」

「その中年女性は、何歳くらいでしたか」

「五十代かな。ちらっと見ただけだから、はっきりとは言えないけれど」

「その人は、何か荷物を持ってたんでしたね」

「荷物ですか。さあ、はっきりとは覚えてないけれど……」

「紙袋か、手提げ袋のようなものを持っていた、とかおっしゃってたんじゃなかったですか」

「中年の女性は、たいてい大きな荷物を持ってますからねえ……。ああ、そうだ、思い出した。ええ、確かに、デパートの紙袋を持っていました。ふくらんだ袋を、手にさげていたんでした。重そうな袋だった。手助けしようかと思ったくらいだったんだ」

「なるほど……」

「兄ちゃん、紙袋も、この事件に関係してくるんか」

「たぶんね。困った時の紙袋頼み……」

「ええ加減にせえ。しょうもないシャレを言うてんと、早う話を進めてくれや」

「そっちが話を止めてるんでしょう。で、その女性の服装は、どんなでしたか」

「ええっと、目立った服じゃなかったですよ。セーターとスカートだったと思います」

「色は？　さっき、色もおっしゃってたでしょう」

「白っぽいセーターに……そう、紺色のスカートでした」

「その中年女性は、太ってたんでしたね」

「ええ、そう見えました」

「小錦くらいだった……」

「誰がそんなことを言いましたか。スカートが窮屈そうだった、というくらいです。布が腰のあたりで、ぴちぴちに張っていたんです」

「着ていた白いセーターは、窮屈そうでしたか」

「セーターのほうは、気がつかなかったな。でも、セーターなんて、伸びますからね。多少小さめでも、着られるんじゃないかな。セーターが窮屈そうに見えるんだったら、よっぽどでしょう」

「なるほど……。あなたは、自分で答えを出したじゃないですか」

「えっ、どういうことですか」

「中年の女性は見栄を張って一回り小さいサイズの服を着たがる、ということではないですよ」

「わかってますよ！」

「セーターは多少小さくても、伸びるから着ることができる。でもスカートは、かなり窮屈そうだった……。若い女性と中年の女性では、体形が違いますからね」

「そうですね。でも、それが何か関係あるんですか」

「中肉中背だとしても、おばさんが若い女性の服を着ると、太って見えるでしょうね。特に、腰のあたりのサイズが、違ってきますから。サイズが小さい服を着ると、窮屈そうに見えるから、太って見えるんです」

「ええ、そういうこともあるでしょうね……。えっ、まさか、あなたは……」

「木智さんが見失ったという問題の女、尾行していたその女も、紺色のジャケット・スーツに白いセーター、という服装でしたね。トイレから出てきた中年の女性と同じ色のスカートとセーターだった」

「ええ、そうでした」

「中年の女性のほうは、上着は着てなかったけど……。きっと、ジャケットは、身体には窮屈で、袖は少し長すぎたんじゃないかな。おばさんと問題の女の体形から考えてね。上着はサイズが合わなくて、着ていると不自然に見えたんでしょう」

「えっ、すると、あの女と足の不自由な女性が、服を取り替えた、というんですか！」

「んなアホな。そんなこと、できるはずがない！」

「そうでしょうか」

「そうですよ。服を取り替えても、あの女だったら、わかります」

「わかりますかね」

「ええ。わかりますよ」

「木智さんは、それより前に、中年の女性の一団、五人ほどの人たちが、トイレから出ていった、とおっしゃってましたよね」

「ええ、そんな集団がいました」

「若い女性でも、中年のおばさんの服を借りて、中年の一団に紛れ込んだら、目立たなくなるんじゃないですか。たとえば……、そう、ロング・ヘアーを束ねて団子にして頭にのせたり、化粧を落としたりしていたなら……。靴だって、ハイヒールを脱いで踵《かかと》の低い靴を履いたら、六、七センチは背が低くなるでしょう。その上、背中を曲げて歩いたら、もっと小さくなるでしょうね。で、中年の騒々しい女性の集団の中に隠れたら、ますますわからないでしょう」

「彼女が、あの中年女性たちに交じってトイレから出ていった、と言うんですか」

「ええ。その女たちが友達どうしでお喋りしていたのなら、その横にくっついて、友達のような振りをして出ていけばいいんです。人の視線は、喋っているうるさい人のほうに向くでしょうからね。横に隠れるようにして歩けば、木智さんに見つからなかっただろうと思います」

「彼女が、その足の不自由な女性の服を着て、他の中年女性の一団と一緒に出ていった、と言うんですか。まさか、そんなことが……」

「木智さんは、背が高く、颯爽《さっそう》と歩いている若いコンパニオンを尾行してた。紺色のスーツを着て、ハイヒールを履いた女性をね。中年のおばさん集団に、注意を払っていたわけやない」

「それは、そうですが……」

「彼女が中年の女性に交じって出ていくことは可能だと思います」

「う〜ん。確かに、一団で出ていった連中には、特別に注意を払わなかったけれど……」

「それで、太った中年女性のほうに話を戻しますが、その女性、足を引きずって歩いてたんでしたね」

「ええ。だから、注意を引かれたんです。おかしな歩き方をしていましたから」

「足が不自由だというよりも、靴が大きかったんじゃないかな。だから、脱げないように、足を引きずって歩いていた。普通に考えて、背の高い人のほうが低い人より、足のサイズは大きいですからね。そのために、歩き方がおかしかった」

「すると、その中年女性は、彼女の靴を履いていた、というんですか!」

「服を交換して、当然、靴も交換したんでしょう。変装なんて、靴からばれることがあります。服は替えても、靴はうっかり忘れる、同じ靴を履いているんで、ばれてしまうんです。頭の良い人なら、靴も取り替えることを思いつくでしょう。背が五十センチも低くなるのなら、なおさらです」

「そんなに低くならないですよ。あの女はハイヒールだったから、せいぜい六、七センチほどです」

「そうですか。シークレット・シューズなら、可能なんですけどね」

「そんな靴、誰が履くんや!」

「僕、時々、履いてますすよ。五十センチ高くなって、ジャイアント馬場に変装するために」

「なんでそんな変装をするんや！」

「知り合いのある司会者からもらったんです。と言っても、関西でしか通用しないギャグでしょうが……」

「待ってください、真面目に話してくださいよ。あの女が、足の不自由な、いや、足が不自由だと見えた中年女性と、服と靴を交換したと言うんですか」

「そうです」

「そんなはずはないですよ。だって、足を引きずっていたのに、六、七センチものハイヒールを履いていたなら、変に思います。いくら僕でも、気がつきますよ」

「その中年女性は、ハイヒールは履いてなかった？」

「履いていませんでした。間違いありません」

「たぶん、そうでしょうね。ハイヒールではなかった」

「でも、靴を交換したんでしょう。すると、彼女のハイヒールを履くことになります」

「ハイヒールではなく、ハイヒン、廃品だった……」

「つまらないシャレを言ってないで、真面目に答えてください！」

「いえ、シャレやないですよ。つまり、元はハイヒールだったけど、今は廃品になってしまった。つまり、靴を交換した中年女性は、ハイヒールの踵を折ったんだと思うんです」

「踵を折った？」

「ええ。彼女は履き慣れないハイヒールを履いて歩くことが不安だったんでしょうね。だから、ヒールを取ってしまった。彼女が履いていた靴は、ヒールがなかったんだと思うんです。だから、木智さんは気がつかなかった」

「ヒールを取ってしまう？　そんなこと、できるんですか」

「力が必要ですけど、無理なことじゃないですよ。女性の靴のヒールなんて、結構折れやすいですからね。ヒールが細ければ細いほど、簡単でしょう。そんなヒールで踏まれてみて、ああ、女王さま……、と言ってみたい……」

「兄ちゃん、何をしょうもないことを言うてんねん！」

「いえいえ、つまり、ですね。僕は靴の修理屋のバイトをしたことがあるんですけど――」

「兄ちゃん、いろんなバイトをしてるんやな」

「安物の靴なんか、釘一本で靴とヒールをつないであるだけなんです。だから、折れやすいんですよ」

「確かに、ハイヒールの踵が折れた、という話は、女性からよく聞きます。道路の溝なんかにヒールがはまってしまって、ぽきっと折れた、とかね。でも……」

「その中年の女性は高いヒールを取って、靴を履いていたんだと思うんです。あるいは、細いハイヒールが彼女の体重を支えきれなくて、偶然に折れてしまったのかもしれませんが。どちらにしろ、サイズの合わない靴である上に、ヒールを取って歩いていたから、よけいに歩き方が不自然だった。それで、足を引きずっていたんじゃないでしょうか」

「ヒールの取れた靴で、歩くことができるんですか」

「両方とも取れていたらできますよ。僕はやったことがある。ごみ箱から拾った靴で——」

「あきれたもんや、兄ちゃん、何でもやってるんやなあ！　けど、この兄ちゃんの言うことに一理あるな。木智君、考えられんことはない。わしは、女は変装して出たのかもしれん、と言うたやろう。変装の道具はあらかじめ用意してなくても、便所の中でほかの女と服を交換することはできる。そうして出ていったら、君にはわからんのと違うか」

「しかし、トイレの中で、知らない人からいきなり服を交換してくれ、と言われても、誰も交換しませんよ。たいていの人は、気味悪がるだけだと思います。着ている服を喜んで交換する女性がいますか。その中年女性だって、彼女と簡単に服を交換するとは思えません」

「それに、そんなことを言い出したら、トイレの中にいるほかの人たちの注目も、浴びてしまうでしょうね。騒ぎが起きて、外にいる木智さんに気がつかれる可能性もある」

「え？　待て、待て。なんやねん、兄ちゃん。あんた、自分がさっき言うた説を、自分で否定するんかいな」

「いえ、否定してるわけやないんです。クッがえしてるんです」

「またシャレかい！」

「どういうことですか、ますます僕にはわかりません。いや、シャレのことじゃないですよ」

「あっ、わかったぞ。問題の女とその中年の女が、共犯やったということやな。あらかじめ二人の間に、約束が出来てたんや。きっとそうやぞ！」

「いいえ、ハセさんには申し訳ないけれど、そんなことはありません。彼女が誰かと連絡を取った、ということはありませんでした。僕はずっと尾行していたんだから、知っています。それは不可能です」

「そう、たぶん、共犯どころか、その二人はまったくの赤の他人、お互いに、顔も知らなかったんやないかな。同時にトイレに入っていたって、臭い仲ではなかった……」

「兄ちゃん、それはわしのシャレや！　けど、共犯やなかったら、どういうことやねん」

「そうですよ。意味深なことばかり言わないで、説明してください」

「掃除をしていたおばさんのことを、考えてくださいな。そのおばさんは、掃除をしてからあと、どこに消えたんですか」

「えっ？」

「もう一人、便所から消えた女がおるんか！」

＊

「木智さんが女子トイレに飛び込んだ時、女性は五人、いたんでしたね」

「ええ、そうでした」

「掃除のおばさんが中にいたようなことは、おっしゃってませんでしたね」

「ええ。掃除のおばさんは、女子トイレの中にはいませんでした」

「そのあとすぐに、男子トイレのほうも、見にいかれたんでしたよね」

「ええ」

「男子トイレの中は男性だけだった、というようなことを、おっしゃってましたね」

「男性だけでしたよ、もちろん」

「掃除のおばさんは、女性ですけど」

「いいえ、男子トイレには、掃除のおばさんはいませんでした」

「すると、そのおばさんはどこに行ったんでしょう？」

「えっ？」

「木智さんは、おばさんがトイレをうろついているのは見ている。しかし、トイレから出ていくのは、見なかったんでしょう」

「見ませんでした。あっ、ほんとだ！　掃除のおばさんまで、行方不明だ。トイレの中で消えてしまった！」

「そんなアホな！　そんなにしょっちゅう人が消えるなんて、あのトイレは手品の箱かいな」

「しかし、ハセさん、僕は三十分ほどトイレの前で見張っていたけれど、あの女も、掃除のおばさんも、出てこなかったんですよ。……もっとも、あの女の場合は、兄さんの推理では、中年の女性たちに交じって出ていった、ということになりますけど……。しかし、掃除のおばさんは、絶対に、トイレから出てきませんでした！」

「おい、ちょっと待て……。そうか、わかったぞ。そのおばさん、別に掃除していた格好のままで便所から出ていかんでも、ええのと違うか。掃除が終わったんやったら、着替えたらええのや。普通の服装で便所から出ていったのなら、君は気がつかへんやろう」

「そうですね……。それなら、気がつかないかもしれない」

「そのおばさんの顔をはっきりと見たわけではない、と君は言うてたもんな。便所から出ていった中年女性の一人やったんかもしれん。目立たなくて、君が覚えてなかった女の一人やったんや」

「服を着替えていたのなら、わからない。その可能性はあります」

「おっと、お二人さん、ちょっと待ってくださいよ。それは、おかしいんじゃないですか」

「え、どうしてですか。どこも不自然じゃないですよ」

「そうかな……。掃除をする人が、トイレで着替えをしますか」

「着替えたって、おかしくはないやろう」

「トイレのどこで？　トイレの個室でですか。あるいは、掃除用具入れの中で？」

「いや、掃除用具入れの中は、狭くて着替えられません。僕がさっき言ったでしょう、掃除用具入れの中は道具で一杯で、人が隠れる余地はなかった、って」

「掃除をする人は、トイレの中なんかで着替えますかね。普通は、そういった人たちの更衣室があるはずでしょう。そこで着替えると思いますよ」

「……そう言えば、トイレで着替えてる清掃業者は、見たことがないな」

「清掃会社も、トイレで着替えるなんてこと、させてないと思いますよ」

「それは、そうだな……」

「けど、何かの都合で、その時はたまたま、トイレで着替えたんと違うか」

「どんな都合で？　そこで働いている人なら、更衣室があるだろうから、そこで着替えればいいでしょう。わざわざ狭いトイレで着替える都合が、どこにあるんですか。着替えの服だって、トイレに持って入らなければならないんですよ。そんな面倒なことをしますかね」

「しかし、それじゃあ、どういうことなんですか」

「そうや、兄ちゃんには、説明がつくんか」

「ええ、つきます。考えられることは、一つです」

「たった、一つ？」

「そう」

「どういうことや」

「そのおばさんは、掃除人と相似していたが、掃除人ではなかった」

「またシャレかい！」

*

「どういう意味ですか。掃除のおばさんが、掃除人ではなかったなんて。掃除をする服装だったし、実際に、掃除をしていたんですよ」

「違います。ニセの掃除人だったんです。正式に雇われていた清掃係やなかった。だから、更衣室を使うことができなかった。そう考えると、そのおばさんがトイレで着替えなければならなかったことの説明がつくでしょう」

「ニセの掃除人？」

「そう。そういう格好をしていただけで、本当の清掃業者ではなかった」

「しかし、本当の清掃業者でなかったのなら、何のために、そんな格好をしたんですか」

「わざわざ清掃業者になりすます理由は一つ、犯罪に関係しているからに決まってるじゃないですか」

「犯罪ですって？　でも、問題の女と掃除のおばさんの関係は、まったくないんですよ」

「女の関係している犯罪……愛人が会社の金を横領したんでしたっけ……、それじゃないですよ。別の犯罪なんです。この女の事件とは、まったく関係がない別の犯罪です」

「別の犯罪？　どんな犯罪なんや」

「まだほかに、犯罪が行なわれていたと言うんですか」

「そうです」

「それは何なんですか」

「食い逃げではないですよ」

「わかってるわい！　ここの金は払うと言うてるやろう。兄ちゃんもしつこいな！」

「木智さん、あなたは、掃除のおばさんの態度がおかしかった、と、最初におっしゃってましたね」

「ええ。あとから、そう思ったんです。最初は気がつかなかったんですけどね。それで、消えた女の事件と、関係があるかと思ったんですが……」

「そのおばさんは、トイレをうろうろしていただけだった、っておっしゃってましたね。掃除をしているようには見えなかった、と。ティッシュペーパーの自動販売機を触っていただけだった、と」

「ええ、そう見えました」

「もう答えが出てるじゃないですか」

「え、どういうことですか」

「そのおばさんは、ティッシュペーパーの自動販売機に触れるために、清掃業者になりすましてたんですよ。トイレをうろついていても一番怪しまれないのは、清掃業者ですからね。それに、清掃業者は見えない人です。誰も、特別に注意を払ったりはしない。灰色の制服に包まれていたら、顔さえ印象に残らないんです」

「それは、納得がいきます。実際、僕がその通りだったんですから。しかし、なんでティッシュペーパーの自動販売機なんかを触るために、清掃業者になりすますんですか」

「あっ、そうか！　わしにもわかったぞ！　金を盗んでたんやな。自動販売機の金を、盗んでたんや」

「えっ！」

「ええ、そうだと思います。煙草やジュースの自動販売機から、金を盗みだそうとする連中がいるでしょう。それと同類なんですよ。そのおばさんは、ティッシュペーパーの自動販売機から、小銭を盗もうとしてたんです。怪しまれないために、働いている人のような格好をしてね。

外から見えにくい位置にある自動販売機を狙ったところや、そこまで用意周到なところをみると、常習犯だと思いますけどね」

「そうか。それで、便所で着替えをしてたわけやな。ニセの清掃業者なら、更衣室を使うわけにはいかん。便所で隠れて、こっそりと着替えてたわけか！」

「着替えた私服は、紙袋にでも入れて、隠してたんでしょうね。掃除用具入れがあるでしょう。そこだったら、人が隠れることはできなくても、紙袋の一つくらい、隠すことはできるでしょう」

「ええ、それは可能です」

「で、大きな紙袋を持った女がいましたね。木智さんが、足が不自由だと思った女性が……。年齢的には、掃除のおばさんと同じくらいだったでしょう」

「あの女性が、掃除のおばさんだったわけですか。すると、あの紙袋には、トイレで着替えた清掃業者用の服が入っていた、というわけですすか」

「それと、ティッシュペーパーの自動販売機から盗んだ小銭がね。硬貨全部を抜き取ったら、怪しまれてあとあと仕事がしづらくなるから、ある程度のまとまった金額を抜き取っただけだとは思いますけどね。ティッシュペーパーは、いくらでしたっけ」

「えっと、五十円やったな、違うか」

「ええ、梅田駅の自動販売機は、五十円でした」

「どちらにしろ、硬貨ばかりだから、かなり重くなるでしょうからね。自動販売機に入っていたお金を全部抜き取ることは、してないでしょう」

「そうか。あの掃除のおばさんは、硬貨泥棒やったんか……。おや、待てよ。しかし、足の不自由なおばさんというのは、実はニセの掃除のおばさんやったとする……。しかし、足の不自由なおばさんは、問題の女の服を着ていて、問題の女は、足の不自由なおばさん、実はニセの掃除のおばさんの服を着ていて……。ええい、どういうことやねん！　ややこしいぞ。さっぱりわからんようになった」

「ほんとだ！　どういう関係になるんですか！」

「ソウジョウコウカ……ソウジョウコウカ……相乗効果……の関係……」

「苦しいシャレやな！」

＊

「まあまあ、お二人さん、落ち着いて、落ち着いて、ビールでも開けましょう」

「うん、それがええ。頼むわ」

「合計、二万三千円になりますけど」

「なんやて、ビール代を別に取るんかいな。このドケチ！　しかも、えらい高いやないか」

「ハセさん、そんなことより、話の続きを聞きましょう」

「しゃあないなあ。続きを言うてくれ」

「まず一杯、飲んでから。ぷぅっはあ〜、うまいな」

「ほれ、さっさと話せ！」

「実際に、どんなことが起こったか、僕の推理を話しましょうか。あくまで推理で、証拠はありませんけど」

「それでええ。話を進めてくれ」

「つまり、こういうことです。駅の公衆トイレの中で、一人のおばさんが清掃業者に化けて、ティッシュペーパーの自動販売機から小銭を盗もうとしています。清掃業者に化ける前の服は、紙袋に入れて掃除用具入れに隠してあるんです」

「うん。それが、木智君が見た怪しい掃除のおばさんやな」

「そうです。そこに、問題の女がやってきた」

「僕が尾行を続けていたコンパニオンですね」

「女は愛人と連絡を取りたがっている。あるいは、愛人に会おうとしてたのかもしれません。しかし、自分に尾行がついていることに、気がついていた」

「僕の尾行が下手だったんでしょうかね」

「女は、どうにかして尾行をまきたいと思いながら、駅の公衆トイレに駆け込んだ。尾行をしているのが男性だったので、女子用トイレにまでは入ってこられない、と思ったんでしょうね。女子用トイレで、ゆっくりと尾行をまく方法を考えようと思ったんやないかな。それで、隠れる場所はないかと、トイレの中をあちらこちら探した。隠れる場所は見つからなかったけど、その時偶然、掃除用具入れの中の紙袋を発見した」

「おばさんが隠してた紙袋やな」

「紙袋には、洋服と靴が入っていた。おばさんは、靴もゴム長靴に履き替えていますからね、当然、靴も入っていたはずです。で、その服は、地味な野暮ったい服だったでしょう。しかし、それを見て、ぱっとひらめいた。服が福となったわけです」

「しょうもないシャレはええから、早う話を進めるんや！」

「この服を着て外に出たら、尾行してるものは気がつかないかもしれない、ってね。服に合わせて化粧を落として、髪型を少し変えれば、もう少し老けてみえるかもしれない、と思った。靴も、履いてみると少し窮屈だったけれど、履けないことはなかった。ヒールが低いから、背は低くなる。うまくいけば、尾行者をだませるかもしれない、と思った。それで、紙袋の中の服と靴を盗んで、変装して出ていった、というわけです。目立たないように、中年の女性の一団が入ってきて出ていくのに合わせてね」

「なるほど……、あの女、そんなことをしたのか。それで僕は気がつかなかったのか」

「偶然のことなんです。紙袋が掃除用具入れの中に置いてあるのを見つけた時に、とっさに思いついた計画だったんでしょうね」

「けど、ニセの掃除のおばさんは、その時どうしてたんや。自分の服が盗まれたのに、黙ってたんか。それとも、気がつかなかったんか」

「おばさんは、犯罪者なんですよ。服を盗まれたと騒ぎ立てたら、どうしてそんなところに服を置いてたんや、ということになって、清掃業者になりすましてたことがばれるじゃないですか。ひいては、自動販売機の盗みを働いてたことも、ばれてしまう。おばさんは、服を盗まれたのを黙っているより仕方がなかったんです。女が自分の服を盗む現場を見たとしても、自分が犯罪を犯そうとしているんだから、事を荒立てたくなかったんじゃないでしょうか。それに、その女は、自分の着ていた服を置いていったんです。正確には、盗んだというより交換したというほうがいいでしょう。着替えて帰る服がなくなったわけじゃないんです」

「それで、おばさんは窮屈なスカートを無理にはかなければならなかったんだ。おばさんが着ていたのは、あの女の服だったのか」

「セーターは伸び縮みするから、着ることはできたでしょうね。でも、スカートはかなり窮屈やったんやろうな。上着は、まったく合わなくてみっともなかったんで、捨ててしまうか、紙袋に放り込むかしたんでしょう。清掃業者の服と、自動販売機から盗んだ硬貨が入っている紙袋にね。そして、靴はヒールを折って履いた」

「なるほど。それが真相やったんか……」

「う～ん、それしか考えられませんね。しかし、兄さん、よくわかりましたね」

「女がトイレで忽然と消えるなんて、そんなことはありえない、と思ったんです。そう考えると、変装して出ていったに違いない、と思えてきた。しかし、変装する服は持っていなかった。するとトイレの中で、服を交換したに違いない、とわかった。服を交換したのに、騒ぎにもならず、誰も何も言わないのはどうしてか……？　何か公に知られてはならないことが、トイレの中で起こっていたのかもしれない……、という具合に、考えていったんです。推理する材料は、木智さんが喋ってくれてましたからね」

「なるほど、みんな、僕が喋ったんですね。でも、そのニセの掃除のおばさんは、捕まるでしょうか。あの女の服を持ってることになる」

「捨ててしまってなければね」

「あのおばさんを、何とか捕まえたいな。あの服を調べてみれば、役に立つかもしれない。メモか何かが、ポケットに残っているかもしれない」

「う〜ん……、その女、自動販売機荒らしの常習犯みたいやからな。いずれは逮捕されるかもしれん。しかし、今のところは、手がかりがないな」

「無理ですかね」

「たぶん、無理やろな」

「可能かもしれませんよ」

「えっ、ほんまかいな」

「これこそ、まったくの推測ですけど」

「かまへん、言うてみてくれ。おっと……、また金を取るんやないやろうな」

「これはサービスしておきます。おまけの推理です」

「へえ、ありがたいな……。いやいや、金を取ろうとするほうが、アコギやねんぞ。けど、まあ、ええ、どういうことや」

「おばさんが、清掃業者になりすまして土曜日の午前中にトイレに現われたのは、考えがあってのことやと思うんですよ」

「どんな考えや」

「金曜日は週末ですからね。インキンということで、夜遅くまで人出がある」

「ハナキンやろう！　下ネタのシャレはもうあかんぞ！」

「そうですね。人出が多いのは金曜日の夜でしょうね」

「トイレを使う人も、多いでしょう。だから、土曜日の午前中は、自動販売機には普段以上にお金が入っているはずです」

「その可能性はあるやろうな」

「トイレを使う人がさほど多くなくて、盗みを働きやすくて、それでいて稼ぎが多い時間それを考えて、土曜日の午前中という時間帯を選んだんやと思います」

「なるほど。便所があんまり混雑してても、盗みは働きにくいわな」

「うん。金曜日は夜遊びをして、土曜日の朝はゆっくり寝ている、という人は多いですからね。人出が少ない時間帯かもしれないですね。それに販売機を管理している業者も、休んでいるかもしれない。運が良ければ、かなりの額が盗めるだろうな」

「で、おばさんが盗んだお金ですけど、当然のことながら、硬貨ですよね」

「そりゃ、自動販売機やもんな。五十円玉ばっかりやろう。あっても、せいぜい百円玉やろうな」

「駅のトイレのティッシュペーパーの自動販売機なんて、古い物も多く、つり銭が出ない物もありますからね。高額のお金を入れる人はいないでしょう」

「五百円玉を入れてつり銭が出ないんなら、紙なしで便所を使うわな」

「ハセさん、汚いことを言わないでくださいよ！」

「硬貨ばかりだったら、かさばるし重いですよね」

「そやから、紙袋を用意してたんやろう。掃除用の服を入れるためでもあったけど、盗んだ金を入れて持ちかえるためでもあったんやろう」

「でも、硬貨をたくさん持ち歩くのは、大変です」

「まあな。かなり重たいやろうな」

「ところが、土曜日といえば、銀行は休んでいます。重い硬貨を紙幣に両替してもらうことはできません」

「なるほど……。キャッシュカードの機械は使えるけれど、土曜日はお金をおろすだけのところが多いですね」

「そうやな。もし、銀行が開いてたと仮定しても、犯罪で得たお金を、すぐに銀行に持っていくのは、できんかもしれんな。人間、やましいところがあると、どこか態度がおろおろしてしまう。銀行でばれる可能性も出てくるわな」

「すると、ニセ掃除おばさんは、重い硬貨を持ち歩くことになります。何かを買って使うにしても、五十円玉ばかりで払うのは面倒です。お店も嫌がるかもしれない」

「使うにしても、知れてる金額やろうな。せいぜい千円くらいやろう。一万円のものを買うのは、数えるだけでも大変や」

「でも、どこかで両替してくれる店が見つかるかもしれません。親切な店がね。あんまりたくさんだと嫌な顔をされるだろうけど、そう……五十円玉二十枚くらい……千円くらいだったら、そう嫌な顔をせずに両替してくれる店が、何軒かあるかもしれない」

「小銭がたくさん必要な店やったら、両替してくれるかもしれんな」

「何軒か、と言っても、そんなにたくさんは見つける必要はないでしょう。盗んだ金額が知れてるでしょうから。多くて、二、三万円くらいじゃないかな。トイレの自動販売機に、何十万円と入っているとは思えませんからね」

「そうやな。二、三万円もないかもしれんな」

「で、両替をしてくれる親切な店がわかったら、そこに何度も足を運ぶかもしれない。盗みを働くトイレは、その都度違うやろうけど、機嫌よく両替をしてくれる店が何軒か見つかったら、ずっとそこに通うかもしれない」

「かもしれない、ばっかりやな。あくまで仮定の話やな」

「そう。あくまで仮定の話です。でも、梅田駅の近辺の店を……もう少し範囲を広げて、大阪駅近辺の商店を、調べてみてもいいんじゃないですか」

「駅の売店、とかですか？」

「いいえ、駅の売店は、客が多くて忙しいから、両替なんて面倒なことはしてくれないでしょう」

「そうや。それに駅の売店では、あまりにも盗みの現場に近すぎる。人間心理として、もう少し離れた場所の店を選ぶやろう。一駅向こうとか、歩いて十分ほど離れたところとかの店が、ええのと違うかな。わりに暇そうな店……と言うても、あんまり暇で客の少ない店では、かえって目立つし……」

「たとえば、本屋さんとか、文房具屋さんとか、ファミコン・ショップなんかがええんと違いますか」

「なんでファミコン・ショップやねん」

「僕の趣味なんです」

「兄ちゃんの趣味は、関係ないわい！」

「なるほど、本屋さんねえ……。大阪駅の近くに、興文堂という書店があります。中くらいの規模の書店ですけどね。そこで一度、尋ねてみましょうか」

「そうやな。五十円玉を両替してたら、覚えてる店員がいるかもしれんな。変わった依頼やからな。うん、聞いてみる価値はあるかもしれん」

「その店で両替してくれるとわかったら、ニセの掃除のおばさんは、毎週、五十円玉の両替を頼みに来ているかもしれませんね」

「土曜日の午前中とは限らんけどな。盗みを午前中に働いてるのやったら、両替に行くのは、午後から夕方にかけてかもしれん。時間は限定せんほうがええぞ」

「わかりました。僕はとりあえず、興文堂で聞いてみますよ」

「どうです、木智さん、元気が出たでしょう」

「ええ。ありがとう、兄さん」

「うん、おおきに。わしからも礼を言おう。なかなかおもしろい話やった」

「お礼だけじゃなくて、菓子折りをよろしく……」

「悪徳代官かいな。ちゃっかりしたヤツやな。わかってるわい。しかし……、掃除のおばさんとティッシュペーパーの自動販売機から、ようそんなとこまで推理したな」

「いいえ、大したことないですよ」

「そうか？　わしはかなり難しいと思うぞ」

「いいえ、簡単です」

「そうかな、僕にはわかりませんでした」

「いえいえ、話がティッシュペーパーやっただけに、お二人さんの失敗の尻拭いをしただけです」

「なんや、しょうもないシャレや！　二万円から千円割り引くぞ」

「あらら、ドケチ！」

わたし

作・いくい
被災地

昭和55年当時わたしは池袋をそぞろホームレスをやっていた。

気力では4コママンガ家になりワナをしていたのだが、某有名プロ野球選手をモデルにした作品が告訴され、職を失ってしまったのである。

生活力のない悲しさであろうか。

ホームレスといえば縄張りがありわたしの場合、池袋駅西口の国鉄自動券売機のつり銭忘れ出しが現金収入源であった。

たいていは10円玉50円玉で

10円玉は買うために使い、なるべく50円玉使い、千円札に両替する。

なぜなら栄に誰かに襲われるキケンのある我々ホームレスにとって現金は肌身つけられるものにかえておくことがセオリーなのであった。

ところでわたしはつり銭を回収したあと土曜を両替の日としていた

(金曜のヨーパラテの回収)

気の弱いわたしにこは銀行に入るのは勇気がいる

これが残飯なかなか かっこよく

ギロ

そこで縄張り内でなんとか両替する

すまぬ

たまたま書店のレジにぽーっとしたアルバイトの女子大生が立っていたので利用したこともあった。

へへっ

ただ全く気を外に向いたままだったのであわっちゃってあげしまうかもしれない。

なーにくださーい

はやくはやくくん

50円玉と
●その後のわたしはといえば……
まんがへの夢断ちがたく
ホームレスから足を洗い、
ビル清掃をしながら
描きためた推理小説のパロディ漫画を
『なんでも本にする社』という
ヘンな出版社に持ち込んでみた。
ヘンな編集者がいていきなり
なるほどところで仕事しませんか。
と言って見せられたのが
鮎川哲也と50円玉20枚のなぞ
店長の菊池です。よければわけをお話しいただけませんか。
申し訳ありませんでした。
実はわたし50円玉で五重の塔を作っていたのです。
なるほど！それを解体し両替しなければならなくなった。
そこにドラマがかくされていたわけですね!?
今度は千円札で張り子の虎を作っているのです。
一瞬ひっかかるものがあったが、そしらぬ顔で引き受け描いたのが上の作品である。
ハイハイやらせてもらいます。
さらにヘンな編集者はわたしのパロディ漫画を本にしてくれるという。
どうぞ短かいですけど。
あのタバコいーですか？
出版の日をたのしみに床をみがく今日このごろである。

おしまいに

　というわけで、本書は一九九三年一月に『創元推理』の別巻として刊行された『競作五十円玉二十枚の謎』の文庫版です。文庫化に際し、各執筆者には必要最小限の手直しをしていただきましたので、執筆者紹介を兼ねたこのあとがき（単行本時には「推理の饗宴」というものものしいタイトルを付けていました）も、ごく簡単にすませたいと思います。ともあれ珍無類のアンソロジーです。存分にお楽しみいただけましたでしょうか。

　珍しい、というのは、さながらオリンピックの野球チームのようにプロ、アマ混合のお題頂戴形式のアンソロジーである、という点でしょう。

　出題者の若竹七海氏はもちろんのこと、それを受けて真っ先に解答を寄せてくださった法月綸太郎、依井貴裕両氏をはじめ、有栖川有栖、笠原卓、阿部陽一、黒崎緑の各氏は、今や隠れもない斯界を代表する作家として活躍されています。そして、いしいひさいち氏についても、説明は不要でしょう。

　そこで、このアンソロジー刊行の時点でアマチュアであった人たちのご紹介をしておきたいと思います。

若竹賞の佐々木淳氏は、一九六二年生まれ……云々と説明するよりも、この応募を機会に倉知淳と筆名を変え、ここに登場する猫丸先輩を主人公にした連作『日曜の夜は出たくない』を皮切りに作家としてデビューされたのは、ご存じの通りです。

法月賞の高尾源三郎氏は、一九五二年生まれで、鎌倉市に在住、日本料理店と画廊のオーナーです。

依井賞の谷英樹氏は、一九六五年生まれ。一九九一年に厚川昌男賞を受賞したアマチュア・マジシャンで、創作マジックの作品集 "Tiny Hidden Key" (1990.11) "Tiny Hidden Keys" (1996.3) を上梓しておられます。

優秀賞の矢多真沙香氏は、一九六二年生まれで、現在埼玉県在住のEQFC会員です。同じく榊京助氏は、一九五六年生まれで、現在は茨城県で勤務されています。

最優秀賞の高橋謙一氏は、一九六二年生まれで、現在は久留米市で弁護士として活躍中。そして、高橋さんもこの企画の翌年、剣持鷹士と筆名を変えて創設されたばかりの第一回創元推理短編賞に応募され、みごとに「あきらめのよい相談者」で受賞されました。翌九五年には受賞作を表題作とする第一短編集も刊行されています。

（二〇〇〇年十月　戸川安宣）

検印
廃止

競作 五十円玉二十枚の謎

2000年11月17日 初版
2023年11月10日 8版

著者 若《わか》竹《たけ》七《なな》海《み》 ほか

発行所 （株）東京創元社
代表者 渋谷健太郎
162-0814/東京都新宿区新小川町1-5
電話 03・3268・8231-営業部
03・3268・8204-編集部
URL http://www.tsogen.co.jp
DTP 旭印刷・暁印刷
印刷・製本 大日本印刷

ISBN978-4-488-40052-1 C0193